AF221171

Das Portal nach Ot'rona

Von Gina Grimpo

Buchbeschreibung:
Fabelwesen existieren nur in Büchern. Für den achtzehnjährigen Elias ist dies eine unumstößliche Tatsache. Doch als er eines Abends auf seine kleine Schwester Billie aufpassen muss, wird sein Weltbild gehörig auf den Kopf gestellt. Denn in seinem Kleiderschrank öffnet sich plötzlich ein magisches Portal. Und Elias und Billie geraten von jetzt auf gleich in ein Abenteuer, das sie so schnell nicht wieder vergessen werden.

Über die Autorin:
Gina Grimpo, geboren 1988 in Bremen, hatte schon immer eine Vorliebe für Geschichten und alles Fantastische. Nach dem Lesen unzähliger Romane und der Veröffentlichung von Kurzgeschichten wagt sie nun mit "Das Portal nach Ot'rona" die Veröffentlichung ihres ersten Fantasy-Romans.

Das Portal nach Ot'rona

Gina Grimpo

Bibliografische Information der Deutschen Nationalbibliothek: Die Deutsche Nationalbibliothek verzeichnet diese Publikation in der Deutschen Nationalbibliografie; detaillierte bibliografische Daten sind im Internet über dnb.dnb.de abrufbar.

1. Auflage,
© 2020 Gina Grimpo

Herstellung und Verlag: BoD – Books on Demand, Norderstedt

© Cover- und Umschlaggestaltung: Florin Sayer-Gabor – www.100covers4you.com

ISBN 978-3-751-98505 5

EINS

Es sollte ein Abend der Merkwürdigkeiten werden.

Und dabei hatte der Tag so ereignislos angefangen. So ereignislos, dass jetzt, kurz nach neunzehn Uhr, schon niemand mehr zu sagen vermochte, ob in den vergangenen Stunden etwas Erwähnenswertes geschehen war.

Und der Abend hätte gerne so weiter verlaufen können, wenn da nicht die blonde Frau in dem schwarzen, eng geschnittenen Cocktailkleid und der elegant gekleidete Mann mit dem akkurat gestutzten Bart gewesen wären.

Sie strich sich verstohlen lächelnd eine Haarsträhne hinter ihr linkes Ohr und ihre Finger wanderten langsam in Richtung des Mannes.

Dieser ergriff die ihm dargebotene Hand und seine grünen Augen blitzten. Dies alles geschah unterhalb der Tischplatte, in der festen Absicht, die Berührung zu etwas Persönlichem zu machen, einer Besonderheit, an der niemand sonst teilhaben durfte.

Und dennoch ...

»Sucht euch ein Zimmer!«

Die Reaktion auf diese Worte folgte augenblicklich. Die Hände lösten sich voneinander.

Zwei Paar grüne Augen richteten sich auf den achtzehnjährigen Jungen, der den beiden gegenüber saß und seine ebenso grünen Augen mit einer übertriebenen Geste zur Zimmerdecke verdrehte.

»Elias!«

Der Junge strich sich die blonden Haare aus der Stirn und hob seine Hände zu einer bittenden Geste.

»Dann benehmt euch wenigstens so lange, bis ihr das Haus verlassen habt.«

Der Mann öffnete den Mund, um mit einer angemessenen Entgegnung zu reagieren. Elias stellte sich augenblicklich taub.

Sein Ziel war erreicht. Er hatte dem Geturtel seiner Eltern ein rasches Ende bereitet. Es war für ihn nicht zu fassen, dass die beiden sich an diesem Abend wie ein verliebtes Teenager-Pärchen aufführten. Und das nach zwanzig Jahren Ehe.

Elias begrüßte es sehr, dass sich die beiden im Normalfall – nun ja – eben normal verhielten.

Doch heute, an ihrem Hochzeitstag, gab es verliebte Blicke, verstohlene Küsse, außerdem – und das war das Seltsame – Karten für ein Theaterstück.

Elias vermochte sich nicht zu erinnern, wann seine Eltern das letzte Mal ausgegangen waren. So schick herausgeputzt und nur zu zweit. Bis eben war es ihm sogar als Selbstverständlichkeit

8

erschienen, dass seine Mutter und sein Vater im Laufe der Jahre völlig automatisch das Interesse aneinander und am gesellschaftlichen Leben verloren hatten.

Unglücklicherweise zu seinem eigenen Leidwesen, denn die wenigen Abende, an denen er das Haus für sich alleine hatte, waren rar gesät.

Und so begann die Zeit der Merkwürdigkeiten. Merkwürdigkeiten, die mit so etwas Belanglosem wie Theaterkarten ihren Anfang nahmen und, er wünschte sich im Nachhinein, das alles vorher geahnt zu haben, sich weit über diesen einen Abend hinausziehen würden.

Doch zum jetzigen Zeitpunkt wusste er von alledem nichts und in diesem Moment gab es nur etwas, das seine Freude über den elternlosen Samstagabend trübte.

Das Etwas hatte rotblonde Haare, Sommersprossen und saß, mit offenem Mund ein Stück Käse kauend, neben Elias am Tisch.

»Regt euch nicht auf. Er ist nur sauer, weil ihr euren Spaß habt und er gestern Nacht Isabell nicht ins Bett bekommen hat.«

»Billie!«

Die ungeteilte Aufmerksamkeit seiner Eltern galt nun seiner kleinen Schwester.

Das Mädchen zuckte ungerührt mit den Schultern und biss von seinem Brötchen ab.

9

»Aber es stimmt«, nuschelte sie mit vollem Mund, »er hat ihr draußen vor der Haustür die Zunge in den Hals gesteckt und hat sie dann überreden wollen noch mit rein zu kommen – auf einen Kaffee … «

Billie sah ihren Bruder bedeutungsvoll an und dieser, plötzlich wieder die Aufmerksamkeit seiner Eltern auf sich ziehend, rutschte auf seinem Stuhl ein ganzes Stück weit nach unten.

»Sei ruhig!«

»Aber sie wollte nicht und als sie gegangen ist, war er total sauer.«

»Halt die Klappe!«

»Dabei hat er am Abend vorher noch vor seinen Freunden am Telefon angegeben, dass er sie nach der Party klar machen würde.«

Billie beendete grinsend ihre Erzählung und schaute in die Runde, als erwartete sie Applaus.

Elias hätte seiner Schwester am liebsten den Hals umgedreht – ein Gefühl, dass ihn nicht allzu selten überkam. Billie war nicht unbedingt das, was man als pflegeleicht bezeichnen konnte.

»Sybille Kramer, es reicht jetzt!«

Die Tatsache, dass ihre Mutter sie mit ihrem richtigen Namen anredete, signalisierte Billie, dass es in der Tat reichte. Billie hasste ihren eigentlichen Vornamen und aus diesem Grund bekam sie diesen nur in besonders ernsten Fällen zu hören.

Das war nicht immer so gewesen. Eine Zeit lang stand Billie ihrem Namen sogar ziemlich gleichgültig gegenüber. Er war nun mal da und er gehörte zu ihr, mehr brauchte sie zu diesem Thema nicht wissen.

Dann wurde sie eingeschult. Billie befand sich vom ersten Tag an mit ihrer Lehrerin auf Kriegsfuß. Als sie erfuhr, dass Frau Kössler mit Vornamen Sybille hieß, bestand Billie auf ihre Kurzform. Die nachfolgende Zeit war vor allem für Billies Eltern eine Herausforderung, denn ihre Tochter ignorierte ihren richtigen Namen mit Erfolg so lange, bis man auf die von ihr gewünschte Ansprache zurückgriff.

Doch jetzt, über sechs Jahre später, hatten sie sich damit abgefunden.

Elias spürte die Blicke seiner Eltern auf sich ruhen. Jetzt, da Billie zurechtgewiesen worden war, galt ihre Aufmerksamkeit wieder ihm.

»Du musst die Gefühle des Mädchens respektieren. Sie ist ein Mensch und kein Objekt.«

»Wenn du sie wirklich liebst, dann lässt du ihr Zeit.«

»Du meinst es doch ernst mit ihr, oder?«

Elias atmete einmal tief ein und wieder aus und wünschte sich nicht zum ersten Mal in seinem Leben, ein Einzelkind zu sein. Er musste das Gespräch zurück auf seine Schwester lenken. Übertrieben freundlich lächelnd drehte er seinen Kopf in ihre Richtung.

Billie sah ihn misstrauisch an und hörte augenblicklich auf zu kauen.

Weiterhin übertrieben freundlich fragte Elias:

»Warum warst du denn letzte Nacht noch so spät auf?«

Der Satz wirkte. Die Köpfe seiner Eltern wandten sich wieder Billie zu, die begann, auf ihrem Stuhl hin und her zu rutschen und mit großer Aufmerksamkeit ein Pfefferkorn aus ihrer Salami pulte.

»Ähm ... ich ... hatte Durst?!«

Frau Kramer rieb sich die Schläfen, als hätte sie Kopfschmerzen.

»Das regeln wir morgen. Wir müssen jetzt los, sonst verpassen wir das Stück. Elias, bitte sorge dafür, dass deine Schwester heute ausnahmsweise mal früh ins Bett kommt.«

Elias verzog das Gesicht.

»Warum könnt ihr denn keinen Babysitter beschaffen? Ich meine, ausgerechnet heute.«

»Nach dem ganzen Abi-Stress tut dir eine Auszeit ohne zu feiern mal ganz gut«, unterbrach ihn seine Mutter.

Elias wollte einwenden, dass feiern das war, was er unter eine Auszeit verstand, doch sein Vater kam ihm zuvor.

»Warum kannst du deinen Eltern nicht einmal einen Gefallen tun?« Sein tadelnder Tonfall duldete keinen Widerspruch.

12

Billie protestierte zeitgleich: »Ich bin kein Baby!«

Nun war es Elias, der demonstrativ seine Schläfen massierte und sich dann auf sein Zimmer zurückzog.

Er sehnte den Tag herbei, an dem er sein Auslandsjahr beginnen würde. Zwölf Monate Irland, zwölf Monate Ruhe, zwölf Monate Unabhängigkeit.

Er ließ sich auf sein Bett fallen und starrte ein paar Minuten lang an die Decke. Dann warf er einen Blick auf sein Handy. Kein Anruf, keine SMS, kein Nichts.

Wieso auch? Alle würden sich heute auf der Party amüsieren und alle wussten, dass er, der sonst nie eine Gelegenheit zum Feiern ausließ, dazu verdonnert worden war, auf seine kleine Schwester aufzupassen.

An einem Samstagabend!

Sämtliche Diskussionen hatten nichts genutzt und so sah Elias sich dazu gezwungen, auf die Party des Jahres zu verzichten und stattdessen die Zeit mit einer Zwölfjährigen totzuschlagen.

Konnte es schlimmer kommen?

Es konnte.

Elias hatte es sich mit einer Cola vor seinem Fernseher gemütlich gemacht und zappte gelangweilt durch die Programme. Nur wenige Augenblicke später öffnete sich die Zimmertür.

Ohne zu fragen, trat Billie ein, kniete sich direkt vor den Fernseher und schaltete den DVD-Spieler ein. Bud Spencer und Terrence Hill verschwanden vom Bildschirm.

»Was - «, begann Elias und setzte sich auf seinem Bett auf, doch Billie unterbrach ihn.

»Maeve hat mir einen Film ausgeliehen, den sie morgen unbedingt wieder braucht, deswegen muss ich ihn mir heute ansehen.«

Elias atmete einmal tief durch, dann versuchte er es mit Freundlichkeit.

»Und warum ausgerechnet auf meinem Fernseher?«

Billie hantierte weiter mit dem Gerät.

»Weil der DVD-Spieler von Mama und Papa kaputt ist. Durch deine Schuld wohlgemerkt. Technik und Bier vertragen sich nicht, das solltest du wissen.«

Elias gab nicht auf.

Warum es nicht zur Abwechslung einmal mit Worten statt mit Gewalt versuchen? Vielleicht geschah ja ein Wunder.

»Was, wenn ich es dir nicht erlaube?«

Billie drückte auf *Play* und kroch neben ihrem Bruder auf das Bett.

»Ach komm, dir ist langweilig, mir ist langweilig. Machen wir uns einen schönen Fernsehabend zu zweit.«

Sie schaltete das Licht aus.

14

»Viel gemütlicher so.«

Elias überlegte, ob er es doch lieber mit Gewalt versuchen sollte, zu seiner Begeisterung zog Billie in diesem Moment allerdings eine Tüte Chips hervor.

»Und außerdem hab ich Chips dabei. Die mit Chili-Geschmack.«

Sie lächelte ihren Bruder gewinnend an. Dieser seufzte und gab sich, zumindest für den Augenblick, geschlagen.

»Also gut, meinetwegen«, sagte er und riss die Tüte auf. Würziger Chili-Geruch stieg ihm in die Nase und er sog tief die Luft ein. Wenigstens etwas Positives, das er seiner gegenwärtigen Lage abgewinnen konnte. Er hörte, wie seine Eltern die Haustür hinter sich schlossen.

Es war Samstag Abend und er sah sich mit seiner kleinen Schwester einen Film an.

Wie viel schlimmer konnte es schon kommen?

Immerhin hatte er etwas zum Knabbern.

Nur wenige Augenblicke später bereute er es sofort, dass er sich mit Chips hatte bestechen lassen.

Der Vorspann lief über den Bildschirm und die mysteriöse Musik und die kunstvoll geschwungenen Buchstaben, die die Namen der Schauspieler bildeten, ließen ihn Schlimmes ahnen.

»Was ist das für ein Film?«, fragte er vorsichtig, obwohl er die Antwort schon kannte.

Billie strahlte und streckte ihre Hand nach der Chips-Tüte aus, doch Elias zog sie aus ihrer Reichweite.

»Es geht um zwei Mädchen, die in den Wäldern in der Nähe ihres Hauses Elfen entdecken und sich mit ihnen anfreunden. Doch dann werden sie von einem Journalisten beobachtet und die Welt der Elfen ist in Gefahr.«

Elias hörte schon nicht mehr zu.

Elfen! Was hatte er anderes erwartet?

Billie war verrückt nach Elfen, genauso wie ihre durchgeknallte Freundin Maeve, die wahrscheinlich auf Grund ihrer irischen Vorfahren einen Hang zu allem Mystischen hatte. Die beiden besaßen unzählige Bücher über diese Fabelwesen, sahen sich stundenlang Filme an, in denen Elfen vorkamen und übten, sie zu zeichnen. Schlimmer noch: Hin und wieder suchten sie selber im Garten nach ihnen.

»Dir ist klar, dass diese Viecher nicht in Wirklichkeit existieren?«

»Du hast keine Fantasie«, antwortete Billie ungerührt. »Und«, fügte sie mit einem Ellenbogenhieb in Elias' Seite hinzu, »sie sind keine Viecher.«

Elias konzentrierte sich auf die Chips, während Billie gebannt der Handlung des Films folgte und jedes Mal begeistert aufschrie, wenn eine

16

computeranimierte Elfe über den Bildschirm schwebte.

»Da, hast du sie gesehen?«

Elias hob träge den Kopf, sah erst seine Schwester mit hochgezogenen Augenbrauen an und wandte sich dann dem Fernseher zu. Eine der Elfen hatte es endlich unterlassen, sich kichernd zwischen den Bäumen zu verstecken, und schwebte mit weit aufgerissenen Augen auf die Menschenmädchen zu. Sie war ausgesprochen winzig und hätte bequem auf Elias' Handfläche Platz gehabt, wenn sie in der Realität existiert hätte. Die Elfe sah aus wie eine kleine Puppe, trug ein Kleid, das aus Blütenblättern zu bestehen schien und flatterte eifrig mit ihren Flügeln, die denen von Schmetterlingen erstaunlich ähnlich sahen.

Ein wandelndes Klischee, dachte Elias.

»Wer behauptet eigentlich, dass Elfen wirklich so aussehen?«, fragte er laut, »Es könnte doch auch sein, dass sie zwei Meter groß und fürchterlich hässlich sind.«

Billie sah ihn mit einem finsteren Blick an und versuchte erneut, die Chipstüte zu erobern. Elias schob seine Schwester mühelos außer Reichweite.

»Augenzeugen behaupten das. Aber es ist mehr als eine Behauptung, es ist die Wahrheit.«

Elias widmete sich wieder seinen Chips und sehnte das Ende des Films herbei. Dann würde Billie, ob sie wollte oder nicht, ins Bett gehen und er hätte seine Ruhe. Er überlegte, ob er Isabell anrufen sollte. Ihre letzte Begegnung hatte nicht das erhoffte Ergebnis gebracht, doch was nicht war, konnte ja noch werden.

Es war fast zehn, als der Film sich endlich dem Ende zuneigte. Auf dem Bildschirm begann das große Finale und Billies Konzentration galt vollständig dem Fernseher.

Sie hätte ihn wahrscheinlich nicht einmal dann gehört, wenn er ihr direkt ins Ohr gebrüllt hätte.

Und so war es auch Elias, der das Geräusch zuerst bemerkte, das von irgendwoher aus seinem Zimmer kam. Er lauschte und sah sich suchend im Raum um.

Das Geräusch verstummte. Er sah wieder auf den Fernseher, in der Auffassung, dass er sich geirrt hatte. Das Geräusch stammte aus dem Film, alles andere ergab keinen Sinn.

Doch Sekunden später war es wieder da. Er setzte sich auf und spitzte die Ohren.

Da war ein leises Rumpeln, verbunden mit einem vorsichtigen Schaben. Als er genauer hin hörte, erkannte er, dass die Quelle dieses merkwürdigen Rumpelns aus seinem Kleiderschrank kommen musste.

Er drehte seinen Kopf in Richtung des Schranks und sofort verstummte das Geräusch.

Elias kam zunächst die Idee, dass es sich um eine Ratte handeln könnte. Doch eine Ratte würde die ganze Zeit Lärm machen, eine Ratte würde nicht in ihren Bewegungen innehalten, wenn sie befürchtete, dass man sie entdeckt hatte.

Was auch immer in seinem Schrank saß, es legte großen Wert darauf, nicht bemerkt zu werden.

Elias schaute erneut scheinbar interessiert auf den Fernseher, aber seine gesamte Aufmerksamkeit galt dem Kleiderschrank. Das Geräusch war wieder zu hören und aus dem Augenwinkel beobachtete er, wie sich die Tür seines Schranks einen winzigen Spalt öffnete.

Ratten öffneten keine Türen.

Elias' Nackenhaare stellten sich auf.

Er versuchte, den Kleiderschrank, so gut es ging, im Blick zu behalten, ohne dabei den Kopf zu bewegen.

Ob er seine Schwester warnen sollte?

»Billie, ich habe mir überlegt, die Möbel hier ein wenig umzudekorieren«, versuchte er, ihre Aufmerksamkeit zu gewinnen.

»Der Kleiderschrank würde sich doch neben der Tür gut machen, oder?«

Elias befürchtete fast, dass der Wink mit dem Zaunpfahl zu auffällig war. Seine Befürchtungen waren überflüssig, denn seine Schwester hatte ihn gar nicht gehört. Er boxte ihr leicht in die Rippen.

»Billie!«

Immer noch keine Reaktion. Er schaute zum Schrank hinüber. Ihm war, als würde ein großer Schatten zurückzucken.

Elias beugte sich nach vorne und schaltete den Fernseher aus. Was auch immer dort im Schrank saß, es hatte bemerkt, dass es entdeckt worden war. Es gab keinen Grund mehr, sich weiter unwissend zu geben.

Doch zunächst konnte er nichts tun, außer abzuwarten, bis Billie den Schock über die plötzliche Unterbrechung des Films verkraftet hatte. Sie starrte sekundenlang fassungslos auf den Fernseher und es dauerte einen Moment, bis sie sich gedanklich in der Realität wieder gefunden hatte. Dann wandte sie sich ihrem Bruder zu. Doch bevor ein Donnerwetter von unvorstellbarer Intensität über Elias losgehen konnte, erstarrte Billie.

»Wir werden beobachtet«, flüsterte sie.

Elias nickte.

»Ich weiß«, flüsterte er zurück und deutete mit dem Kopf in Richtung Kleiderschrank.

Bevor er Billie fragen konnte, was sie unternehmen sollten, war diese schon aufgesprungen und steuerte zielstrebig den Schrank an. Elias öffnete den Mund, um ihr eine Warnung zuzurufen, doch es war zu spät.

Billie packte beide Schranktüren und riss sie mit einem Ruck auf.

Elias hätte alles erwartet, nur nicht das, was da zutiefst erschrocken auf dem Schrankboden kauerte.

Billie ging es ähnlich, denn sie wich ein paar Schritte zurück.

Ein Mädchen saß dort, vielleicht auch eine junge Frau, das war bei der Dunkelheit nicht genau zu erkennen. Sie trug ein dunkles Kleid, hatte kurze, schwarze Haare und ungewöhnlich große, azurblaue Augen. Augen, die noch größer wirkten, weil sie vor Schreck weit aufgerissen waren.

Etwas an ihr erschien Elias absonderlich und das lag nicht allein an der Tatsache, dass sie sich in seinem Kleiderschrank versteckt hatte.

Das Mädchen an sich war seltsam. Irgendetwas an ihr war anders, doch er konnte nicht sagen, woran das lag.

Wie lange sie wohl dort schon gesessen hatte?

Er gab sich nicht die Mühe, es heraus zu finden, denn etwas hinter dem Mädchen fesselte seine Aufmerksamkeit und ließ alle anderen Gedanken in weite Ferne rücken.

Dort, wo die Schrankwand hätte sein sollen, war ein großes Loch.

Es war von einem solchen Durchmesser, dass Elias sich nur ein wenig hätte bücken müssen, um bequem hindurch zu passen.

Er erkannte helle und dunkelgraue Strudel, die an Gewitterwolken erinnerten. Sie wirbelten im

Kreis, kamen näher, entfernten sich wieder und sahen aus, als würden sie alles, was sich ihnen näherte, zu verschlingen drohen.

Elias blinzelte. Erst einmal, dann ein zweites und drittes Mal, doch egal, wie oft er seine Augen schloss und wieder öffnete, das Bild änderte sich nicht. Die Rückseite des Schranks blieb verschwunden.

»Was ist das?«

Billie hatte es ebenfalls gesehen. Elias starrte in die düsteren Verwirbelungen, doch egal, wie sehr er sich auch anstrengte, er konnte nicht erkennen, was sich dahinter verbarg. Falls es überhaupt irgendetwas gab, dass sich dort entdecken ließ.

Dann fesselte etwas anderes wieder seine Aufmerksamkeit.

Das Mädchen stand langsam auf, wobei sie sorgfältig darauf achtete, den Strudeln nicht zu Nahe zu kommen. Sie blieb zwischen seinen unordentlich aufgehängten Kleidungsstücken stehen und wirkte, als wüsste sie nicht genau, was sie als Nächstes tun sollte. Die Angst war aus ihrem Gesicht verschwunden.

Elias konnte seinen Augen nicht von ihr lassen. Noch immer war er nicht hinter die Ursachen ihrer Andersartigkeit gekommen.

Billie machte dem ganzen Spuk ein Ende. Sie schaltete das Licht an und das Mädchen, im Schein der Deckenleuchte fast vollständig zu erkennen, blinzelte in die plötzliche Helligkeit und kniff die Augen zusammen.

Elias blieb keine Zeit, sie genauer in Augenschein zu nehmen.

Hätte er geahnt, was als Nächstes passieren würde, er hätte Billie daran gehindert, das Licht einzuschalten und so schnell wie möglich so viel Abstand wie möglich zwischen sich und das Loch im Schrank gebracht.

Da Elias jedoch nicht mit der Gabe der Hellsichtigkeit gesegnet war, blieb er stehen und schaute erst die seltsame Besucherin an und dann Billie, die scharf die Luft einsog. Sie versuchte, etwas zu sagen, doch kein Wort kam über ihre Lippen. Ihr Mund schloss und öffnete sich abwechselnd, ihr Augen wurden immer größer und sie deutete eifrig auf das schwarzhaarige Mädchen.

Elias verstand nicht, worauf Billie hinaus wollte und sie machte sich auch nicht die Mühe, ihn in ihr merkwürdiges Verhalten einzuweihen.

Stattdessen lief sie, weiterhin mit den Fingern deutend, auf den Schrank zu.

»Ich wusste es! Du bist eine - «

Weiter kam sie nicht, denn in diesem Augenblick stolperte sie über einen Schuh, der einzeln auf dem Teppich gelegen hatte, taumelte nach vorne und in den Schrank hinein. Dort prallte sie auf das geheimnisvolle Mädchen und brachte es ebenfalls aus dem Gleichgewicht.

Elias registrierte für den Bruchteil einer Sekunde die ungewöhnlich spitzen Ohren des Mädchens. Wenige Augenblicke später verschwand es mitsamt seiner kleinen Schwester aufschreiend in dem dunklen Strudel.

Die Geräusche der zwei verstummten augenblicklich und Elias blickte verblüfft auf die sich drehenden Wirbel und horchte auf einen Aufprall, der nicht kam. Er wartete darauf, dass das Loch die beiden wieder ausspucken würde.

Doch nichts geschah, er war allein.

Alles in ihm sträubte sich dagegen, sich ebenfalls in dieses dunkle Nichts zu stürzen, doch dann meldete sich sein Gewissen.

Es ging immerhin um seine Schwester. Zudem würde er seinen Eltern eine Menge zu erklären haben, wenn sie nach Hause kamen und ihre Tochter nicht dort vorfanden, wo sie hingehörte.

Er war ohnehin mehr denn je davon überzeugt, dass er vor dem Fernseher eingeschlafen war und alles nur träumte. Da konnte er auch in dieses Loch steigen, ohne zu wissen, wohin es führte.

Kurz überlegte er, seinen Eltern eine Nachricht zu hinterlassen. Dann bemerkte er, dass das Loch plötzlich kleiner wurde. Es zog sich in erschreckender Geschwindigkeit zusammen und gab den Blick auf die dunkelbraune Rückwand des Schranks frei. Nur noch wenige Augenblicke und er würde nicht mehr hindurch passen. Er atmete

24

einmal tief durch, redete sich erneut ein, dass er alles nur träumte, und sprang kopfüber in das Loch hinein.

ZWEI

Er hatte fest damit gerechnet, dass die Strudel ihn umherwirbeln und mit sich ziehen würden, doch seine Befürchtungen traten nicht ein.

Elias tauchte hinein in eine vollständige Dunkelheit, die sämtliche Farben und alles Licht absorbierte. Für wenige Sekunden schwebte er buchstäblich im Nichts.

Nur Augenblicke später prallte er unsanft, mit dem Gesicht nach vorne, auf den Boden. Irgendetwas kitzelte seine Nase. Verwirrt hob er den Kopf und schaute auf Grashalme hinab.

Das ist nur ein Traum, redete er sich wieder ein, *in meinen Schrank wächst kein Gras.*

Er setzte sich langsam auf und sah sich um. Zunächst vermutete er, auf einer Wiese gelandet zu sein. Doch dann drehte er seinen Kopf und ihm wurde schwindelig.

Egal, in welche Richtung er sah, von allen Seiten umgab ihn ein sattes Grün, das Hänge und flache Hügel bedeckte und sich bis fast zum Horizont erstreckte.

Links von sich erkannte er in großer Ferne einen schneebedeckten Gebirgszug.

Als er seinen Blick weiter schweifen ließ, bemerkte er ein ineinander verknotetes Knäuel, das aus seiner Schwester und dem seltsamen Mädchen bestand.

Er rappelte sich auf und eilte zu den beiden hinüber.

Dann packte er Billie an den Schultern und stellte sie auf die Beine. Sie wirkte nicht im mindesten verwirrt darüber, dass der Kleiderschrank sie aus dem Haus hinaus ans helle Tageslicht befördert hatte.

»Ich wusste es«, rief sie aufgeregt, »Ich habe es schon immer gewusst!«

Elias wollte seine Schwester an den Schultern packen und sie schütteln, um sie auf ihre aktuelle Lage aufmerksam zu machen. Doch dazu kam es nicht.

Das schwarz gekleidete Mädchen sprang mit erstaunlicher Leichtigkeit auf ihre Füße und rannte auf Elias zu. Bevor er es schaffte, auszuweichen, schubste sie ihn zur Seite und stürmte an ihm vorbei. Elias landete erneut mit dem Gesicht im Gras.

Wütend wälzte er sich auf den Rücken. Das Loch war mittlerweile nur noch so groß wie sein Kopf. Es verkleinerte sich immer mehr und verschwand, bevor das Mädchen es erreichen konnte. Statt des Loches war jetzt, so weit das Auge reichte, nichts als Gras zu sehen. Am Horizont erkannte Elias die Silhouette eines Waldes. Das Mädchen fluchte und Elias riss erstaunt die Augen auf. Nicht nur, dass selbst er es nicht wagen würde, einige der Wörter zu benutzen, die sie von sich gab, es überraschte ihn, dass er jedes davon verstand, obwohl sie eindeutig kein Deutsch sprach.

Die Worte klangen in seinen Ohren fremdartig. Er konnte sie keiner Sprache zuordnen, die er kannte, und trotzdem formten sie sich in seinem Kopf zu Bedeutungen, die er verstand.

Billie erging es genau so, denn sie wirkte ebenfalls erstaunt, zugleich breitete sich aber ein Ausdruck großer Enttäuschung auf ihrem sommersprossigen Gesicht aus.

»Alles in Ordnung?«, fragte er seine Schwester. Er wurde aus ihrem Verhalten nach wie vor nicht schlau.

Billie nickte. Dann begannen ihre Augen wieder zu glänzen.

»Das wird Maeve mir nie glauben!«

»Was?« Er war genervt. Nicht mal er glaubte irgendetwas von dem, was gerade geschah und dabei erlebte er es hautnah.

Billie zeigte auf das Mädchen.

»Schau doch mal hin. Sie ist eine Elfe! Eine echte Elfe.«

Elias folgte ihrem Blick. Das Mädchen – sein Verstand sagte ihm, dass sie unmöglich eine Elfe sein konnte – war in dem Augenblick verstummt, in dem Billie ihre Vermutung äußerte.

»Ich. Bin. Keine. Elfe«, sagte sie, wobei sie jedes einzelne Wort betonte. Ihre Stimme wurde dabei immer bedrohlicher. Sie fluchte erneut und raufte sich die Haare.

Elias seufzte erleichtert auf.

Keine Elfe. Natürlich!

Vielleicht gab es doch eine schlüssige Erklärung für alles.

Das glaubst du ja wohl selbst nicht?

Er gestand sich ein, dass das plötzliche Verschwinden der Hinterwand seines Schrankes nicht eben logisch war, ebenso wenig wie die Tatsache, dass sie sich nicht mehr in seinem Zimmer befanden.

Auch irritierte ihn das Äußere des Mädchens.

Bei Tageslicht betrachtet sah sie tatsächlich mehr wie eine junge Frau aus.

Er schätzte, dass sie etwa zwei Jahre älter war als er. Die Andersartigkeit, die ihm schon in seinem Zimmer aufgefallen war, kam jetzt deutlich zum Vorschein.

Sie hatte längliche, spitze Ohren. Ihr Gesicht und ihr Körper sahen durchaus menschlich aus, waren allerdings um einiges feingliedriger und schmaler, als er es von anderen Menschen kannte.

Und jetzt, im Schein der Sonne (War es nicht eben noch zehn Uhr abends gewesen?), gewahrte er auch etwas, das ihm in seinem Zimmer verborgen geblieben war. Die Haut des Mädchens sah zwar seiner, vom Winter noch blassen, ähnlich und doch war sie von grünem und blauem Schimmer überzogen.

Elias hatte noch nie jemanden wie sie gesehen, aber sie konnte einfach keine Elfe sein. Sie selbst hatte ja betont, dass sie keine wäre.

Billie war anderer Meinung.

»Natürlich bist du eine Elfe. Du siehst genau so aus wie auf den Bildern.«

»Ich bin keine Elfe!«

»Aber wenn ich es dir doch sage. Du -«

Elias hielt seiner Schwester mit der einen Hand den Mund zu, die andere reichte er dem Mädchen.

»Ich bin Elias«, stellte er sich vor, »Und du heißt?«

Sie schaute seine Hand an, als wüsste sie nicht so recht, was sie damit anfangen soll.

»Tia«, sagte sie schließlich, ohne den Blick von seiner ausgestreckten Hand zu wenden.

Elias ließ sie wieder sinken.

Billie hatte sich inzwischen befreit, griff nach Tias Hand und schüttelte sie überschwänglich.

»Ich heiße Billie«, rief sie, »Ich kann es kaum glauben. Eine echte Elfe.«

Sie betrachtete ehrfurchtsvoll Tias spitze Ohren. Diese sah Billie an und ihr Blick verfinsterte sich.

»Du«, sagte sie. Das war alles und doch ließ Billie augenblicklich ihre Hand los und stolperte ein paar Schritte zurück. Tia zeigte auf die Stelle, an

30

der sich bis vor wenigen Minuten das seltsame Loch befunden hatte.

»Was hattet ihr da zu suchen?«, schrie sie, »Ihr habt alles kaputt gemacht.«

»Wir wohnen da«, protestierte Elias.

»Aber heute ist doch Samstag«, rief Tia aus, als wäre das die Erklärung für alles, was bisher geschehen war.

Sie sah in Billies Richtung und einen Moment lang glaubte Elias, die Wut, die in ihren Augen aufflackerte, förmlich sehen zu können. Dann schien sie es sich anders zu überlegen. Resigniert ließ sie sich auf den Boden sinken und vergrub das Gesicht in den Händen.

»Heute ist doch Samstag«, wiederholte sie und schüttelte den Kopf.

Elias war verunsichert. Er warf Billie einen hilfesuchenden Blick zu, doch die blieb nach Tias Wutausbruch auch lieber auf Abstand. Ihre anfängliche Euphorie hatte einen Dämpfer bekommen, das merkte Elias deutlich.

Er versuchte, Mitgefühl zu zeigen. Eine Charaktereigenschaft, mit der sonst nicht allzu freigiebig war.

»Alles in Ordnung?«

Eine mehr als überflüssige Frage. Doch Elias gab nicht auf. Er musste Tia zum Reden bringen, schon allein um zu erfahren, wie er und Billie hierher gekommen waren.

Traum oder logische Erklärung. Eines von beiden war die Antwort auf ihre Lage.

»Ähm … können wir dir irgendwie helfen?«

Tia schüttelte den Kopf.

»Ich bin keine Elfe.« Sie hob den Kopf und sah Billie an. »Ich bin eine Fee.«

Elias schloss die Augen und seufzte tief.

Waren denn alle verrückt geworden?

Die logische Erklärung, auf die er nach wie vor hoffte, entfernte sich immer weiter von ihm. Vielleicht hatte er sie nur falsch verstanden. Vielleicht bildete er sich nur ein, die Bedeutung der Worte zu kennen, die sie sprach.

»Es gibt keine Feen.«

Tia stand auf.

»Dann bin ich eine Halluzination?«

»Genau!« An diese Art von Erklärung hatte Elias bisher gar nicht gedacht. »Du bist nur eine Einbildung.«

»Und ich?«, mischte sich Billie ein, »Bin ich auch nur eine Einbildung?«

Schön wär's, dachte Elias.

»Nein, du nicht. Aber Feen existieren genauso wenig wie Elfen.«

Tia hatte sich umgedreht und stapfte davon.

»He, wo willst du hin?«

Sie zuckte mit den Schultern.

»Das kann dir doch egal sein. Ich bin eh nur eine Einbildung. Deine Worte.«

32

Elias verdrehte die Augen und lief hinter ihr her, Billie folgte ihm.

»Warte! Wie kommen wir wieder zurück nach Hause? Wir können nicht hierbleiben.«

Tia blieb stehen und sah ihn spöttisch an. »Also doch keine Halluzination?«

Billie ergriff das Wort.

»Hör nicht auf ihn. Er bildet sich ein, nur weil er sein Abitur bestanden hat, alles zu wissen.«

Elias starrte seine Schwester finster an. Doch er sagte nichts. Vielleicht würde sie es ja schaffen, einen Ausweg zu finden.

»Kannst du uns sagen, wo wir hier sind?«

»Ja, das kann ich.«

Elias und Billie warteten auf eine Antwort, doch Tia schwieg.

Billie fragte: »Würdest du uns sagen, wo wir hier sind?«

»Ja.«

Wieder Schweigen. Elias begann, die Geduld zu verlieren.

»Wo sind wir hier?«

Tia wirkte zufrieden. »Dieses Land heißt Ot'rona.«

Sie wandte sich wieder zum Gehen. »Im Moment befinden wir uns in den unendlichen Grasebenen.«

Wie einfallsreich, dachte Elias.

Er hatte Mühe, mit ihr Schritt zu halten.

»Wohin gehst du?«

»Die Sonne geht in ein paar Stunden unter. Im Wald sind wir sicherer.« Sie zeigte in die entsprechende Richtung.

Elias folgte ihrem Blick. Aus dieser Entfernung sah der Wald eher wie ein Wäldchen aus.

»Wie unendlich sind die unendlichen Grasebenen?«, fragte Billie, die anscheinend denselben Gedanken gehabt hatte.

Tia machte eine wegwerfende Handbewegung.

»Der Name ist übertrieben. In vier, vielleicht fünf Stunden sind wir da.«

Billie keuchte entsetzt auf und auch Elias versetzte die Aussicht, etliche Stunden über mit Gras bewachsene Hügel zu wandern, nicht gerade in Hochstimmung.

»Sollten wir nicht hierbleiben und darauf warten, dass das -« Elias versuchte, die richtigen Worte zu finden, doch scheiterte kläglich. »Dass dieses Dings wieder auftaucht.«

»Es wird nicht wieder auftauchen«, fauchte Tia so heftig, dass sowohl Elias als auch Billie unwillkürlich einige Schritte zurückwichen und näher aneinanderrückten.

»Und du willst hier nicht warten, glaube mir.«

Elias hätte noch einige Fragen mehr gehabt, doch Tia hatte sich wieder umgedreht und war losgelaufen. Das Tempo, das sie vorlegte, zeigte deutlich, dass die Unterhaltung für sie beendet war.

34

Die Geschwister hatten Mühe, ihr zu folgen.

Elias gefiel zwar die Vorstellung nicht, sich immer weiter von dem Ort zu entfernen, an dem er sein Zimmer vermutete, aber was hätte er tun sollen?

Billie versuchte trotz allem, Tia mit Fragen zu bombardieren, doch diese marschierte, ohne ein Wort zu sagen, unbeirrt weiter.

Nach anderthalb Stunden war Billie verstummt. Das Reden strengte sie zu sehr an und sie verwendete all ihre Kraft darauf, mit Tia Schritt zu halten.

Elias ging es nicht anders. Er war nicht unsportlich, aber es dauerte nicht lange, bis er bemerkte, wie ihm die Puste ausging.

»Können wir nicht eine Pause machen?«, jammerte Billie.

Tia hörte sie nicht. Oder wollte sie nicht hören. Elias tippte auf Zweiteres. Ihm erging es oft so, wenn Billie etwas von ihm wollte.

»Was ist denn so gefährlich, dass wir nicht hierbleiben können?«, fragte er.

Tia drehte sich um und lief rückwärts weiter.

»Willst du hier warten und es herausfinden? Dann brauchst du nur den Sonnenuntergang abwarten.«

Elias antwortete nicht. Tia kehrte im wieder den Rücken zu.

Nach weiteren zwei Stunden hatte Elias Seitenstechen und Billie immer größere Schwierigkeiten, mit ihnen Schritt zu halten. Doch der Wald war inzwischen in fast greifbare Nähe gerückt. Elias bemerkte, wie Tia nervös einen Blick zu der stetig tiefer sinkenden Sonne warf.

Die Welt war in rötliches Dämmerlicht getaucht.

Zum zweiten Mal an diesem Samstag wurde es für Elias und Billie Abend. Und was auch immer nachts in den unendlichen Grasebenen sein Unwesen trieb, es schien Tia ernsthaft zu beunruhigen. Sie lief schneller und Elias und Billie mussten fast rennen, um sie nicht aus den Augen zu verlieren.

Sie erreichten den Waldrand und endlich verlangsamte Tia ihr Tempo. Sie wirkte nicht einmal ansatzweise erschöpft. Billie hingegen lehnte sich schnaufend gegen einen Baum und Elias beugte sich keuchend nach vorne und stützte sich auf seine Oberschenkel.

Ein riesiger Schatten schwebte über sie hinweg und im selben Moment verschwanden die letzten Sonnenstrahlen hinter dem Horizont. Es wurde so dunkel, dass Elias kaum noch die Hand vor Augen sah.

»Was war das?«, fragte er Tia und suchte mit seinen Blicken den dunklen Himmel ab. Der Schatten war nicht mehr zu sehen. Was aber nicht hieß, dass er nicht noch in ihrer Nähe war.

»Das«, sagte Tia, »ist der Grund, warum wir uns jetzt so weit wie möglich vom Waldrand entfernen, bevor sie uns entdecken.«

Sie setzte sich wieder in Bewegung. Billie stapfte murrend hinter ihr her. Elias konnte es ihr nicht verübeln. Seine Beine schmerzten, er war müde und hungrig.

»Wer sind sie?«, wollte er wissen, während er sich in der Finsternis des Waldes bemühte, nicht über aus dem Boden ragende Wurzeln zu stolpern. Erneut gab Tia keine Antwort. Sie suchte etwas. Nach nicht einmal zehn Minuten hielt sie an. Elias sah an ihr vorbei und entdeckte neben einem knorrigen Baum mit einer üppigen Krone eine Art Lager aus Moos. Es schien das zu sein, was Tia gesucht hatte, denn sie begann damit, das Moos aufzuschütteln und zu einem Bett zu formen. Das war es zumindest, was man mit einiger Fantasie daraus erkannte.

»Hast du vor, hier zu schlafen?«, fragte Billie.

»Ja.«

»Hast du hier letzte Nacht auch schon geschlafen?«, wollte Elias wissen.

»Ja.«

»Warum?« Diese Frage kam fast synchron aus Billies und Elias' Mund.

Tia hielt mit ihrer Arbeit inne.

»Stellt ihr Menschen immer so viele Fragen?«

Sie schüttelte ihr provisorisches Kopfkissen auf und legte sich dann mit ausgestreckten Beinen auf den Boden.

»Aber wir können doch nicht hier im Wald schlafen«, protestierte Billie.

Das sah Tia anders. Sie rollte sich auf die Seite und wandte den Geschwistern den Rücken zu.

»Hier seid ihr vorerst in Sicherheit, für euer weiteres Überleben bin ich nicht zuständig«, brummte sie, »Und jetzt verschwindet.«

Elias glaubte, seinen Ohren nicht zu trauen.

In was waren sie da nur hinein geraten? Aus Tia war nichts mehr heraus zu bekommen und so lehnten er und Billie sich an den dicken Stamm eines Baumes. Sie hatten die feste Absicht zu warten, bis es Tag wurde, um dann Tia dazu zu bringen, sie nach Hause zu führen.

Elias war sich sicher, dass die angebliche Fee besser darüber Bescheid wusste, warum sie jetzt in diesem Schlamassel steckten, als sie zugab.

»Ich will nach Hause«, jammerte Billie und Elias stöhnte innerlich auf. Als hätten sie nicht schon genug Probleme, nun musste er auch noch seine kleine Schwester bemuttern. Leicht genervt legte er ihr einen Arm um die Schultern und sagte: »Keine Sorge, wir finden hier wieder raus … irgendwie.«

»Ich habe mir das alles ganz anders vorgestellt«, sagte Billie.

38

Elias wusste zunächst nicht, was sie meinte, doch Billie redete weiter: »Sie ist eine Fee, da bin ich mir sicher. Aber in den Büchern heißt es immer, dass Feen ... nun ja ... nett sind.«

Sie richtete sich auf und ihre Augen leuchteten.

»Aber ist das nicht unglaublich? Da drüben ist der Beweis, dass es Feen wirklich gibt. Und du glaubst mir endlich.«

Elias nickte, aber in Wahrheit glaubte er immer noch nicht an Feen oder andere Fabelwesen. Obwohl eine Vertreterin dieser Art keine drei Meter von ihm entfernt lag, sagte seine Vernunft ihm, dass das unmöglich die Wahrheit sein konnte.

Elias gab dem Abitur die Schuld. Er hatte in den Lernphasen nur mit seinem Verstand gearbeitet und über kurz oder lang hatte er verlernt, auf sein Bauchgefühl zu hören. Er gähnte und lehnte seinen Kopf an den Baumstamm. Trotzdem sie hier ungeschützt mitten im Wald lagen, fühlte er sich sicher. Zwar knackte es ab und zu im undurchdringlichen Gehölz und kleine Schatten huschten zwischen den Bäumen hindurch, aber nichts davon kam ihm bedrohlich vor. Billie schien es ähnlich zu gehen. Sie war eingeschlafen.

Elias sah sich um. Es war dunkel, doch er erkannte in der näheren Umgebung einige Eichen und Haselnusssträucher. Dieser Wald unterschied sich äußerlich in keiner Weise von denen, die er kannte.

Die nicht sichtbaren Abweichungen waren es, die seine Aufmerksamkeit gefangen hielten. Elias wusste nicht, was es war, doch von den Bäumen, den Sträuchern, dem Moos und den Steinen um ihn herum ging etwas Magisches aus. Etwas, das unglaublich alt und zugleich voller Wissen war.

Magisch? Jetzt mach aber mal halblang! Du hast dein Abitur in Biologie geschrieben und nicht in Mythologie.

Elias schloss erschöpft die Augen. Er hoffte inständig, dass sich am nächsten Tag alles aufklären würde. Billie hatte sich an ihn gekuschelt und er legte beide Arme um sie.

Kurz bevor er einschlief, dachte er sich, dass seine Eltern von diesem Anblick bestimmt entzückt gewesen wären.

DREI

Er musste lange geschlafen haben, denn als ein stechender Schmerz in seiner Seite ihn weckte und er die Augen aufriss, blinzelte er in ein paar Sonnenstrahlen, die sich ihren Weg durch das Blätterdach des Waldes gebahnt hatten.

»Elias!«

Er versuchte, sowohl den wieder nachlassenden Schmerz als auch das laute Rufen von Billie zu ignorieren, doch es gelang ihm nicht.

Sein Rücken war steif, seine rechte Seite pochte dumpf und ein unangenehmer Muskelkater zog in seinen Beinen. Außerdem gab Billie immer noch nicht auf.

»Elias!«

Er entschied sich, ein Auge zu öffnen. Billie stand vor ihm, die blonden Haare zerzaust und mit kleinen Blättern gespickt. Erneut trat sie gegen seine Seite.

»Jetzt wach endlich auf. Sie ist weg!«

Mit einem Schlag war er hellwach.

»Was?«.

Er fuhr nach oben und Billie zeigte auf die Stelle, wo am Abend zuvor Tia gelegen hatte. Sie war leer.

Elias starrte mit offenem Mund auf das plattgedrückte Moos.

Sie hatte sie im Wald zurückgelassen.

»Was machen wir denn jetzt?«, rief Billie. Ihre Stimme klang weinerlich und ihre Wangen glühten rot.

Elias schloss für einen Moment die Augen und versuchte, einen klaren Gedanken zu fassen. Der Schmerz in seinem Rücken rumorte weiter. Es war keine gute Idee gewesen, im Sitzen einzuschlafen.

Dass er nicht wieder in seinem Bett aufgewacht war, machte die Situation nicht besser.

Ob er wollte oder nicht, er musste sich eingestehen, dass sie in eine Welt geraten waren, wie sie bisher nur in der Vorstellungskraft seiner Schwester existiert hatte.

Er versuchte nachzudenken.

Wie waren sie hierher gelangt?

Durch seinen Kleiderschrank, so wirr das auch klang. Doch das Loch, das Portal, war verschwunden.

Er wusste nicht, wie man es erneut öffnete oder ob es nicht mittlerweile sogar an einer anderen Stelle aufgetaucht war. Tia selbst hatte gesagt, dass es sich nicht wieder öffnen würde.

Nie wieder? Nicht an dieser Stelle?

Vielleicht halfen ihnen Billies Kenntnisse über Übersinnliches, sofern das, was in ihren Büchern stand, ihnen überhaupt eine Hilfe sein würde. Bis vor wenigen Stunden war er selbst ja davon überzeugt gewesen, dass die Bücher keinerlei hilfreiches Wissen, sondern lediglich Hirngespinste und Schund enthielten.

»Elias!«

Andererseits würde er ohne die penetrante Stimme seiner Schwester auch um einiges besser nachdenken können.

»Elias!«

Billies Stimme zitterte und sie zerrte hektisch an seinem T-Shirt.

Elias öffnete die Augen und hätte einen großen Satz nach hinten gemacht, wenn der dicke Stamm einer Eiche ihn nicht daran gehindert hätte.

Die Gestalt vor ihnen schien direkt aus einem alten Karl-May-Film entsprungen zu sein.

Der Mann saß auf einem braunen Pferd, das nervös auf der Stelle tänzelte. Er hatte glatte, schwarze Haare, die ihm über die Schultern fielen, und seine Haut schimmerte wie Bronze, dort wo die wenigen Sonnenstrahlen ihn berührten. Seine Kleidung bestand aus einer Lederhose, braunen Stiefeln und einem hellen Leinen-Hemd.

Pferd und Reiter hatten ihre Muskeln bis aufs Äußerste angespannt.

Doch es war nicht das außergewöhnliche Äußere, dass Billies und seinen Blick gefangen hielt.

Elias starrte nervös die Pfeilspitze an, die auf sie beide gerichtet war.

»Wer seid ihr?«

Der Mann redete in der gleichen ungewöhnlichen Sprache, wie Elias sie schon bei Tia gehört hatte und dennoch verstand er auch dieses Mal jedes Wort.

Elias wollte antworten, was hätte er auch sonst tun sollen? Doch seine Schwester kam ihm zuvor.

»Billie«, stieß sie hervor, »und das ist mein Bruder Elias. Wir haben uns verlaufen.«

Ihre Worte bewegten den Mann nicht dazu, seine Waffe sinken zu lassen.

Billie fingerte nervös an einer Haarsträhne und ihre Stimme überschlug sich beinahe.

Dennoch hielt sie den Blick starr auf den fremden Mann gerichtet. In atemberaubender Geschwindigkeit berichtete sie von dem Kleiderschrank, den grauen Strudeln und wie sie schließlich durch das Loch hinaus auf die unendlichen Grasebenen gefallen waren.

Elias erkannte, dass der Mann ihnen kein Wort glaubte. Bis Billie Tia erwähnte.

»Und dann war da diese verrückte Fee. Die hat uns hier in den Wald gebracht und ist verschwunden, während wir geschlafen haben. Die wollte uns unbedingt loswerden, obwohl sie Schuld an dem Ganzen war. Und jetzt wissen wir nicht, wie wir wieder nach Hause kommen.«

Billie unterbrach ihre Erzählung, um wieder zu Atem zu kommen.

Der Mann horchte auf und ließ seinen Pfeil ein wenig sinken.

»Verrückte Fee?«

Billie nickte so heftig, dass ihr einige Blätter aus den Haaren rieselten.

»Total durchgeknallt.«

Elias hielt den Atem an und wagte es nicht, Billie zu unterbrechen. Sie redete wie immer viel zu viel, doch mit Glück lenkte es den Mann von seinem ursprünglichen Vorhaben ab. Und dann geschah etwas, womit Elias nicht gerechnet hatte. Der Mann ließ den Pfeil sinken.

»Hat die Fee euch gesagt, wie sie heißt?«

Wieder nickte Billie.

»Das war aber auch so ziemlich das Einzige, was wir aus ihr heraus bekommen haben. Sie sagte, ihr Name wäre Tia.«

Was dann folgte, überraschte Elias.

Der Mann warf den Kopf in den Nacken und lachte schallend. Bogen und Pfeil schien er gänzlich vergessen zu haben. Elias wusste nicht, wie er reagieren sollte, deswegen beschloss er, erst einmal gar nichts zu machen.

Der Lachschwall legte sich so schnell, wie er gekommen war. Als der Mann Billie wieder ansah, wirkten seine Augen traurig. Trotzdem umspielte ein amüsiertes Lächeln seine Lippen.

»Da wird euch das Glück gewährt, das wunderschöne Ot'rona zu besuchen und das Erste, was ihr von all den Mysterien hier kennen lernt, ist Tia. Kein Wunder, dass ihr wieder nach Hause wollt.«

»Mir hat es eigentlich ganz gut hier gefallen, bis ich von einem wildfremden Menschen mit einem Pfeil bedroht wurde«, mischte sich Elias ein.

War dieser Mann überhaupt ein Mensch?

In seiner gegenwärtigen Situation hätte es Elias nicht einmal gewundert, wenn er mit seinem Pferd davongeflogen wäre, anstatt zu reiten.

Der Mann ignorierte Elias' bissigen Kommentar und Billie redete aufgeregt weiter, als hätte sie vergessen, dass sie vor wenigen Sekunden von einer Waffe bedroht worden war.

»Du kennst Tia?«

Der Mann nickte.

»Und deinen Schilderungen nach scheint ihr sie an einem verhältnismäßig guten Tag erwischt zu haben. Was mir bei den gegebenen Umständen seltsam erscheint.«

Elias wartete darauf, dass der Mann sich näher dazu äußerte, doch er schwieg. Zu dem traurigen Ausdruck in seinen Augen mischte sich Besorgnis. »Wie heißt du?«

Bevor Elias sie davon abhalten konnte, hatte Billie sich von seiner Seite gelöst, sich dem fremden Mann genähert und streichelte die Nase des Pferdes. Dabei sah sie ihn voller Neugier an.

Er lächelte, schwang sein rechtes Bein über den Pferderücken und landete mit beiden Füßen zugleich auf dem mit Laub bedeckten Waldboden. Elias erhaschte einen Blick auf seine Ohren. Sie waren nicht spitz. Ein mögliches Indiz darauf, dass sie es hier mit einem Menschen zu tun hatte. Aber was hieß das schon in dieser Welt?

»Man nennt mich Manu.«

»Man nennt dich?«, fragte Elias, immer noch misstrauisch. Er hielt es für besser, erst mal niemandem mehr zu trauen. Wer wusste, wohin sie das noch führen würde, zumal Billie Manu eindeutig sympathisch fand.

Manu nickte. »Ist etwas falsch daran?«

»Das nicht«, räumte Elias ein, »aber wie nennst du dich denn?«

»Meinen richtigen Namen kann ich dir nicht sagen. Er spielt ohnehin keine Rolle.«

»Warum nicht?«

»Elias«, mischte sich Billie ein, »jetzt spiel hier nicht den Superhelden! Manu hat uns nichts getan.«

»Er hätte uns umbringen können.«

»Hat er aber nicht.«

»Aber er hätte -«

Erst in diesem Moment fiel Elias auf, wie albern er sich verhielt. Manu musste sich innerlich halb tot lachen, wenn er sah, wie er sich hier mit einer Zwölfjährigen stritt. Er verstummte.

Ob es ihm gefiel oder nicht, er hatte keine andere Wahl als Manu zu vertrauen. Dieser Mann war womöglich ihre einzige Chance, diese merkwürdige Geschichte so schnell wie möglich hinter sich zu lassen.

»Dieses Ot'rona«, setzte er zum Reden an und seine Zunge stolperte über den fremdartigen Namen, »was ist das?«

»Was das ist?« Manu klang amüsiert. »Genauso gut könnte ich euch fragen, was das ist, wo ihr herkommt.«

»Bremen«, sagte Elias. »Aber das ist eine Stadt. Wir sind hier irgendwo im nirgendwo. Und bei uns gibt es auch keine Feen.«

»Eine Stadt willst du? Folgt mir und ich führe euch nach Mediva, eine der größten Städte von ganz Ot'rona. Vielleicht ändert das deine Meinung über unsere Welt.«

Billie strahlte, doch Elias schüttelte den Kopf.

»Auf keinen Fall. Ich wandere nicht einfach so durch fremde Welten und schon gar nicht mit jemandem, der drauf und dran war mich zu erschießen.«

Ärger blitzte in Manus Augen auf und Billie stöhnte auf.

»Jetzt mach aber mal halblang. Willst du etwa hierbleiben?«

»Ja.«

48

Elias merkte, dass er schon wieder klang, wie ein bockiges Kleinkind, deswegen fügte er hinzu: »Wir können nicht mit ihm gehen. Erst müssen wir einen Weg finden, um nach Hause zu gelangen. Denk doch nur mal an Mama und Papa. Sie machen sich bestimmt Sorgen.«

Das wirkte. Billie biss sich auf die Lippen, doch Manu hatte noch einen Trumpf im Ärmel.

»Tia wohnt dort. Wenn jemand euch sagen kann, warum ihr hier seid und wie ihr wieder zurückkommt, dann sie.«

Billie begann wieder zu strahlen und Elias sah ein, dass er sich geschlagen geben musste. Manus Vorschlag klang vernünftig und je eher sie wieder von hier Verschwinden konnten, desto besser.

»Von mir aus. Führ uns nach Mediva … bitte«, fügte er nach einigem Zögern hinzu. Manu grinste zufrieden und schwang sich dann auf sein Pferd. Er ritt langsam voraus und Billie und Elias folgten ihm durch den Wald, der bei Tageslicht nichts von seiner magischen Aura verloren hatte.

Sie liefen hinter Manu durch ein Dickicht aus Ästen und Blättern. Der Reiter hatte ein sicheres Gespür dafür, welche Wege sie einschlagen mussten, wenn das Unterholz zu dicht wurde und umgestürzte Bäume ihnen den Weg versperrten.

Elias schrammte sich dennoch seine Unterarme auf und schaffte es mehr als einmal nicht, einem zurückschnellenden Ast rechtzeitig auszuweichen.

49

Zudem gelang es Billie wieder, die Nerven ihrer Mitmenschen bis aufs Äußerste zu reizen. Sie redete ohne Pause, dazu auch meistens ohne Luft zu holen, und fragte Manu Löcher in den Bauch. In ihm hatte sie, wie sie schnell feststellte, ein williges Opfer gefunden.

Er beantwortete ihre Fragen mit einer Geduld, die Elias manches Mal auch gerne bei sich gesehen hätte.

Um sie herum wurde es allmählich immer heller und der Wald lichtete sich.

Elias hatte jegliches Zeitgefühl verloren, doch er vermutete, dass sie etwa anderthalb Stunden zwischen den Bäumen umher gezogen waren. Die Stämme und Sträucher verschwanden und gaben die Sicht frei auf eine weitere mit Gras bewachsene Landschaft, die sich bis zum Horizont erstreckte. Elias kam es vor, als würde er auf einen riesigen, grünen Ozean zu blicken.

Er stöhnte. »Die unendlichen Grasebenen?«

Manu nickte. »Jedenfalls ein Teil davon.«

Nach einer weiteren Stunde war Elias sich sicher, Manus ganze Lebensgeschichte zu kennen. Oder zumindest jene Details, die Manu kannte. Er war, wie sie selbst, ein Mensch und im Alter von neunzehn Jahren nach Ot'rona gekommen. Jedoch wusste er bis heute nicht, wie und warum. Man fand ihn neben einem Wald liegend, bewusstlos aber ohne sichtbare Verletzungen. Als er erwachte, konnte er sich an nichts mehr erinnern, sogar sein eigener Name war ihm entfallen.

Er wurde von den Waldreitern aufgenommen, die die unendlichen Grasebenen und die Wälder Ot'ronas bevölkerten. Das alles war jetzt zehn Jahre her.

»Also gibt es hier noch mehr Menschen?«, fragte Elias. Seine Neugier war geweckt. Er wollte es sich nicht eingestehen, doch die Geschichte faszinierte ihn.

Manu nickte.

»Die meisten von ihnen sind ebenfalls unabsichtlich hergekommen.«

Und sind geblieben, dachte Elias, *fragt sich nur, ob unfreiwillig oder nicht.*

Er behielt seinen Gedanken bei sich, weil er Billie nicht beunruhigen wollte.

»Warum hat man dich Manu genannt? Hat der Name eine besondere Bedeutung?«

Manu nickte lächelnd. »Es bedeutet Mensch.«

Noch während Elias sich über die Einfallslosigkeit der Waldreiter wunderte, stellte Billie schon die nächste Frage: »Woher kennst du Tia?«

Manus Lächeln verschwand. Er wandte sich ab und ritt ein Stück voraus. Es war offensichtlich, dass das Gespräch für ihn beendet war. Billie war anderer Meinung, doch Elias hielt sie zurück und warf ihr einen warnenden Blick zu. Zu seiner Überraschung schwieg sie.

Mit einem Mal blieb Manu stehen. Elias und Billie schlossen rasch auf, um den Grund dafür zu erfahren. Der Anblick, der sich ihnen hinter einem der unzähligen Grashügel bot, verschlug Elias den Atem. Eingebettet in einem Tal, keine zwei Kilometer von ihrem Aussichtspunkt entfernt, lag Mediva.

Elias hatte vieles erwartet, aber nicht das, was sich ihm darbot.

Die Stadt nahm größere Ausmaße an, als alles, was er bisher gesehen hatte. Breite Straßen, enge Gassen, Parks, Hochhäuser und kleinere Gebäude waren zu einem perfekten Mosaik zusammengesetzt und bildeten ein gigantisches Kunstwerk.

Und noch etwas überraschte Elias: Durch Billies Erzählungen hatte er immer angenommen, dass Fabelwesen naturverbundener wären. Dass sie in Wäldern lebten oder immerhin in Städten, die aus dem Mittelalter sein könnten.

Doch Mediva war anders. Die Stadt war riesig, modern und hätte auch aus seiner normalen Welt stammen können. Trotz der Entfernung hörte Elias das Hupkonzert mehrerer Fahrzeuge. Die Geräuschkulisse einer gewöhnlichen Stadt, doch Elias war überzeugt davon, dass die Bewohner dieser Stadt alles andere als das waren, was er als gewöhnlich bezeichnen würde.

Nachdem sie eine Weile das Bild ausgekostet hatten, trieb Manu sein Pferd wieder an. Elias vergaß, dass er seit mehreren Stunden in einer fremden Welt umher gewandert war. Die Neugier drängte ihn voran und auch seine Schwester beschleunigte ihre Schritte. So dauerte es nicht lange, bis sie den Stadtrand von Mediva erreichten.

Kleine, zum Teil zerfallene Häuser säumten die Straßen, die einige bedenkliche große Schlaglöcher aufwiesen. Die Vorgärten waren ungepflegt, die meisten Bauten schienen verlassen, nur hin und wieder war hinter zerschlissenen Gardinen eine Bewegung zu erkennen.

Offenbar waren Armenviertel auch in dieser Gegend unumgänglich.

Elias schritt die Straßen entlang, durch die Manu, der auf seinem Pferd seltsam deplatziert wirkte, sie führte.

Er drehte den Kopf nach allen Seiten und versuchte, sich so viel wie möglich einzuprägen.

Das Ganze schien ihm immer noch zu unglaublich, um wahr zu sein. Die Armenviertel wandelten sich, nachdem sie eine Weile gelaufen waren, nach und nach in gepflegte Wohngegenden und schließlich erreichten sie den Stadtkern. Die Stadt war überfüllt mit unzähligen Wesen, darunter einige, von denen Elias bisher nicht einmal in Büchern gelesen hatte.

Spitze Ohren flanierten an ihm vorbei, ebenso wie Zentauren, Gnome (zumindest hielt er sie dafür) und fremdartige Wesen mit schillernden Flügeln, die wie eine seltsame Mischung aus Libelle und Mensch wirkten. Zwischen all den Leuten glaubte Elias, auch Menschen zu erkennen, aber er war sich nicht dessen nicht sicher. Seine Augen brannten, so sehr vermied er es, zu blinzeln. Er wollte sich nichts entgehen lassen, während er versuchte, die Umgebung mit seinen Blicken förmlich in sich aufzusaugen.

In Mediva gab es Busse und Autos, wie es ihm von seiner Heimatstadt vertraut war, dennoch sahen diese nicht aus wie die, die er kannte, sondern erinnerten eher an kleine Raumschiffe. Sie fuhren nicht auf den Straßen, stattdessen schwebten sie wenige Zentimeter darüber.

Der Lärm, den sie von sich gaben, war allerdings derselbe.

Manu war inzwischen abgestiegen und führte sein nervös tänzelndes Pferd durch die Menschenmenge.

Elias und Billie hatten Mühe, ihn nicht aus den Augen zu verlieren. Das lag zum größten Teil daran, dass sich keiner der beiden sattsehen konnten, an den verschiedenen Wesen und Fahrzeugen.

Mediva unterschied sich in vieler Art gar nicht so sehr von den Städten, die sie beide kannten, und doch strahlte die Stadt etwas aus, das Elias schon zuvor im Wald aufgefallen war. Eine Art magische Aura, die er selbst nicht genauer zu beschreiben vermochte.

Er fragte sich, wo Tia wohnte. Er fiel ihm schwer, sie sich inmitten dieser Massen an Lebewesen vorzustellen.

Manu bog um eine Ecke und die faszinierende Atmosphäre war mit einem Schlag verschwunden. Sie standen in einer dunklen Seitenstraße, in die Elias normalerweise keinen Fuß gesetzt hätte. Grau war hier die vorherrschende Farbe und es roch unangenehm. Elias wollte lieber nicht wissen, wonach. Enge, heruntergekommene Hauseingänge drängten sich dich an dicht in einem Meer von Betongebäuden und eine erstaunlich große Ratte verschwand quiekend in der nächsten Gasse.

Elias schüttelte sich und Billie erblasste. Sie tastete nach der Hand ihres Bruders, doch der zog sie unwirsch weg.

Je weiter sie in die Straße hinein gingen, desto dunkler wurde es. Die Stimmen von der Hauptstraße drangen nur noch gedämpft zu ihnen. Dafür glaubte Elias, dass eifrige Trippeln von Rattenfüßen immer genau an den Stellen überlaut zu hören, an denen sie gerade vorbei liefen. Müllsäcke lagen aufgestapelt vor hoffnungslos überfüllten Containern und hie und da hatte sich eine Pfütze von undefinierbarer Flüssigkeit auf dem Betonboden gebildet.

Billie zog sich den Kragen ihres T-Shirts über Mund und Nase und Elias überlegte für einen Moment, es ihr nachzutun.

Dann hielt Manu plötzlich vor einem der unzähligen Hauseingänge an. Irgendjemand hatte versucht, dem Eingang etwas Einladendes zu verpassen. Es war bei dem Versuch geblieben, denn die Blumen in den verdreckten Pflanzkübeln ließen traurig die Köpfe hängen.

Billie und Elias betrachteten das Gebäude und Billie sprach genau das aus, was Elias dachte: »Was ist denn das für eine Bruchbude?«

»Hier«, sagte Manu, »wohnt Tia.«

Elias sah einen kleinen haarigen Schatten durch ein zerbrochenes Fenster huschen und verzog angewidert das Gesicht.

»Hier würde kein normaler Mensch freiwillig wohnen.«

»Du vergisst zwei Dinge: Tia ist kein Mensch und freiwillig ist sie auch nicht hier.«

Manu stieß mit dem Fuß die Eingangstür auf, trat in den Hausflur und ließ sein Pferd dort stehen, bevor er im Treppenhaus verschwand.

Es kostete Elias einige Überwindungen, ihm zu folgen. Das Innere des Hauses war zum Glück nicht so dreckig, wie es von draußen aussah. Dennoch

56

unterdrückte er nur mit Mühe einen Anflug von Ekel, bevor er Manu ins Innere des Gebäudes folgte.

Billie sah sich im Inneren um und Elias erkannte, dass sie ihr Weltbild, das sie sich von Feen gemacht hatte, gründlich überarbeitete.

Er stieg hinter Manu die Treppen hinauf und wünschte sich eine Flasche des Desinfektionsmittels, mit dem seine Mutter zu Zuhause liebend gerne um sich sprühte. Normalerweise nervte ihn ihr übertriebener Putzfimmel, aber in diesem Haus würde er sie mit größtem Vergnügen einmal vorbeischicken.

Billie folgte den beiden, wobei sie darauf achtete, den verschmierten Wänden nicht zu nahe zu kommen.

Tia wohnte im obersten von fünf Stockwerken. Diese Etage unterschied sich nicht von den anderen. Hier war es ebenfalls grau, kahl und heruntergekommen. Lediglich die Tür, vor der Manu stehen blieb, ließ vermuten, dass sich der Besitzer dieser Wohnung zumindest ansatzweise um Hygiene kümmerte. Sie wirkte stabil und war nicht so stark verschmiert wie die restlichen Türen, an denen sie auf ihrem Weg nach oben gekommen waren.

Manu hob seine Hand und hämmerte kräftig gegen das dunkle Holz. Sie warteten eine Weile, doch niemand öffnete. Elias hörte in der Wohnung etwas klirren. Manu klopfte erneut.

»Tia, ich weiß, dass du da bist. Mach auf!«

Wieder öffnete niemand. Doch dann wurde etwas, vielleicht eine Flasche, energisch auf einem Tisch abgestellt und Schritte näherten sich der Tür. Selbige wurde einen Spalt breit geöffnet und ein blaues Augenpaar schaute misstrauisch nach draußen.

Als Tia Manu erkannte, weiteten sich ihre Augen. Sie öffnete die Tür vollständig und Elias schlug ein beißender Gestank entgegen, den er nicht sofort zuordnen konnte.

Leicht schwankend stand Tia im Eingang und sah Manu fragend an. Dann entdeckte sie Elias und Billie. Bevor einer der drei in der Lage war etwas zu sagen, war Tia wieder in ihrer Wohnung verschwunden und warf die Tür hinter sich ins Schloss.

VIER

»Sie hat sich offenbar immer noch nicht beruhigt.«

»Das sehe ich«, fauchte Elias, »Und jetzt? Sollen wir warten, bis sie sich herablässt, uns Eintritt zu gewähren?«

Ein lautes Brummen war zu hören und Billie hielt sich den Bauch.

»Ich habe Hunger«, klagte sie.

Elias stellte fest, dass sein Magen ebenfalls knurrte. Bei all der Aufregung hatte er bisher gar nicht gemerkt, dass sie schon beinahe einen ganzen Tag nichts mehr gegessen oder getrunken hatten.

Fast wehmütig dachte er an die Chili-Chips. Die Anstrengungen der letzten Stunden machten sich bemerkbar. Er wünschte sich in diesem Moment nichts mehr als ein bequemes Sofa und eine Pizza.

Billie sah den Boden an, als überlege sie, ob sie es wagen könne, sich hinzusetzen, unterließ es dann aber. Sie sah Manu wehleidig an. »Und jetzt? Wir können nicht nach Hause, wir haben kein Geld, wir kennen niemanden hier, wir - «

Sie zählte unermüdlich eine Liste von Problemen auf und sowohl Manu als auch Elias begannen langsam die Geduld zu verlieren.

»Schon gut«, rief Manu, um Billie zum Schweigen zu bringen, »Ich werde sehen, was ich für euch tun kann. Aber erst mal werde ich euch einiges über Tia erzählen. Vielleicht versteht ihr ihr Verhalten dann besser.«

Die letzten beiden Sätze hatte er übertrieben laut gesprochen. Hinter der Wohnungstür regte sich etwas. Geschirr klirrte, Sachen wurden polternd weggeräumt und schließlich öffnete Tia missmutig die Tür.

»Kommt rein.«

Sie warf Manu einen wütenden Blick zu, doch der hob nur grinsend die Schultern.

Elias betrat die Wohnung zuerst. Sie wirkte im Gegensatz zum Rest des Hauses regelrecht steril, war jedoch immer noch nicht als sauber zu bezeichnen. Auch hier war die vorherrschende Farbe Grau. Zu seiner Rechten sah Elias eine Küchenzeile, in deren Waschbecken sich das Geschirr stapelte. Die einzigen weiteren Einrichtungsgegenstände, die sich im Raum befanden, waren ein eckiger Couchtisch aus einem dunklen Holz, der auf einem ebenso dunklen Teppich stand und ein zerschlissenes Sofa, das zu besseren Zeiten vermutlich einmal weiß gewesen war.

Ein beißender Geruch lag in der Luft, den Elias aber nicht eindeutig zuordnen konnte. An der gegenüberliegenden Wand sah er zwei weitere

60

Türen, beide waren geschlossen. Ihm fiel auf, dass es in der Wohnung überhaupt keine Fenster gab.

Er spürte einen harten Stoß im Rücken und drehte sich um. Billie stand hinter ihm.

»Jetzt beweg dich«, zischte sie, »Das ist hier schließlich kein Fünf-Sterne-Hotel.«

Elias ging bis zur Mitte des Raumes und sah sich um, während die anderen ihm folgten.

Es war ihm ein Rätsel, wie Tia es ertrug, hier zu wohnen. Bis auf das Geschirr im Waschbecken gab es kaum einen Hinweis darauf, dass diese Wohnung überhaupt bewohnt war.

Hinter sich hörte er Tia mit Manu diskutieren. Sie redeten leise, so als wollten sie nicht, dass Billie und Elias etwas mitbekamen. Elias schlenderte scheinbar interessiert in eine Ecke des Raumes, spitzte jedoch die Ohren.

»Was fällt dir ein, die Menschen hierher zu bringen?«

»Sie haben überhaupt keine Ahnung, wo sie hier sind.«

»Ist das mein Problem?«

»Du hast sie im Wald zurückgelassen. Was, wenn sie über die Grenze geraten wären?«

Schweigen.

Tia warf Elias einen misstrauischen Blick zu, doch der gab sich weiterhin unbeteiligt. Leider nicht überzeugend genug, denn Tia packte Manu am Arm und zerrte ihn hinter sich her in das Linke

61

der anderen beiden Zimmer. Elias erkannte, dass es das Schlafzimmer war. Die Tür fiel mit einem Knall ins Schloss und die zwei führten ihren Streit weiter. Außer einem dumpfen Murmeln war nichts mehr zu verstehen.

»Mist.« Billie machte einen Schmollmund. »Ausgerechnet jetzt, wenn es spannend wird.«

Sie trat vor die Tür und drückte ein Ohr daran. Ihr Gesicht hellte sich auf.

»Ich glaube nicht, dass das eine gute Idee ist«, sagte Elias, doch Billie bedeutete ihm mit einer Handbewegung, still zu sein. Elias seufzte und stellte sich neben seine Schwester.

» - bin erledigt«, sagte Tia in diesem Moment, »Gethin wird mich umbringen.«

»Gethin ist nicht mehr in der Stadt.«

»Was?«

»Er hat Mediva am selben Tag wie du verlassen. Er wollte über die Grenze, weil er glaubte, du hättest dich Nila wieder angeschlossen.«

Tia lachte auf.

»Er wird nicht lange brauchen, um herauszufinden, dass er sich geirrt hat. Ich muss hier wieder weg.«

Billie warf Elias einen fragenden Blick zu, doch der zuckte nur mit den Schultern.

»Was ist mit den beiden Menschenkindern? Es ist immerhin auch dein Verdienst, dass sie jetzt hier sind.«

62

Elias runzelte verärgert die Stirn. Dass Manu ihn als Kind bezeichnete, gefiel ihm gar nicht.

Tia schnaubte. »Sei froh, dass ich sie nicht in den Grasebenen zurückgelassen habe. Ich bin ihnen nichts mehr schuldig.«

»Aber mir und ich möchte, dass du sie hierbehältst.«

Einen Moment lang schwiegen beide, dann fragte Tia: »Warum?«

»Weil dies eine komplett neue Welt für sie ist und -«

»Das meinte ich nicht«, unterbrach Tia ihn, »und das weißt du. Das ist mein Problem und du sorgst nicht unbedingt dafür, dass die Liste der Probleme in meinem Leben kürzer wird.« Es klang gequält.

Manu seufzte.

»Ich glaube nur, dass die beiden dich im Auge haben sollten ... damit du wenigstens ein Problem in den Griff bekommst.«

Schritte näherten sich der Tür und Elias und Billie stolperten zurück, plötzlich mit größtem Interesse einen Fleck an der Wand betrachtend.

»Ich will dieses Problem aber nicht in den Griff bekommen«, sagte Tia leise zu Manu. Dann wandte sie sich Elias und Billie zu. Ihr Gesichtsausdruck verriet, dass die Entscheidung trotz des offenen Endes der Diskussion bereits gefallen war, und zwar nicht zu Tias Gunsten.

»Ihr könnt bleiben. Aber ihr beachtet gefälligst meine Regeln.«

Billie nickte eifrig.

»Klar doch. Ist das aufregend! Wir wohnen bei einer echten Fee. Das wird so toll. Wir bleiben die ganze Nacht wach und erzählen uns Geschichten und - «

»Erstens«, unterbrach Tia sie und Billie verstummte augenblicklich, »Ruhe. Ihr redet nur dann, wenn ich es euch erlaube.«

»Warum?«

»Zweitens: keine Fragen. Weder dumme noch ernst gemeinte. Und drittens: Haltet euch raus aus meinem Leben. Ihr dürft hierbleiben, bis ihr wieder in eure Welt zurückkönnt, aber verhaltet euch so, dass ich gar nicht erst bemerke, dass ihr da seid.«

Weder Elias noch Billie sagten etwas, sondern sahen die Fee nur aus großen Unschuldsaugen an. Tia runzelte die Stirn.

»Habt ihr das verstanden?«

Manu, der Elias und Billie durchschaut hatte, grinste.

»Du hast ihnen noch nicht die Erlaubnis zum Reden erteilt.«

Tia schnaubte.

»Na gut. Vergessen wir die Regeln. Bis auf die Dritte. Es bleibt dabei: Ich lebe mein Leben und ihr das eure.« Billies Magen knurrte, und zwar so laut, dass alle es hören konnten.

64

»Ich habe Hunger«, stöhnte sie und ließ sich auf das Sofa fallen. Manu wandte sich an Tia.

»Wie wäre es, wenn du etwas zu essen besorgen würdest? Oder ist es möglich, dass sich in deinem Kühlschrank Lebensmittel finden lassen?«

Elias warf einen Blick auf die Küchenzeile. Er war sich nicht sicher, ob er etwas essen wollte, das hier zubereitet wurde. Manu schien seinen Gedanken erraten zu haben.

»Nimm doch die beiden mit und zeig ihnen ein bisschen die Stadt. Ich sorge inzwischen für etwas Ordnung.«

Tias Augen verdüsterten sich.

Manu sah sie nur wortlos an, dann begann er, das dreckige Geschirr zu spülen. Mit jedem weiteren Teller, der schaumüberzogen neben das Waschbecken gestapelt wurde, fiel Tias Körperspannung langsam von ihr ab.

Sie zeigte auf Billie, die auf dem Sofa zusammen gesunken war. »Die nehme ich nirgendwo mit hin. Die schläft mir unterwegs ein.«

»Aber ich nicht«, rief Elias.

Er konnte es kaum erwarten, die Stadt genauer unter die Lupe zu nehmen. Großstädte hatte auf ihn schon immer eine große Faszination ausgeübt. Außerdem erhoffte er sich, unterwegs Tia auf den Zahn fühlen zu können. Je eher sie wieder in ihre Welt kamen, desto besser. Er fragte sich nur, was er seinen Eltern erzählen sollte. Sie würden ihm nicht ein Wort glauben. Er tat es ja selber kaum.

Tias Laune hob sich kein bisschen, aber sie erlaubte ihm trotzdem, sie zu begleiten.

Sie verließen das Haus und Elias stellte mit Erstaunen fest, dass Manus Pferd nach wie vor im Hausflur wartete.

Geduldig sah es sie aus seinen dunklen Augen an und schnaubte leise, als sie sich an ihm vorbei nach draußen auf die herunter gekommene Straße zwängten.

Tia wandte sich sofort nach links und machte keinerlei Anstalten, auf Elias zu warten.

Dieser folgte ihr in wenigen Metern Abstand und kurz darauf traten sie wieder auf eine der belebten Hauptstraßen.

Wie eine Welle schwappte das Großstadtleben über sie. Zwischen dieser und der Straße, in der Tia lebte, lagen nur wenige Meter und doch betraten sie eine neue Welt.

Tia schlängelte sich flink zwischen den Massen hindurch und Elias folgte ihr mit einiger Mühe. Immer wieder stolperte er gegen ungewöhnliche Leiber und über fremde Füße. Hauptsächlich Zwerge, die er inmitten der großen Feen immer erst bemerkte, wenn es bereits zu spät war.

Eine ältere Fee stolzierte an ihm vorbei und Elias musste sich hastig ducken, um ihrem ausladenden Hut auszuweichen. Für einen Augenblick verlor er

66

Tia aus den Augen, entdeckte sie aber nach kurzem Suchen, wie sie ungeduldig wartend neben einem Geschäft stand. Als er sie erreicht hatte, schüttelte sie nur den Kopf. »Typisch Mensch.«

Elias öffnete den Mund, um etwas erwidern, doch in diesem Moment hörte er einen Aufschrei hinter sich. Er fuhr herum und sah die Fee mit dem riesigen Hut, die sich aufgeregt im Kreis drehte und dabei in ihrer Tasche wühlte. Es war ein ziemlich grotesker Anblick, da sich alle Umstehenden, wie zuvor auch Elias, hektisch duckten, um ihrer Kopfbedeckung auszuweichen. »Mein Geld«, kreischte sie und drehte sich immer weiter, »es wurde geklaut.«

Tia stieß Elias an. »Kommst du jetzt endlich?«

Elias löste seinen Blick von der Fee mit dem Hut und folgte Tia durch eine Glastür. Im Inneren blieb er überrascht stehen. Neonröhren brummten an der Decke, lange Reihen von Regalen waren vollgepackt mit rauen Mengen an Dosen, Flaschen, Pappschachteln und bunt bedruckten Tüten.

In den Gängen tummelten sich, wie bereits draußen auf der Straße, unzählige Wesen verschiedenster Art und mehrere Kassen gaben piepsende Geräusche von sich. Sie waren in einem Supermarkt.

Tia drückte Elias einen Einkaufswagen in die Hand.

»Was ist los? Hast du noch nie einen Supermarkt von innen gesehen?«

»Doch«, antwortete Elias, »Es ist nur ... es sieht genau so aus, wie bei uns zu Hause.«

Tia ließ ihren Blick suchend über eines der Regale gleiten.

»Es ist selten, aber es kommt vor, dass ihr Menschen ganz vernünftige Ideen habt.« Sie hielt inne und sah Elias an, der sich immer noch nicht von der Stelle gerührt hatte.

»Jetzt sag nicht, das zerstört dein Bild von langhaarigen Feen in Flatterkleidern, die im Wald herumtanzen?«

Elias schüttelte den Kopf.

»Nein ... doch. Ich weiß nicht. Aber Billie wird enttäuscht sein.«

Tia nahm eine Packung Müsli aus dem Regal und ließ sie in den Einkaufswagen fallen.

»Sie wird sich daran gewöhnen.«

Während sie durch den Supermarkt liefen, warf Tia nicht nur verschiedene Lebensmittel in den Einkaufswagen, sondern auch Zahnbürsten, Zahnpasta und Seife für Elias und Billie. Für Elias hatte das etwas Endgültiges. Tia selbst hielt es wohl nicht für sehr wahrscheinlich, dass seine Schwester und er in absehbarer Zeit wieder in ihre Welt zurückkehren würden. Elias nahm einige Flaschen Desinfektionsmittel und stellte sie zu den restlichen Artikeln in den Wagen. Wenn sie schon gezwungen waren, hier eine längere Zeit zu verbringen, wollte er Tias Wohnung nicht ihrem gegenwärtigen Zustand überlassen.

Sie stellten sich in eine Warteschlange an einer geöffneten Kasse und Elias fragte sich, wie sie bezahlen würden. Er hatte nicht gesehen, dass Tia eine Handtasche geschweige denn einen Geldbeutel bei sich hatte, als sie das Haus verlassen hatten.

Doch nachdem sie ihre gescannten Einkäufe wieder in den Einkaufswagen gelegt hatten, zog Tia wie von Zauberhand einen Geldschein aus einem eleganten Portemonnaie. Als sie das Wechselgeld erhalten hatte, warf Tia das Portemonnaie achtlos in eine der Plastiktüten, in die sie ihre Einkäufe verstaut hatten.

Erst als sie den Supermarkt verlassen hatten und sich auf dem Rückweg befanden, fiel Elias wieder die Fee mit dem Hut ein. Er dachte an das elegante Portemonnaie und Tias heruntergekommene Wohnung. Dann erinnerte er sich, wie die Fee mit dem Hut nach ihrem Geld gesucht hatte und wie Tia ungeduldig neben dem Supermarkt auf ihn gewartet hatte. Ein Schreck fuhr ihm durch die Glieder.

War es tatsächlich möglich, dass … ?

»Meinst du, dass die Frau von vorhin ihr Geld wieder bekommen hat?«

Tia zuckte mit den Schultern. »Eher nicht.«

»Hm«, machte Elias, »War es eigentlich sehr viel Geld, was du eben bezahlen musstest?«

Tia drehte sich um und ihre Augen blitzten. Ihr Gesicht war mit einem Male beunruhigend nah an seinem.

»Glaubst du etwa, dass ich das Geld genommen habe?«

»Nein«, erwiderte Elias und wich einen Schritt zurück. Es ärgerte ihn, dass seine Stimme so unsicher klang.

»Das solltest du aber«, sagte Tia mit einem bösen Grinsen und bog in die Seitenstraße ab. Elias folgte ihr sprachlos. Bis sie die Wohnung erreicht hatten, redeten sie nicht weiter miteinander. Tia stellte die Einkaufstüten auf dem Couchtisch ab.

Elias sah sich um. Während ihrer Abwesenheit hatte Manu ganze Arbeit geleistet. Einladend sah es hier immer noch nicht aus, aber immerhin hatte Elias nicht mehr das dringende Bedürfnis eine sehr lange, heiße Dusche mit sehr viel Seife zu nehmen.

Billies hatte ihr Nickerchen beendet. Mit zerzausten Haaren, aber wieder hellwach, saß sie auf dem Sofa und himmelte Tia an.

Elias verdrehte die Augen. Es war nur eine Frage der Zeit, bis auch ihre heile Feen-Welt auf den Boden der Tatsachen zurückgeholt werden würde.

Er stellte die Desinfektionsmittel demonstrativ in die Küche und nahm sich vor, sie bei nächster Gelegenheit zu benutzen.

Manu begann, den Inhalt der Plastiktüten in den Schränken zu verstauen.

»Ihr habt ja ordentlich zugeschlagen. Hattest du so viel Geld dabei?«

Tia machte eine abwinkende Handbewegung. »Mach dir da mal keine Sorgen. Elias und ich hatten beim Bezahlen keinerlei Probleme, nicht wahr?«

Elias wich ihrem Blick aus und nickte nur. Er würde da Thema nicht ansprechen. Nicht jetzt vor seiner kleinen Schwester.

Tia griff nach einer, noch nicht ganz leer geräumten, Plastiktüte und verschwand damit in Richtung Schlafzimmer. Dabei achtete sie darauf, dass Manu den Inhalt nicht zu Gesicht bekam. Elias erkannte, dass es die Tüte war, in die sie vorhin im Supermarkt das Portemonnaie geworfen hatte.

»Dann kocht mal schön. Ihr wisst ja, wo ihr mich findet.« Die Tür fiel mit einem lauten Knall hinter ihr ins Schloss.

Kleine Putzbröckel rieselten dabei von der Wand zu Boden.

Erst jetzt fiel Elias auf, dass er gar nicht das erreicht hatte, weswegen er sie eigentlich hatte begleiten wollen. Noch immer hatte er keine neuen Informationen über Portal erhalten.

Er sprach Manu darauf an.

Der Waldreiter setzte einen Topf gesalzenes Wasser auf den Herd und griff nach einer Packung Spaghetti.

»Warte ab, bis wir gegessen haben, danach erzähle ich dir, was ich weiß.«

Elias wollte protestieren, doch dann sah er mit Staunen, dass das Wasser, nur wenige Sekunden, nachdem Manu den Topf auf den Herd gestellt hatte, zu kochen begonnen hatte.

»Feentechnologie«, sagte Manu, der Elias Blick bemerkte, »Sie holen sich ihre Ideen häufig von Erfindungen der Menschen und verbessern sie. Feen haben meistens keine Geduld, um selber etwas zu entwickeln.«

Billie wirkte, als wäre sie kurz vor dem Verhungern gewesen, denn sie schaffte fast vier Teller, während Elias sich bereits nach zwei Portionen satt zurücklehnte.

»Wie meinst du das? Dass die Menschen die Ideen liefern?«

»Wir sind nicht die ersten Menschen, die es nach Ot'rona verschlagen hat. Du hast es schon auf der Straße gesehen, es gibt unter den Einwohnern Medivas einige von ihnen.«

Elias nickte.

»Die meisten dieser Menschen haben Mediva zu dem gemacht, was es heute ist. Sie haben das Wissen aus ihrer Welt in unsere gebracht. Zum

Beispiel bauen sie Geräte nach, die sie aus ihrer Heimat kennen und die Feen überarbeiten sie. Feen haben ein viel größeres Geschick, wenn es um Technologie geht.«

Er schmunzelte.

»Und außerdem sind sie unglaublich faul. Sie versuchen alles, um sich das Leben so leicht wie möglich zu machen. Keine Fee würde länger als eine Minute warten, bis das Wasser kocht. Und es gehört ein gewisses Maß an Magie dazu.«

Billie horchte auf. Endlich kam die Sprache auf ein Thema, das sie aus ihren Büchern kannte.

»Magie? Willst du damit sagen, dass Feen wirklich zaubern können?«

Manu schmunzelte.

»Natürlich. Ohne die Magie würde diese ganze Welt überhaupt nicht existieren.«

Billie warf einen Blick auf die geschlossene Schlafzimmertür. »Kann Tia auch zaubern?«

»Sie konnte es mal. Jetzt bin ich mir nicht mehr so sicher.«

»Was meinst du damit?«

Manu schüttelte den Kopf.

»Ich denke, ihr wolltet etwas über das Portal erfahren.«

Elias schob seinen Teller zur Seite und signalisierte Manu so, dass ihm seine ungeteilte Aufmerksamkeit galt. Billie wirkte zwar enttäuscht,

73

dass das Gespräch sich nicht länger um Zauberei drehte, stellte aber keine weiteren Fragen mehr.

»Portale«, erzählte Manu, »müsst ihr euch wie normale Türen vorstellen. Wenn sie geöffnet sind, kann man durch sie hindurchgehen und so in eure Welt gelangen. Und umgekehrt. Ot'rona existiert parallel zu eurer Welt, nur wissen das die wenigsten Menschen. Sie halten Parallelwelten für ein Märchen, ein Hirngespinst. Den Einwohnern Ot'ronas kommt das zugute, denn ihr könnt euch vorstellen, was die Entdeckung einer zweiten Welt bei der Menschheit auslösen würde. Wir hätten keine ruhige Minute mehr. Das ist der Grund, weshalb die Portale, die aus unserer in eure Welt führen, die meiste Zeit geschlossen sind.«

Er hielt inne und überlegte kurz.

»Die Portale öffnen sich zu bestimmten Zeitpunkten, aber ich weiß nicht, welche dies sind. Es kann bei Vollmond sein oder bei vierunddreißig Grad im Schatten. Vielleicht werden sie auch von speziellen Personen geöffnet. Dabei kann es immer mal passieren, das Menschen nach Ot'rona kommen, die vorher noch nie von dessen Existenz gewusst haben. Das ist natürlich ärgerlich, aber nicht zu ändern.«

»Warum schickt man diese Menschen nicht einfach wieder zurück?«, fragte Billie.

»Weil Menschen nichts für sich behalten können. Selbst wenn sie beteuern, dass sie es nicht weitererzählen werden. Wer entdeckt schon fremde Welten und nutzt dann nicht die Gelegenheit, mit dieser Entdeckung berühmt zu werden?«

»Ich würde das nie machen«, ereiferte sich Billie.

»Tatsächlich?« Manu sah sie streng an. »Würdest du selbst deiner besten Freundin nichts erzählen?«

Billie schwieg und senkte den Blick. Elias rutschte auf seinem Stuhl hin und her.

»Was bedeutet das für uns? Dürfen wir nicht mehr zurück nach Hause?«

Billie hob erschrocken den Kopf, als wäre ihr dieser Gedanke bisher gar nicht gekommen.

Manu zuckte mit den Schultern.

»Das kann ich nicht sagen. Natürlich würde ich es euch wünschen, dass ihr wieder in eure Welt zurückkehrt, aber so leicht ist das nicht. Ihr seid illegal hier, was keinen besonders guten Eindruck auf die Einwanderungsbehörde macht.«

»Einwanderungsbehörde?«

»Dort wird festgelegt, wer Ot'rona verlassen darf und wer nicht. Ich vermute, dass dort auch über die Öffnung der Portale entschieden wird.«

»Aber wenn Tia erklärt, was passiert ist, dann -«, versuchte Elias, die Situation zu retten, um Billie nicht weiter zu ängstigen, aber Manu unterbrach ihn.

»Tia ist nie bei der Einwanderungsbehörde gewesen.«

»Aber du sagtest doch -«

»Es gibt nicht nur Menschen, die nach Ot'rona kommen, sondern auch Bewohner Ot'ronas, die dieses Land verlassen wollen. Sie werden einer eingehenden Prüfung unterzogen, bevor sie eine Ausreisegenehmigung erhalten. Diese Genehmigung wird fast nur zu Forschungszwecken ausgestellt.«

»Ihr erforscht uns?«, fragte Billie und ihre Augen weiteten sich.

»Was ist denn mit Tia? Sie saß in meinem Kleiderschrank, das heißt doch, dass sie so eine Genehmigung bekommen hat«, sagte Elias.
Manus Mund verzog sich zu einem Lächeln, aber zeitgleich verdüsterte sich sein Blick.

»Wie gesagt, wird jeder, der beabsichtigt, das Land zu verlassen, einer Prüfung unterzogen. Man darf zum Beispiel keinerlei Straftaten begangen haben. Selbst wenn man im Kindesalter einen Kaugummi geklaut hat, ist es möglich, dass einem die Ausreise verweigert wird. Es kommen noch viele andere Kriterien hinzu. Die wenigsten Antragsteller erhalten eine Genehmigung. Wer eine hat, kann sich also sozusagen einen Heiligenschein verpassen lassen.«

Elias ahnte, worauf Manu hinauswollte.

»Und Tia hat bei dieser Prüfung nicht bestanden?«

»Sie hat nicht einmal einen Antrag gestellt, weil sie wusste, wie das Ergebnis ausfallen würde.«

Billie runzelte die Stirn.

»Und wieso war sie dann bei meinem Bruder im Zimmer?«

»Ich bin mir nicht sicher, aber vermutlich hat sie über den Schwarzmarkt erfahren, wann und wo sich das nächste Portal öffnen würde. Solche Informationen sind natürlich nicht ganz billig, allerdings mit größerem Erfolg verbunden.«

»Schwarzmarkt?«

Elias konnte nicht glauben, dass eine Welt, die er bisher nur aus Fantasy-Büchern kannte, der seinen so ähnlich war.

Manu schloss die Augen.

»Ja, Schwarzmarkt.«, sagte er in einem Ton, als müsse er einem übereifrigen Kleinkind seine unzähligen Fragen beantworten.

Er sah Elias an.

»Ich hätte eher vermutet, dass deine Schwester sich überrascht zeigt, dass diese Welt nicht so ist, wie sie es sich vorgestellt hat.«

Er hatte leise gesprochen, damit Billie den letzten Satz nicht mitbekam. Doch das war nicht nötig. Das Mädchen war zur Seite gesunken, hatte die Augen geschlossen und schlief tief und fest.

»Das ist mein Zeichen«, flüsterte Manu und stand leise auf, »Ich werde mich auf den Heimweg machen. Es ist spät und ich möchte noch vor Einbruch der Dunkelheit von den Grasebenen verschwunden sein.«

77

»Was ist denn dort nach Einbruch der Dunkelheit?«, fragte Elias.

»Du stellst zu viele Fragen«, gab Manu als Antwort und verließ, ohne sich zu verabschieden, die Wohnung.

Bevor er ging, hielt er in der Tür kurz inne und warf einen Blick in Richtung der verschlossenen Schlafzimmertür, hinter der sich nach wie vor Tia verschanzte.

Elias konnte ihm nicht ansehen, woran er gerade dachte.

Kurz überlegte er, ob er Manu auf den Vorfall beim Supermarkt ansprechen sollte, ließ es aber bleiben.

Er trug die schlafende Billie mit einiger Anstrengung auf das Sofa und legte sich dann auf den Boden daneben.

Der Fußboden war hart und roch unangenehm, aber die Müdigkeit seiner Schwester steckte ihn an.

Er war schon fast eingeschlafen, als er hörte, wie die Schlafzimmertür leise geöffnet wurde.

Eine Zeit lang blieb es still, dann verließ Tia die Wohnung und zog die Tür vorsichtig hinter sich zu.

Elias überlegte kurz, wo sie wohl hingehen mochte, doch schließlich übermannte ihn der Schlaf.

FÜNF

Elias erwachte, als etwas Weiches mit einem leisen Klatschen auf seine Nase fiel. Mit geschlossenen Augen tastete er danach und stöhnte genervt auf, als er feststellte, dass es sich Billies Hand handelte, die im Schlaf vom Sofa gefallen war.

Er kniff seiner Schwester in den Arm, aber sie drehte sich nur mit einem leisen Schnarcher um und schlief unbekümmert weiter.

Elias versuchte, ebenfalls wieder einzuschlafen, doch es gelang ihm nicht mehr.

Seine innere Uhr sagte ihm, dass es bereits Morgen war, der fensterlose Raum sorgte allerdings dafür, dass es bei einer reinen Vermutung blieb.

Schlechtgelaunt stand er auf und schlurfte ins Badezimmer. Die Nacht auf dem harten Boden hatte seinem schmerzenden Rücken keinen Gefallen getan, doch nach einer heißen Dusche begann er sich wieder einigermaßen wie ein Mensch zu fühlen.

Nachdem er sich die Zähne geputzt hatte, hörte er ein Klopfen an der Haustür. Er wartete, doch Tia machte keinerlei Anstalten zu öffnen und Billie schlief immer noch. In der festen Annahme, Manu würde draußen stehen, öffnete er - und stockte.

Vor ihm stand das schönste Mädchen, das er je gesehen hatte.

Sie war etwa so groß wie er, außergewöhnlich schlank und ihre hellen Haare ergossen sich wie flüssiges Licht über die Schultern bis hinab zur Taille.

Elias sah fasziniert in ihre unnatürlich blauen Augen und bemerkte, dass ihr sanft geschwungener Mund sich bewegte, doch er nahm die Worte nicht wahr, die sie sprach.

»Hä?«

Innerlich trat er sich selbst in den Hintern für diese intelligente Bemerkung.

Das Mädchen kicherte und dieser Laut versetzte Elias sofort wieder in einen traumartigen Zustand.

»Ist Tia da?«, fragte sie mit einer Stimme, die fast noch perfekter als ihr Äußeres war.

»Ich ... äh ... «

Das Zauberwesen lächelte ihn an und schwebte leichtfüßig an ihm vorbei in Tias Wohnung. Das lange Kleid, das sie trug, wallte dabei sanft hinter ihr her.

Ihr Blick fiel auf Billie.

»Tia lädt sich Gäste ein und ich erfahre als Letzte davon.«

Sie zog einen kleinen Schmollmund, was sie, wie Elias fand, noch unwiderstehlicher wirken ließ.

Er bemerkt eine große Tüte in ihrem Arm und im selben Moment stieg ihm der Duft von frischgebackenen Brötchen in die Nase.

Das hatte eine erstaunliche Wirkung. Billie schnupperte und öffnete endlich ihre Augen.

Und auch in eine etwas weiter entferntere Ecke der Wohnung war der Duft der Brötchen vorgedrungen.

Ein leises Quietschen verriet ihm, dass Tia ihre Schlafzimmertür geöffnet hatte. Mit verquollenen Augen und nach unten gezogenen Mundwinkeln tauchte sie hinter ihm auf.

Das fremde Mädchen öffnete ihre Arme und ging einige Schritte auf Tia zu.

»Tia, guten Morgen. Wie geht es dir? Ich dachte, du wolltest verreisen.«

Erst jetzt bemerkte Tia das Mädchen und verzog das Gesicht noch mehr.

»Cloissa, was zum Teufel willst du hier?«

Die so Angesprochene ließ sich nicht beirren.

»Du sollst doch nicht fluchen.«

»Das ist meine Scheiß-Wohnung und hier mache ich, verdammt noch mal, was ich will.«

Cloissas Lächeln zuckte ein wenig, doch ihre Mundwinkel blieben weiter nach oben gezogen.

Sie stellte die Brötchentüte auf den Couchtisch und strich sich eine Haarsträhne hinter das rechte Ohr.

Sie ist eine Fee, durchfuhr es Elias.

Tia baute sich vor Cloissa auf.

»Was willst du hier?«, fragte sie. Es klang fast drohend.

Cloissa begann, den Frühstückstisch zu decken. »Dir eine Freude machen.«

Sie hatte sich wieder gefangen und lächelte so zuckersüß, wie ihre Stimme klang. Tia war davon wenig beeindruckt.

Stattdessen verdrehte sie die Augen, als sie sah, dass Cloissa für fünf Personen deckte.

»Gib es auf. Manu ist nicht mehr hier.«

Cloissa hielt mitten in ihrer Bewegung inne. Enttäuschung breitete sich auf ihrem Gesicht aus. »Ich hatte ihn in der Stadt gesehen und sofort gewusst, dass er nur einen Grund gehabt haben konnte, die Wälder zu verlassen.«

Es dauerte nur wenige Sekunden, dann blitzen ihre weißen Zähne wieder und sie straffte die Schultern und richtete sich auf.

Tia antwortete nichts, sondern verschwand murrend im Bad. Elias wunderte sich, dass sie es bisher so gut verkraftet hatte, alle möglichen Leute in ihrer Wohnung zu beherbergen. Vielleicht war sie doch nicht so feindselig, wie sie den Eindruck machte.

Er wurde eines Besseren belehrt, als Tia die Badezimmertür mit einem Knall hinter sich zuwarf und einen lauten Wutschrei ausstieß. Elias und

82

Billie zuckten erschrocken zusammen, doch Cloissa machte nur eine abwinkende Handbewegung.

»Keine Sorge, das hat sie öfters.«

Sie deutete auf den gedeckten Tisch.

»Greift zu. Es ist genug für alle da.«

Elias und Billie aßen mit enormem Appetit und konnten dabei ihre Augen nicht von der Fee lassen.

Bei Billie lag es mit großer Wahrscheinlichkeit daran, dass sie endlich eine Fee vor sich hatte, wie sie sie auch aus Filmen und Büchern kannte. Ungewöhnlich hübsch und sehr freundlich.

Cloissa plauderte fröhlich und ungezwungen über dieses und jenes, ohne dabei wirklich etwas zu sagen.

Zu seinem großen Erstaunen erfuhr Elias, dass Cloissa einmal die Wohnung direkt unter Tia bewohnt hatte.

Ihm fiel es schwer, sich Cloissas strahlende Gestalt in einem dieser finsteren Räume vorzustellen.

Nachdem Elias endlich satt war, lehnte er sich zufrieden zurück und betrachtete Cloissa, die sich angeregt mit seiner Schwester unterhielt.

Sie lächelte ununterbrochen, doch es sah niemals aufgesetzt aus. Ihre Augen funkelten, wenn Billie ihr etwas erzählte, was sie erheiterte und in ihren Haaren brach sich bei jeder kleinsten Bewegung das Licht.

Plötzlich warf sie Elias einen kurzen Blick zu.

Sie sah ihm in die Augen und Elias meinte zu erkennen, dass ihr Lächeln dabei noch eine Spur strahlender wurde. Er versuchte zurückzulächeln und gleichzeitig einen möglichst lässigen Eindruck zu machen, was aber anscheinend gehörig misslang. Cloissa wandte sich kichernd ab und Billie schüttelte nur mitleidig den Kopf.

Zu seiner großen Erleichterung kam in diesem Moment Tia zurück in die Küche geschlurft.

Sie begann, mit der Kaffeemaschine zu hantieren, doch Cloissa sprang von der Couch auf und nahm eine Kaffeetasse in ihre Hand.

»Ich erledige das schon«, sagte sie und schob Tia beiseite.

Was dann geschah, ließ Billie und Elias mit großen Augen näher rücken.

Ihre Haut schimmerte genau so wie die von Tia. Dieser Schimmer wurde intensiver und konzentrierte sich an ihrem rechten Arm.

Ihre Hand leuchtete in einem irisierenden Grün, das immer heller wurde, bis schließlich statt einer Hand nur noch eine Lichtkugel zu sehen war.

Aus Tias Tasse steigen kleine Dampfwolken empor und Sekunden später sprudelte duftender Kaffee bis zum Tassenrand hinauf. Die Lichtkugel verschwand und Cloissa drückte Tia mit einem kleinen Knicks die Tasse in die Hand.

Tia zeigte sich Cloissas Trick wenig beeindruckt. Ihre Augen hatten sich zu Schlitzen verengt und wortlos riss sie die Tasse an sich.

Billie hingegen überschlug sich fast vor Begeisterung.

»Du kannst ja zaubern!«

Sie bestaunte die Tasse, deren Inhalt Tia in einem Zug herunter stürzte.

Elias fuhr zusammen. Der Kaffee war sicher kochend heiß, doch Tia zuckte nicht mal mit der Wimper.

»Zeigst du mir noch mehr?«, bedrängte Billie Cloissa.

»Klar.«

Der Arm der Fee begann wieder zu leuchten.

»Nein«, widersprach Tia.

Für einen kurzen Augenblick entstellte ein kleines Aufflackern von Unmut Cloissas Gesicht, doch sie hatte sich schnell wieder gefangen.

Tia warf Cloissa die leere Tasse zu, die diese mit einer eleganten Bewegung aus der Luft auffing, und warf Elias und Billie einen mahnenden Blick zu.

»Ich muss jetzt los und etwas erledigen. Ihr bleibt hier und rührt nichts an.«

Cloissa folgte ihr zur Tür.

»Ich begleite dich.«

»Ich gehe *nicht* zu Manu!«

»Oh.«

Cloissa, die Tia schon fast eingeholt hatte, blieb stehen. Sie knibbelte an ihren Fingernägeln und wirkte für einige Augenblicke, als hätte sie vergessen, was sie tun wollte. Doch dann kehrte das Lächeln auf ihr Gesicht zurück.

»Auch gut. Ich bleibe hier und erzähle den Menschen ein paar Geschichten über uns Feen. Es wird sie bestimmt freuen, von jemanden mit richtiger Magie zu hören.«

Den letzten Satz hatte Tia nicht mehr gehört, sie war schon zur Tür hinaus.

Elias hingegen war von dem bissigen Unterton verwirrt, der so gar nicht zu Cloissas engelhaftem Äußeren passte.

Noch bevor er etwas sagen konnte, stand Cloissa auf einmal dicht neben ihm. Ihre Lippen streiften sein Ohr, als sie leise sagte: »Geh ihr nach.«

Elias blinzelte sie verwirrt an. »Was?«

Cloissa warf Billie einen Seitenblick zu.

Elias' Schwester sah betont gleichgültig in eine andere Richtung. Doch Elias war sich sicher, dass sie sich bemühte, jedes Wort zu verstehen. Er konnte ihre Neugier fast durch ihren Hinterkopf hindurch erkennen.

»Geh ihr nach.«

Cloissa sah Elias eindringlich in die Augen. Er hörte ihre Worte, doch es dauerte einige Momente, bis sie sich in seinem Kopf zu einem verständlichen Satz gebildet hatten.

86

Das Blau ihrer Augen schien ihn aufzusaugen. Mit großer Mühe gelang es ihm, einige Male zu blinzeln und seine Gedanken wieder zu ordnen.

»Warum?«

»Ich weiß nicht, was sie vorhat, aber ich kenne Tia. Es ist besser, wenn sie jemand im Auge behält.«

»Und warum ich? Was, wenn ich sie nicht wieder finde oder mich verlaufe?«

Cloissa zog ihre Mundwinkel nach oben und entblößte eine Reihe perlweißer Zähne.

Sie rückte, was Elias kaum noch möglich schien, ein winziges Stück näher und legte ihm eine kühle Hand auf die Wange. Er schluckte. Sein Hals fühlte sich mit einem Mal sehr trocken an.

»Versuch es bitte. Es ist wichtig.«

Elias gab sich geschlagen.

»Meinetwegen.«

»Ich bleib hier und weihe deine Schwester in die Welt der Feen ein«, versprach Cloissa.

Billie sah aus, als würden alle ihre Wünsche auf einmal in Erfüllung gehen.

Elias wünschte sich, er könnte ebenfalls bleiben und Cloissas wunderbarer Stimme lauschen und sie einfach nur dabei betrachten, doch es fiel ihm schwer, ihre Bitte abzuschlagen.

Er stieg die Treppen hinunter und ging auf die Straße hinaus.

Tia musste schon längst über alle Berge sein, doch als er seinen Kopf nicht in Richtung

Innenstadt wandte, sondern die Seitengasse nach rechts hinuntersah, bemerkte er in einiger Entfernung eine schlanke Silhouette und nahm die Verfolgung auf. Er konnte nicht genau erkennen, ob es sich um Tia handelte, doch es war im Moment sein einziger Anhaltspunkt.

Während er voran hastete, um die Gestalt nicht aus den Augen zu verlieren, bemerkte er verblüfft, wie weitläufig und verwinkelt diese Seitengassen waren. Er versuchte, sich den Weg zu merken, doch jede Straße sah gleich aus. Sie waren schmuddelig und stanken und jedes Mal, wenn er in eine neue Gasse einbog, war diese noch weniger einladend als die vorherige.

Die Verfolgungsjagd dauerte nur einige Minuten. Elias hatte den Abstand zwischen sich und der Gestalt verkleinert, ohne Gefahr zu laufen, entdeckt zu werden und war sich mittlerweile sicher, dass es sich bei der Person vor ihm um Tia handelte.

Sie hielt vor einem unscheinbaren grauen Haus an, das sich erstaunlich schief zwischen zwei größere Gebäude gezwängt zu haben schien.

Tia hämmerte gegen die verwitterte Haustür.

»Aindriú, mach auf! Ich weiß, dass du da bist!«

Sie hielt kurz inne, um zu lauschen, und bearbeitete die Tür dann weiter mit ihren Fäusten.

Elias presste sich gegen eine Wand und suchte hinter einem großen Müllcontainer Deckung. Vorsichtig bewegte er seinen Kopf zur Seite.

Tia wirkte wütend, wütender als sonst, und seine innere Stimme sagte ihm, dass es jetzt besser wäre, sich von ihr fernzuhalten. Die Fee versetzte der Tür einen kräftigen Tritt und rief noch einige Male Aindriús Namen.

Endlich schien sich etwas zu regen, denn Tia ging ein paar Schritte nach hinten. Sie machte einem kleinen, untersetzten Mann Platz, einer männlichen Fee, soweit Elias das erkennen konnte.

Der Mann wagte es nicht, den Blick zu heben, und knetete nervös seine Hände, als er sagte: »Tia, schön das du wieder da bist. Wir haben dich - «

»Spare dir deine Heuchelei«, unterbrach Tia ihn und der kleine Mann zog den Kopf zwischen die Schultern, »du weißt genau, warum ich hier bin.«

»Nun ja«, begann der Mann, von dem Elias vermutete, dass er Aindriú war, »die Tatsache, dass du hier bist, sagt ja schon einiges aus.«

Tia ging einen Schritt auf Aindriú zu und dieser zuckte zusammen und wich zurück.

»Erraten«, sagte Tia drohend, »Ich bin hier und ich bin pleite. Jetzt suche ich natürlich jemanden, den ich dafür verantwortlich machen kann und rate mal, wer mir da eingefallen ist?«

»Ich?«, fragte Aindriú und seine Stimme verkam zu einem leisen Kieksen.

Der Feenmann war mittlerweile bis an die Hauswand zurückgewichen und schien mit jedem

89

Wort, das Tia ihm entgegen warf, mehr und mehr zu schrumpfen.

»Ich will mein Geld!«

»Das geht nicht. Ich habe dir alle Information gegeben, für die du bezahlt hast. Für mehr bin ich nicht verantwortlich.«

Aindriú verstummte rasch, als er Tias Gesichtsausdruck bemerkte.

»Du hast mir gesagt, dass Portal ist sicher. Du hast versichert, ein achtzehnjähriger Mensch ist an einem Samstagabend auf keinen Fall zu Hause. Rate mal, warum ich hier bin?«

»Er war doch zu Hause?«

Aindriús Stimme war kaum mehr als ein Flüstern, aber Elias wagte es nicht, näher heranzurücken und so seine Anwesenheit zu verraten. Das Gespräch drehte sich um ihn und um das Portal. Vielleicht würde er jetzt endlich erfahren, wie Billie und er Ot'rona wieder verlassen konnten.

»Er und seine Schwester«, beantwortete Tia Aindriús Frage. »Dieses verdammte Gör hat mich entdeckt. Und jetzt sind sie hier in Ot'rona, was sagst du dazu?«

Aindriú fuhr sich mit beiden Händen durch das schüttere Haar. »Nun ja … ich … dachte - «

»Du sollst nicht denken, sondern antworten«, schrie Tia, »Und sieh mich gefälligst an, wenn ich mit dir rede!«

90

Der Feenmann hob vorsichtig den Kopf und sein Gesicht verzerrte sich.

Elias konnte nicht viel erkennen, da Tia ihm den Rücken zuwandte und Aindriú zu einem großen Teil verdeckte, aber was er sah, ließ ihm die Haare zu Berge stehen.

Der Feenmann keuchte und griff an seinen Hals, als würde ihn jemand würgen. Er versuchte, etwas zu sagen, doch es kam nur ein leises Röcheln aus seinem Mund.

Was geht da vor?, fragte Elias sich und hielt den Atem an.

Tia stand weiter mit dem Rücken zu ihm und bewegte sich nicht.

Eine unheimliche Ausstrahlung ging mit einem Mal von ihr aus und Elias' innere Stimme riet ihm, sich so schnell wie möglich aus dem Staub zu machen.

Stattdessen presste er sich noch enger an die Wand, unfähig, den Blick von Tia und dem zappelnden Feenmann abzuwenden. Sein Herz schlug ihm schmerzhaft gegen die Brust und er wagte kaum, zu atmen.

»Du hast mich hintergangen.«

Der Klang von Tias Stimme jagte Elias einen Schauer über den Rücken. »Du wusstest, dass der Mensch in seinem Zimmer sein würde.«

Aindriú schüttelte mit einiger Anstrengung den Kopf.

»Ich konnte nicht ahnen -«

»Sei still!«

Tia hatte die Hände zu Fäusten geballt und ihr Oberkörper zitterte. Ihre Stimme überschlug sich, als sie weiter sprach.

»Sei still! Du wusstest es. Und du wusstest, dass ich nicht hierbleiben kann.«

Aindriú schüttelte erneut den Kopf. Seine Augen waren vor Entsetzen weit aufgerissen und traten fast aus ihren Höhlen hervor. Noch immer griff er sich an den Hals.

Obwohl Elias nicht wusste, worum es ging, erkannte er, dass der Mann die Wahrheit sagte.

»Wenn Gethin mich findet, bin ich tot, so tot, wie du gleich sein wirst.«

Als Elias bemerkte, wie ernst es Tia mit dieser Aussage war, schaffte er es endlich, sich aus seiner Starre zu lösen.

»Nein!«, brüllte er und sprang auf Tia und Aindriú zu.

Tia fuhr sofort herum und Elias kam es vor, als wäre er gegen eine unsichtbare Mauer geprallt. Das Gesicht der Fee war vor Wut verzerrt und das Weiß ihrer Augen hatte vollständig einem alles verschlingendem Schwarz Platz gemacht. Ihr Anblick raubte Elias buchstäblich den Atem. Er bekam keine Luft mehr und sein Hals fühlte sich wie zugeschnürt an. Aus dem Augenwinkel sah er, wie Aindriú zuerst entkräftet zusammenbrach, sich

92

dann aber hastig aufrappelte und auf allen vieren ins Innere des Hauses zurück robbte.

Elias konnte immer noch nicht atmen. Irgendetwas drückte ihm die Kehle zu und seine Hand fuhr automatisch an seinen Hals, doch da war nichts.

Es war, als würde eine unsichtbare Hand ihm die Luft abschnüren.

»Tia«, keuchte er, »bitte hör auf.«

Sie schien ihn zuerst nicht zu hören und Elias sah Sterne vor sich tanzen. Doch dann verschwand die Schwärze aus Tias Augen. Ihre Schultern sackten kraftlos nach unten und sie schlug beide Hände vor den Mund.

Elias fiel zu Boden, hustete und rieb sich den Hals.

»Was - «, begann er und verstummte, als er Tias Gesicht sah. Mit weit aufgerissenen Augen starrte sie ihn an und ein unglaubliches Entsetzen spiegelte sich in ihnen wieder. Langsam, als würde sie erst jetzt realisieren, was geschehen war, schüttelte sie den Kopf.

»Nein«, flüsterte sie leise und wich einige Schritte vor ihm zurück.

Elias wusste nicht genau, wie er reagieren sollte. Er widerstand dem Drang, davonzulaufen. Von Tia ging keine Gefahr mehr aus. Zumindest für den Moment.

Sie stürmte an ihm vorbei und rannte durch die engen Gassen davon. Elias folgte ihr. Er musste herausfinden, was mit ihr los war. Außerdem hatte er keinerlei Ahnung, wo er sich befand. Tia war seine einzige Chance, wieder zurück zu ihrer Wohnung zu finden.

Tia bog nach rechts ab und stieß eine Tür auf. Elias blieb stehen und hob die Augen. Über der Tür knisterten verschlungene Neonleuchten, doch er konnte die Buchstaben, die sie bildeten, nicht entziffern. Vorsichtig öffnete er die Tür und warf einen Blick ins Innere.

Drinnen war es schummerig und der Gestank nach abgestandenem Bier, Zigaretten und Schweiß kroch in seine Nase.

Auf der rechten Seite des kleinen Raumes sah er eine Theke. Dahinter stand ein Mann, um dessen imposanten Bauch sich eine schmutzige Schürze spannte, mit der er mehrere Gläser polierte. Wackelig aussehende Tische und Stühle waren wahllos im Raum verteilt und nur wenige von ihnen waren besetzt. Merkwürdige Gestalten hockten dort über ihren Getränken, starrten Elias für einige Sekunden finster an und wandten sich dann wieder ihren eigenen Angelegenheiten zu, die zu einem großen Teil daraus bestanden, finster auszuschauen.

Elias entdeckte Tia am anderen Ende des Raumes, wo sie sich auf einem Barhocker an der

Theke niedergelassen hatte. Vorsichtig ging er auf sie zu, doch sie sah gar nicht in seine Richtung. Sie gab dem Mann hinter der Theke ein Zeichen.

Dieser nickte und füllte eine klare Flüssigkeit in ein kleines Glas, dessen Inhalt Tia sofort hinunterstürzte. Ebenso verhielt es sich mit den nächsten zwei Gläsern, die der Mann nachschenkte. Erst beim vierten Glas trank sie nur die Hälfte des Inhalts und betrachtete dann versonnen eine Leuchtreklame, die an der rückseitigen Wand der Theke angebracht war.

Elias setzte sich neben sie, doch sie reagierte immer noch nicht. Ihre Hände zitterten und brachten die Flüssigkeit in dem Glas zum Beben.

Der Barkeeper wandte sich wieder seiner Arbeit zu. Seine riesige Nase verdeckte fast das ganze Gesicht und große, warzenähnliche Ausbildungen bedeckten seine braune Haut, die an eine Kartoffel erinnerte, die zu lange im Wasser gelegen hatte.

Der Mann warf Elias einen mürrischen Blick zu und dieser wandte rasch seine Augen ab. Neben ihm nahm Tia einen weiteren Schluck und allmählich beruhigten sich ihre zitternden Hände.

Ein intensiver Geruch stieg Elias in die Nase. Es war derselbe, den er schon in Tias Wohnung wahrgenommen hatte. Und jetzt fiel ihm auch ein, warum er ihm so bekannt vorgekommen war.

Er griff nach dem Glas, hielt es sich vor das Gesicht und roch daran. Dann rümpfte er die Nase

95

und stellte es wieder auf seinen ursprünglichen Platz zurück. Seine Vermutungen hatten sich bestätigt. Es war reiner, hundertprozentiger Alkohol.

Angewidert betrachtete er, wie Tia das Glas austrank und dann Anstalten machte, ein weiteres zu bestellen. Elias hielt ihre Hand fest.

»Nein«, sagte er bestimmt.

Tia sah ihn aus glasigen Augen an. Er hatte erwartet, dass sie sich wehren würde, aber stattdessen legte sie den Oberkörper auf die Theke und vergrub das Gesicht zwischen ihren Armen. Ihre Schultern bebten und sie begann zu schluchzen.

Elias zog hastig seine Hand weg. Unsicher sah er sich in der Kneipe um, doch niemand kümmerte sich um sie.

»Tia?«

Er berührte sie vorsichtig am Arm und zog dann seine Hand wieder weg. Er sah zur Tür, als hoffte er, dass dort jemand erschien, der ihn aus dieser Lage befreite, doch sie blieb geschlossen.

»Du solltest nicht mehr trinken«, sagte er und warf einen verzweifelten Blick Richtung Theke. Der Barkeeper kam und räumte das Glas weg.

Er bemerkte Elias' Gesicht und raunte ihm, leise genug, dass Tia ihn nicht hören konnte, zu: »Nichts bei denken. Das hat sie öfter.«

Tias Tränenfluss wollte nicht versiegen, doch nun begann sie auch noch mit ihrem Kopf immer wieder auf die Theke zu schlagen.

Der Barkeeper hob eine Augenbraue.

»Das ist neu«, bemerkte er trocken.

Dann wandte er sich wieder seinen Gläsern zu.

Nicht zum ersten Mal an diesem Tag verspürte Elias den Drang, davonzulaufen. Sowohl Manu als auch Cloissa hatten ihn gebeten, Tia im Auge zu behalten. Nun wusste er auch warum.

Billie wäre begeistert. Von allen Fabelwesen, auf die sie hätten treffen können, waren sie ausgerechnet an eine kleptomanische, alkoholsüchtige Fee geraten.

Da Elias nicht wusste, wie er Tia wieder beruhigen sollte, beschränkte er sich darauf, ihren Kopf festzuhalten. Er kam sich dabei ziemlich bescheuert vor, doch er wollte nicht herausfinden, was zuerst nachgab: Tias Kopf oder die Theke.

»Wie wäre es, wenn ich dich nach Hause bringe?«, schlug er schließlich vor.

Tia schüttelte den Kopf. Auf ihrer Stirn hatte sich eine kleine Verfärbung gebildet, doch zu Elias' Erstaunen blutete sie nicht.

»Nicht, solange Cloissa da ist«, lallte sie und Todesverachtung lag in ihrer Stimme.

Ein Grund mehr, in die Wohnung zurückzukehren, dachte Elias. Warum war es nicht Cloissa gewesen, die sich in seinen Schrank verirrt hatte?

Plötzlich hob Tia den Kopf und sah Elias an, als hätte sie ihn jetzt erst bemerkt.

»Geht es dir gut?«

Er wusste, was sie meinte und bemühte sich, zu nicken.

»Nichts passiert.«

Er wollte Tia über das Geschehene ausfragen, ahnte aber, dass er sich dabei auf dünnes Eis begeben würde.

Dennoch wollte er Antworten auf seine Fragen haben.

»Also, was da eben passiert ist …«, begann er.

Tia bestellte sich ein weiteres Glas und leerte es, bevor Elias sie daran hindern konnte. Er warf dem Barkeeper einen wütenden Blick zu, doch der zuckte nur mit den Schultern.

»Du solltest nicht so viel trinken«, sagte Elias, obwohl er wusste, dass seine Meinung Tia herzlich wenig interessierte.

»Aber es ist immer noch da«, lallte Tia.

»Was ist noch da?«, fragte Elias, doch Tia antwortete nicht. Stattdessen kippte sie wie in Zeitlupe seitlich vom Stuhl und Elias konnte sie gerade rechtzeitig festhalten, bevor sie auf dem Boden aufschlagen würde.

»Jetzt reicht es«, schimpfte er, »Ich bring dich nach Hause, ganz egal, ob Cloissa noch da ist oder nicht.«

Als Elias Tia aus der Kneipe schleppte, leistete sie keinen Widerstand. Sie wäre auch kaum dazu in der Lage gewesen, denn sie hatte wieder angefangen zu weinen und konnte sich nur mit Mühe auf den Beinen halten.

Elias bog einige Male in die falsche Straße ab, fand aber trotzdem endlich den richtigen Weg.

Er trug Tia mittlerweile mehr, als das er sie stützte, doch er bemerkte das zusätzliche Gewicht kaum. Es erstaunte ihn, wie leicht sie war und er wagte nicht, ihre Handgelenke fester zu umfassen, da er befürchtete, sie könnten zerbrechen.

Endlich erkannte er die halb vertrockneten Blumen vor dem Haus, in dem Tia wohnte. Elias hievte sie die Treppen hinauf und klopfte an der Wohnungstür. Billie öffnete ihm.

»Wo warst du, du Idiot? Ich dachte schon, du kommst gar nicht mehr wieder.« Ihre Stimme überschlug sich.

Elias setzte Tia auf dem Sofa ab und wandte sich dann seiner Schwester zu. Zum ersten Mal in ihrem Leben schien sie sich ernsthaft Sorgen um ihn gemacht zu haben. Er grinste.

»Du hast mich vermisst.«

Billie schob die Augenbrauen zusammen.

»Habe ich nicht.«

»Du hast dir Sorgen gemacht.«

»Hab ich nicht! Ich habe mich schon gefreut, dass ich dich endlich endgültig los bin.«

99

Wütend stürmte sie an ihm vorbei ins Badezimmer und rieb sich die verquollenen Augen. Augenblicklich bereute Elias seine Reaktion. Er hatte nicht die geringste Ahnung, wie lange er und Tia weg gewesen waren, doch es hatte sicherlich eine ganze Weile gedauert. Von Cloissa war weit und breit keine Spur zu sehen. Kein Wunder, dass Billie sich Sorgen gemacht hatte.

Billie kehrte aus dem Badezimmer zurück. Ihre Augen waren immer noch gerötet, doch sie hatte sich wieder gefangen.

»Wo ist Cloissa?«, fragte Elias.

Billie schnaubte.

»Kaum warst du verschwunden, hat sie mich ausgequetscht, wann Manu wiederkommen würde. Ich hatte natürlich keine Ahnung und nachdem sie eine Weile gewartet hatte und Manu nicht aufgetaucht ist, ist sie einfach abgehauen und hat mich hier alleine gelassen.«

Nach kurzem Zögern fügte sie hinzu: »Die ist ein richtiges Biest.«

Elias dachte an Cloissas puppengleiches Gesicht, an ihre strahlenden Augen und ihre herzliche Art. War das alles nur gespielt? Auch das betörende Lächeln, das sie direkt an ihn gerichtet hatte?

»Vielleicht hatte sie es einfach nur eilig.«

Billie sah ihn an.

»Klar«, sagte sie sarkastisch, »Und du wolltest mit Isabell wirklich nur einen Kaffee trinken.«

Billie wurde frech, das hieß, sie hatte sich wieder beruhigt, stellte Elias mit Erleichterung fest.

Jetzt erst bemerkte sie, ich welchem Zustand Tia sich befand.

»Frag nicht«, sagte Elias, als er ihren Blick bemerkte. Eine große Müdigkeit hatte von ihm Besitz ergriffen.

Billie legte den Kopf zur Seite und betrachtete Tia, die langsam hin und her schwankte und ihre Augen nur noch halb geöffnet hatte. Der Geruch nach Alkohol umgab sie wie eine Gewitterwolke, die direkt über ihr schwebte.

»Sie erinnert mich an dich, wenn du samstags abends nach Hause kommst.«

»Ich komme grundsätzlich erst morgens nach Hause«, gab Elias zurück, »Und ich glaube, diese Situation ist ernster.«

Er schob Tia, die mittlerweile eingeschlafen war, zur Seite, setzte sich neben sie und bedeutete Billie, es ihm gleichzutun. Dann erzählte er ihr von dem gestohlenen Portemonnaie und davon, was in der Kneipe geschehen war. Den Konflikt zwischen Tia und Aindriú ließ er sicherheitshalber außen vor. Er sah Tias schwarze Augen vor sich und seine Hand fuhr unwillkürlich an seine Kehle.

»Großartig«, rief Billie, nachdem Elias geendet hatte.

»Wir sitzen hier in diesem Rattenloch fest und das mit einer Alkoholikerin. Dabei steht in den Büchern doch -«

»Vergiss die Bücher«, unterbrach Elias sie, »Überlege dir lieber, wie wir aus diesem Schlamassel wieder rauskommen.«

»Wie wäre es mit der Einwanderungsbehörde, von der Manu gesprochen hat? Die haben doch bestimmt Verständnis für unsere Situation.«

»Die werden uns nicht gehen lassen, weil sie nicht wollen, das wir was ausplaudern. Der einzige Weg, wäre … der Schwarzmarkt.«

Das letzte Wort hatte Elias mehr zu sich selbst, als zu Billie gesprochen. Die Erkenntnis tauchte plötzlich in ihm auf und er fragte sich, wie er die ganze Zeit über nur so dämlich hatte sein können.

»Hey, Tia«, rief er und schüttelte die Fee an den Schultern. Sie verzog das Gesicht, brummte etwas Unverständliches und drehte sich auf die Seite.

»Zwecklos«, sagte Billie, »Du trinkst selbst an deinen besten Tagen nicht so viel, wie sie es heute anscheinend getan hast und würdest dich dann nicht einmal von einer einschlagenden Bombe wecken lassen.«

»Was schlägst du also vor?«, fragte Elias ungeduldig.

Billie schlug die Beine übereinander und legte sie auf den Couchtisch.

102

»Wir warten, bis sie aufwacht und hoffen, dass sie verkatert bessere Laune hat als du.«

Elias ignorierte die Spitze.

So sinnvoll Billies Vorschlag gewesen war, so langweilig war er auch. Elias begann bereits nach wenigen Minuten, die Geduld zu verlieren. Wohin er auch sah, alles war grau. Tia hatte keine Bücher, keine Bilder an den Wänden, sie hatte überhaupt gar nichts, was man als persönliche Einrichtung bezeichnen konnte. Die Möbel machten den Eindruck, als wären sie zusammen mit der Wohnung vermietet worden. Alles hatte den gleichen tristen Grauton und seine besten Zeiten schon weit hinter sich gelassen. Nicht einmal eine Spinne an der Wand bot sich an, ihm die Langeweile zu vertreiben, indem sie ein kunstvolles Netz spann.

Irgendwann lehnt er sich ebenfalls zurück und seine Beine gesellten sich zu Billies auf den Couchtisch.

»Du hast geputzt«, stellte er fest, nachdem er davon überzeugt war, sich jeden Riss in der Wand schon mindestens zweimal angesehen zu haben.

»Jep«, meinte Billie nur und verharrte dann weiter in ihrer Position. Elias machte sich daran, die Risse in der Wand ein drittes Mal zu betrachten.

SECHS

Als Tia sich endlich wieder regte, schien es Elias, als hätte sie mehrere Stunden geschlafen. Er war sich nicht sicher, ob nicht auch er zwischendurch einmal kurz eingenickt war.

Billie hatte die ganze Zeit in einer Art meditativem Zustand verharrt, doch nun schreckte auch sie auf.

Tia murmelte etwas Unverständliches und drehte sich zur Seite. Leider zur falschen Seite, denn Sekunden später lag sie fluchend auf dem Fußboden.

Sie griff nach der Sofalehne und zog sich daran in eine sitzende Position hoch. Ihr Blick blieb an Billie hängen.

»Ach verdammt«, murmelte sie. Schwankend kam sie auf die Beine. »Ihr seid ja immer noch hier.«

»Du hast uns selbst erlaubt, hierzubleiben«, sagte Billie.

Tia war wenig überzeugt.

»Warum sollte ich das tun?«

»Weil Manu es wollte«, mischte sich Elias ein und Tias Gedächtnis schien auf einmal wieder hervorragend zu funktionieren.

»War das nicht die Unterhaltung, die wir im Nebenraum geführt hatten?«

Elias beschloss, das Gespräch rasch in eine andere Richtung zu lenken. Er musste mehr über Aindriú erfahren.

Doch als er seinen Namen aussprach, tat Tia so, als hätte sie ihn nicht gehört. Sie machte sich an der Kaffeemaschine zu schaffen.

»Tia, bitte«, flehte Elias, »Es ist wichtig.«

Dann kam ihm eine Idee.

»Wenn ich mit meiner Vermutung richtig liege, bist du uns bald los.«

Tia hielt in ihrer Bewegung inne und sah auf. Sie wollte immer noch nicht über den Vorfall reden, das erkannte Elias, trotzdem sagte sie:

»Was für eine Vermutung?«

»Wer ist Aindriú?«, fragte Billie, doch Elias bedeutete ihr zu schweigen.

»Du hast versucht, über den Schwarzmarkt an ein Portal zu kommen, mit dem du Ot'rona verlassen kannst, und Aindriú war dein Informant, richtig?«

Tia zuckte nur mit den Schultern, doch Elias deutete dies als Zustimmung.

Warum wolltest du ihn umbringen?

Diese Frage lag Elias auf der Zunge, doch er würde einen Teufel tun, sie zu stellen. Er konnte sich inzwischen vorstellen, was geschehen war.

Tia hatte Aindriú viel Geld, vielleicht sogar ihre gesamten Ersparnisse gegeben, um Informationen über ein Portal zu bekommen. Dieses Portal war in Elias' Kleiderschrank gewesen und Tia hätte Ot'rona auch verlassen können, wenn Elias nicht ausgerechnet an diesem Abend auf Billie hätte aufpassen müssen. Dass man Aindriú nicht dafür verantwortlich machen konnte, war aber eine andere Sache.

Fest stand allerdings, dass sie durch ihn Hinweise über ein Portal beschaffen konnten.

Tia ließ ihn seine Gedankengänge nicht weiter spinnen.

»Aindriú verlangt für alle seine Information Geld. Geld, das ihr nicht habt.«

»Wir könnten es verdienen«, schlug Billie vor, die sich mit aller Kraft an den Gedanken klammerte, bald wieder nach Hause zu können.

Tia schüttelte den Kopf.

»Ihr seid illegal hier, begreift es endlich. Ohne Aufenthaltserlaubnis auch keine Arbeitsgenehmigung. Ihr könntet es höchstens mit Schwarzarbeit versuchen.«

Billie nickte.

»Gut, versuchen wir es.«

Tia lächelte und versetzte der Kaffeemaschine einen Schlag, nachdem diese nur ein Röcheln von sich gegeben hatte.

»Versucht es. In fünf bis sechs Jahren habt ihr vielleicht die nötigen Modenas zusammen – sofern ihr eure sonstigen Ausgaben auf null reduziert.«

Billie schnappte nach Luft.

»So viel kostet es?«

»Was hast du bezahlt?«, fragte Elias.

»Zuviel, wenn man bedenkt, dass ich immer noch hier bin.«

»Warum wolltest du überhaupt weg?«

In dem Moment, in dem Elias die Frage stellte, klopfte es an der Tür.

Tia zuckte zusammen und ignorierte ihn. Ihr Gesicht war um einiges blasser geworden.

Es klopfte erneut und Billie ging auf die Tür zu, um zu öffnen.

»Nein«, krächzte Tia. Sie schüttelte den Kopf und wedelte mit den Armen, um Billie auf sich aufmerksam zu machen, wagte es jedoch nicht, laut zu sprechen.

»Tia, mein Schatz. Mach auf, ich weiß, dass du hier bist.«

Billies Hand verharrte über der Türklinke. Die männliche Stimme, die gesprochen hatte, klang kalt und hartherzig. Das Klopfen wurde lauter. Endlich löste sich Tia aus ihrer Starre. Sie macht einen Satz nach vorne, hielt Billie den Mund zu und zerrte sie von der Tür weg.

»Begrüßt man etwa so einen alten Freund?«

Die Fee bugsierte Billie und Elias in ihr Schlafzimmer, dass einzige Zimmer mit einem Fenster, wie Elias nun feststellte.

»Wer - «, begann Elias, doch Tia legte ihren Finger an die Lippen. Sie sah aus dem Fenster und beschloss dann offenbar, dass es zu hoch war, um zu springen.

Leise schloss sie die Schlafzimmertür und Elias erkannte, wie viel Mühe es sie kostete, nicht in Panik zu verfallen.

Der Mann sprach wieder. Selbst durch zwei geschlossene Türen klang seine Stimme so laut, als würde er direkt neben ihnen stehen.

»Liebling, nach all der schönen Zeit, die wir miteinander hatten. Sei doch nicht so.«

Tias Mund formte stumm das Wort »Mistkerl.«

»Jetzt mach schon auf! Stell dir vor, wer mir heute begegnet ist: deine Freundin Cloissa. Sie hat mir erzählt, dass du wieder da bist und weißt du was? Ich glaube ihr.«

Sämtliche Farbe wich aus Tias Gesicht und Billie war in den letzten Minuten immer näher an Elias herangerückt. Sie drückte schmerzhaft seinen Arm.

Er hasste es, seine kleine Schwester so hilflos zu sehen und wünschte sich inständig, der Mann würde endlich verschwinden.

Der Tür wurde ein heftiger Tritt versetzt, der sie alle zusammen fahren ließ, doch dann bemerkte Elias, wie Tias Anspannung nachließ.

»Er ist weg«, stellte sie fest, nachdem sie alle eine ganze Weile lauschend dagestanden hatten.

»Wer?«, fragte Billie, die dem Frieden noch nicht trauen wollte.

Tia begann, sich die Schläfen zu massieren, eine Geste, die Elias sehr bekannt vorkam und ihn daran erinnerte, dass sie schon seit zwei Tagen von zu Hause verschwunden waren.

»Wer?«, fragte Billie erneut, als Tia keine Anstalten machte, zu antworten.

Die Fee schüttelte den Kopf.

»Das braucht dich nicht zu interessieren.«

»Tut es aber.«

Tia fuhr herum und funkelte Billie zornig an.

»Schon vergessen, was ich euch am Anfang gesagt habe? Ihr lebt euer Leben und ich meines. Also halt gefälligst die Klappe.«

Billie sah aus, als würde sie jeden Moment in Tränen ausbrechen.

Elias öffnete den Mund, um seine Schwester zu trösten, aber schloss ihn dann wieder. Was hätte er sagen sollen? Zudem war sie an ihrer aktuellen Lage nicht ganz unschuldig, er hatte daher keine große Lust, sich auf ihre Seite zu schlagen.

Statt Billie zu beruhigen beschloss er, seinen Unmut an Tia auszulassen. Ihre Verschwiegenheit brachte sie nicht einen Schritt weiter.

Doch bevor er etwas sagen konnte, öffnete Tia vorsichtig die Schlafzimmertür und ging quer durch den Raum auf die Wohnungstür zu.

Sie entriegelte das Schloss und gab den Weg in den Hausflur frei. Es war niemand mehr zu sehen.

Elias' Blick fiel auf den Fußboden. Es sah aus, als wäre ein Lichtstrahl zu Boden gefallen und dort zusammen gerollt liegen geblieben, doch er erkannte sofort, was es in Wirklichkeit war.

Tia ging es ebenso, denn ein dunkler Schatten huschte über ihre Augen.

Sie hob die Haarsträhne auf und presste die Lippen aufeinander. Dann knallte sie die Wohnungstür zu und eilte in ihr Schlafzimmer.

Dort riss sie einen alten Schrank auf und holte eine schwarze Umhängetasche hervor. In diese begann sie nun wahllos diverse Kleidungsstücke zu stopfen. Die Tasche war so klein, dass Elias wahrscheinlich mit Mühe und Not sein T-Shirt darin hätte unterbringen können, trotzdem leerte Tia Fach um Fach und beförderte etliche Kleider in die Tasche, die einfach nicht voller wurde. Als der Schrank bis auf ein paar einzelne Kleidungstücke weitestgehend geleert war, ging Tia ins Badezimmer und begann den Prozess von neuem.

Elias konnte seinen Blick nicht von der Tasche reißen, die immer noch nicht voller zu werden schien, trotzdem fragte er: »Was hast du vor?«

Tia war gerade dabei, seine und Billies Zahnbürsten einzupacken.

»Wonach sieht es denn aus?«, fragte sie und stieß verärgert die Luft aus.

Das Badezimmer war leer und Tia steuerte die Küchenzeile an. Es flogen ein paar Teller, Messer und Gabeln, sowie ein Kaffeebecher und zwei Gläser in die Tasche, von denen eines einen Sprung hatte. Es schepperte laut im Inneren der Tasche und Elias war sich sicher, dass das Geschirr diese Behandlung nicht überlebt hatte.

Tia überlegte kurz.

»Halt mal«, sagte sie dann und hielt Elias die Tasche hin. Er griff nach dem Trageriemen.

Kaum hatte Tia die Tasche losgelassen, wurde Elias Arm nach unten gerissen. Die Tasche fiel mit einem lauten Knall auf den Boden. Er versuchte, sie hochzuheben, konnte sie aber nicht einen einzigen Zentimeter bewegen.

»Pass doch auf«, schimpfte Tia, die aus irgendeinem Grund auf den Herd geklettert war und oberhalb der Regale etwa suchte. Sie kehrte kurz darauf auf den Fußboden zurück, in jeder Hand eine unbeschriftete Glasflasche haltend, die eine klare Flüssigkeit enthielt. Wortlos und Elias' vorwurfsvolle Blicke ignorierend, wurden die Flaschen ebenfalls verstaut.

Billie hatte sich inzwischen wieder gefangen. »Wo gehst du hin?«

»Weg«, sagte Tia knapp.

»Und wir?«

Tia sah sich in der Wohnung um, um zu prüfen, ob es sich noch lohnte, irgendetwas mitzunehmen. Das schien nicht der Fall zu sein.

»Ihr kommt mit«, sagte sie, »Je eher wir ein Portal zurück in eure Welt finden, desto besser.«

Billie strahlte.

»Du bringst uns nach Hause?«

Elias traute dem plötzlichen Sinneswandel nicht.

»Warum auf einmal die Eile? Was ist passiert? Wer war der Mann von vorhin? Und wie willst du ohne Genehmigung an ein Portal kommen?«

»Du fragst zu viel, Menschlein.«

Tia schulterte die Tasche mühelos, als hätte sie nicht soeben ihren ganzen Wohnungsinhalt darin verstaut.

Elias überhörte das *Menschlein*. Er fragte sich, ob es mit der Tasche auch etwas Magisches auf sich hatte. Er betrachtete Tias dünne Arme und konnte sich nur schwer vorstellen, dass sie es nur mit körperlicher Kraft schaffte, sie vom Boden abzuheben.

»Gehen wir«, befahl Tia, »wahrscheinlich erfahrt ihr noch früh genug alles.«

Elias stellte sich ihr in den Weg.

»Und warum nicht schon jetzt?«

Billie schlug ihre Hand gegen die Stirn und schüttelte den Kopf. Tia lächelte nur, ohne dabei im Geringsten freundlich auszusehen.

»Dann bleib hier und warte, dass Gethin zurückkommt.«

Sie schob sich an Elias vorbei durch die Tür und stieg die Treppen hinunter.

Gethin.

Der Name kam ihm bekannt vor, aber er konnte ihn nicht zuordnen. Billie dafür umso mehr.

»Gethin«, sagte sie, als würde das alles erklären.

»Und?«

Seine Schwester bestrafte seine Unwissenheit mit einigen Momenten verachtenden Schweigens. Tia wartete mittlerweile ungeduldig am unteren Treppenabsatz.

»Erinnerst du dich, wie wir zum ersten Mal hier her gekommen sind?«, fragte Billie ihren Bruder. Der runzelte nur verständnislos die Stirn und sie fügte hinzu: »Als Manu und Tia in das Schlafzimmer gegangen sind, um ungestört zu reden.«

Jetzt klingelte es endlich bei Elias.

»Manu hatte ihr versichert, dass jemand namens Gethin die Stadt verlassen hat, um nach ihr zu suchen.«

Billie nickte eifrig.

»Sie hat befürchtet, dass dieser Gethin sie umbringen wird.«

Elias warf einen Seitenblick auf Tia, die mit den Fingern auf das Treppengeländer trommelte.

»Verschwinden wir«, sagte er und seine Schwester nickte zustimmend. Es kam selten vor, dass sie einer Meinung waren, aber in Ot'rona war eine Morddrohung wohl mehr als nur so daher gesagt.

Die drei eilten aus dem Haus und auf die belebte Fußgängerzone. Erst hier hielt Tia an und begann, sich suchend umzusehen.

»Meinst du, er ist hier?«, fragte Billie, aber Tia schüttelte den Kopf.

»Ich suche einen freundlichen Spender, der uns das Taxi bezahlt.«

Billie schaute verwirrt, doch Elias wusste genau, was sie meinte. Er fühlte sich unbehaglich, aber es fiel ihm keine bessere Lösung ein. Niemand von ihnen hatte Geld und wo immer Tia hinwollte, es war auf einem günstigeren Weg offenbar nicht zu erreichen. Daher stellte er sich mit Billie einige Meter von Tia entfernt an eine Hauswand und wartete.

Tia betrachtete mit gespieltem Interesse ein Schaufenster, in dem selbstschreibende Füller angepriesen wurden. Eine Gruppe von Zentauren (wie Billie natürlich sofort erkannte) ging vorbei und einer von ihnen erklärte seinen Begleitern die technischen Daten des neuen Handys, das er sich gerade gekauft hatte.

Bei dem gibt es nichts mehr zu holen, er hat sein Geld schon in dem Handygeschäft gelassen.

Elias erschrak über seinen eigenen Gedanken, vor allem, als er sah, dass Tia der Gruppe hinterherschaute und zu dem gleichen Entschluss gekommen zu sein schien.

Kurz darauf folgte ein Mann, vielleicht ein Mensch, der sein mickriges Portemonnaie nach Kleingeld durchsuchte.

Tia würdigte ihn nicht einmal eines Blickes. Dafür erregte die dahinter gehende Person ihre Aufmerksamkeit. Eine ältere Fee mit einem riesigen Hut. Elias erkannte sie sofort.

Ein schelmisches Lächeln umspielte Tias Lippen. Elias wollte sie zurückhalten, aber Tia blieb, wo sie war.

Die Fee lief an ihnen vorbei und sprach in ein Handy: »Ich weiß, aber was soll man machen? Taschendiebe gibt es an jeder Ecke und ich kann doch nicht den ganzen Tag zu Hause bleiben. Deswegen habe ich mir jetzt einen Taschenbeißer gekauft.«

Elias wunderte sich einen Moment, was in aller Welt wohl ein Taschenbeißer sein mochte, doch dann sah er ihn schon.

Ein kleines hässliches Wesen schaute mit grimmigen Augen aus der Handtasche der Fee hervor und taxierte Elias, als wäre er bereits im Begriff, seine Besitzerin auszurauben. Es sah aus,

115

wie ein Kanarienvogel, der versehentlich in einen Ventilator geraten war, nur dass es anstelle eines Schnabels lange, spitze Zähne hatte.

»Entzückend, nicht?«

Elias wandte den Blick zur Seite. Tia hatte sich zu ihm an die Wand gesellt und sah der Fee hinterher.

»Die Versuchung war groß, aber man sollte das Schicksal nicht herausfordern. Diese kleinen Taschenbeißer«, sie zeigte auf das Wesen, »ruinieren das Geschäft.«

»Ich finde ihn irgendwie süß«, sagte Billie.

Elias stöhnte. Billie fand alles süß, was in ihrer Hand Platz gefunden hätte.

Er wollte etwas erwidern, doch in dem Moment versetzte Tia ihm einen heftigen Stoß, sodass er in die vorbei laufende Menge taumelte und gegen einen elegant gekleideten Feenmann stieß. Bevor Elias etwas sagen konnte, kam Tia angestürmt und entschuldigte sich gestenreich.

»Das tut mir unglaublich leid. Ich bin gestolpert und muss meinen Freund wohl mitgerissen haben. Ihnen ist doch hoffentlich nichts passiert?«

Tia setzte ein bezauberndes Lächeln auf, auf das Elias sofort hereingefallen wäre, würde er sie nicht genauer kennen.

Der Feenmann fiel darauf herein.

»Schon gut«, murmelte er, als Tia, scheinbar immer noch untröstlich, sein Jackett zurechtrückte.

Dass ihre Hand dabei in seine Tasche glitt und ein Bündel Geldscheine herauszog, merkte er nicht.

Im Gegensatz zu Billie, die ihre Augen aufriss und sich gleich darauf schuldbewusst umsah. Endlich ließ Tia den Mann weiter gehen, jedoch nicht, ohne ihm zum Abschied die Hand zu schütteln und dabei seine Armbanduhr abzustreifen. Mit ihrer Beute stellte sie sich an den Straßenrand und winkte mit einem Geldschein nach einem Taxi. Sekunden später bremste ein grünes Gefährt neben ihnen, das die unverkennbaren vier Buchstaben auf dem Dach zeigte. Das Taxi schwebte über dem Boden und sah aus, als würde es dies nur noch mit Mühe und Not bewerkstelligen. Die drei quetschten sich auf die Rückbank. Keiner wollte neben dem Fahrer sitzen, ein Troll, wie Billie Elias zuflüsterte, der genauso grässlich stank, wie er aussah.

Tia nannte ihm ihr Ziel.

Elias und Billie sahen Tia erstaunt an und auch der Fahrer drehte sich in seinem Sitz um.

»Wohin?«

Tia wiederholte, was sie gesagt hatte und hielt das Bündel Geldscheine hoch.

»Ich denke, das wird reichen.«

Der Fahrer lachte.

»Für das Geld bringe ich euch sogar über die Grenze und schenke euch meinen Wagen.«

»Du wirst uns nicht einmal in die Nähe der Grenze bringen.«

Das Taxi fuhr los und Elias stellte erstaunt fest, wie bequem es war, sich auf diese Art fortzubewegen. Er spürte weder Schlaglöcher noch Unebenheiten im Boden. Sie schwebten sanft über die Straßen und selbst die Vollbremsungen, die der nicht auf den Verkehr achtende Troll das ein oder andere Mal hinlegen musste, waren nichts im Gegensatz zu dem Fahrgefühl, das Elias bisher gekannt hatte.

Sie verließen die Innenstadt und je länger sie fuhren, desto weniger Fahrzeuge begegneten ihnen. Die Häuser wurden kleiner und die Wesen, die über die Straßen liefen, waren nicht mehr gezwungen, sich dicht an dicht zu drängen. Elias lehnte sich zurück und genoss die Fahrt.

Tia betrachtet die gestohlene Armbanduhr.

»War das nötig?«, fragte Elias.

Billie sagte nichts. Sie starrte aus dem Fenster und gab sich alle Mühe, Tia zu ignorieren.

Tia streifte sich die Uhr über ihr Handgelenk. Sie war so groß, dass sie bequem über ihre beiden Arme gepasst hätte.

»Sie gefällt mir«, sagte sie und nahm sie wieder ab, »aber sie passt nicht. Möchtest du sie haben?«

Billie sah Elias warnend an. Er hob verneinend die Hände. Tia zuckte mit den Schultern.

»Dann nicht«, sagte sie, kurbelte das Fenster herunter und warf die Uhr auf die Straße.

Elias atmete ein paar Mal tief durch. Er beschloss, nichts zu sagen.

Die Fahrt dauerte auf Grund des rasanten Fahrstils nicht lange und kurze Zeit später verkündete der Troll:

»Die unendlichen Grasebenen. Wo genau soll ich euch absetzen?«

»Am Waldrand«, sagte Tia und drückte dem Fahrer einige Geldscheine in die Hand. Der griff mit seiner riesigen Pranke gierig danach. Wahrscheinlich hatte er gerade eine Summe erhalten, die er sonst noch nicht einmal in einer Woche verdiente.

»Euer Glück, noch weiter von der Stadt entfernt und das Schätzchen hier würde seine Flugkraft verlieren.« Er ließ seine Pranke auf das Armaturenbrett krachen. Elias vermutete, dass es ein Tätscheln darstellen sollte.

»Weiteste Reichweite von ganz Mediva«, sagte der Troll mit unverkennbarem Stolz in der Stimme und war enttäuscht, als keiner der drei ihm Bewunderung zollte.

Sie stiegen aus und Tia stopfte das restliche Geld in ihre Tasche.

»Wohin gehen wir?«

Billie hatte ihre Stimme wieder gefunden.

Sie betraten den Wald und sofort bemerkte Elias wieder die magische Aura, die sie umgab.

Tia schlängelte sich durch das Gehölz, als hätte sie nie etwas anderes getan und Elias und Billie hatten einmal mehr Mühe ihr zu folgen.

Elias' Orientierungssinn verließ ihn schon nach wenigen Minuten. Tia wandte sich scheinbar wahllos nach rechts und links, kletterte über umgestürzte Bäume, anstatt herum zu gehen und verlangsamte ihr Tempo dabei nicht einmal ansatzweise.

Die Einwohner von Ot'rona liefen gerne, vermutete Elias, denn er sah weit und breit nichts, was den Anschein erweckte, das Ziel ihrer Reise zu sein. Er war in den letzten Tagen so viel gelaufen, wie er es zu Hause nie getan hätte und es wahrscheinlich auch noch eine ganze Weile tun würde.

Wozu hatte er schließlich seinen Führerschein? Doch der nutzte ihm hier gar nichts.

Er fragte sich, ob sein Führerschein wohl auch in Ot'rona gültig war und schüttelte den Kopf. Auf was für Gedanken er nur kam.

Billie sah ihn mit gerunzelter Stirn von der Seite an und Elias konzentrierte sich wieder auf den Weg, der vor ihnen lag.

Nach einer gefühlt endlosen Wanderung vernahmen sie endlich Stimmen. Elias atmete erleichtert auf. Er konnte beim besten Willen keine Bäume mehr sehen.

Er sehnte sich nach einem bequemen Sessel.

Sie folgten den Geräuschen, doch Elias sah nur weitere Bäume und ein undurchdringliches Geflecht von Pflanzen, die sich zu einer Wand verwoben hatten.

Tia wanderte durch das dichte Gebüsch und die Geschwister folgten ihr. Das Geflecht war nicht so undurchdringlich, wie es zunächst den Eindruck erweckte. Solange sie sich genau an den Weg hielten, den Tia voranging, gab es immer wieder schmale Lücken, gerade breit genug, um sie hindurchzulassen.

Sie erreichten eine knorrige Eiche mit einem breiten Stamm und Elias meinte, leise Stimmen zu hören, die von der anderen Seite des Dickichts kamen.

Tia schlängelte sich an der Eiche vorbei und als sie ihr folgten, riss Elias die Augen auf und blieb einige Momente mit offenem Mund auf der Stelle stehen.

Sie erreichten eine riesige Lichtung inmitten von Bäumen, deren Äste miteinander verflochten waren.

Efeu umrankte die einzelnen Zweige und dicht wuchernde Blätter verdeckten jede noch so winzige Lücke zwischen den Pflanzen.

Es war, als würden die Bäume einen Schutzwall um die Lichtung bilden. Nur durch einen schmalen Zugang, der von der Eiche versteckt wurde, gelang es ihnen, auf die andere Seite des Geflechts zu kommen.

Sie traten hinein in ein Zwielicht, das von Sonnenstrahlen durchzogen war, die durch die Baumkronen brachen. Ein Lichtstrahl blendete Elias und er schirmte seine Augen ab, bevor er die Lichtung exakter in Anschein nehmen konnte. Was er auf den ersten Blick nicht wahrgenommen hatte, ließ ihm den Atem stocken.

Perfekt auf ihre Umgebung abgestimmt, hoben sie sich nur bei genauerem Hinsehen vom undurchdringlichen Hintergrund des Baumgeflechts ab.

Zelte.

Elias konnte nicht sagen, wie viele es waren, aber es mussten weit über hundert sein, die dort auf der Lichtung verteilt waren und sich farblich in keiner Weise von dem Wald um sie herum abgrenzten.

Es schien, als wären die Zelte, genau wie die Bäume, die sie umgaben, in ihre natürliche Umgebung hineingewachsen.

Zwischen den Zelten herrschte geschäftiges Treiben. Pferde wieherten, Männer und Frauen liefen umher, es roch nach Essen und Lagerfeuern. Obwohl Elias auf ein Zeltdorf sah, das viele hundert Leute beherbergte, fiel ihm auf, dass eine fast unnatürliche Stille herrschte. Kaum einer der Einwohner sprach, das Wiehern der Pferde klang gedämpft und all die anderen Geräusche, die eine große Ansammlung von Menschen normalerweise von sich gab, waren auf ein Minimum reduziert.

»Wo sind wir hier?«, fragte Billie, deren normal laute Stimme auf dieser Lichtung ohrenbetäubend klang.

Sämtliche anderen Geräusche verstummten mit einem Schlag. Die Pferde hörten auf zu wiehern, auch das leiseste Gespräch wurde abrupt eingestellt und selbst der Wind schien aufgehört zu haben, durch die Blätter zu rauschen. Alle Augen richteten sich auf Billie, die ihre Schuhspitze in den Waldboden bohrte.

»Psst«, machte Tia überflüssigerweise, was zur Folge hatte, dass sie es jetzt war, die im Mittelpunkt der Aufmerksamkeit stand.

Ein erschrockenes Raunen ging durch die Menge. Elias sah, wie einige Männer die Frauen zurückzogen und sich schützend vor sie stellten. Auf ihren Gesichtern spiegelte sich meistens Wut, viele schüttelten auch verständnislos den Kopf.

Elias fühlte sich unbehaglich, obwohl ihm bisher noch niemand Aufmerksamkeit geschenkt hatte. Alle Augen waren auf Tia gerichtet, einige wenige warfen Billie warnende Blicke zu. Seine Schwester hatte ihre Lippen fest zusammengepresst, um zu

123

verhindern, dass weitere Wörter versehentlich ihrem Mund entkamen.

Elias war beeindruckt. Er hatte Billie nie zum Schweigen bringen können, schon gar nicht durch den bloßen Einsatz seiner Augen.

»Waldreiter«, raunte Tia Elias zu und drängte sich an ihm vorbei, »schwieriges Volk.«

Mit jedem Schritt, den Tia nach vorne ging, wichen die Waldreiter einen zurück, sodass sie schließlich stehen blieb.

Sie legte ihre rechte Hand auf ihre linke Schulter, ließ sie dort einen Moment ruhen und machte dann eine ausschweifende Handbewegung. Was auch immer diese Geste besagte, die Waldreiter waren wenig beeindruckt. Sie verharrten auf ihren Plätzen und die Wut in ihren Gesichtern blieb.

Tias Augen suchten die Menschenmenge ab. Ein Schnauben direkt hinter ihnen ließ sie alle herumfahren. Manu sah sie vom Rücken seines Pferdes herab mit hochgezogenen Augenbrauen an.

Tia stieß erleichtert den Atem aus. Sie lief ein paar Schritte auf den Waldreiter zu, blieb dann aber stehen.

»Gut, dass du hier bist«, sagte sie und es klang fast förmlich, »Du musst sofort nach Cloissa sehen.«

Manu ging nicht auf sie ein. Er stieg von seinem Pferd ab und sah Tia besorgt an.

»Was ist los?«

Er sprach leise, ohne dabei zu flüstern.

»Bitte«, sagte Tia, »sieh nach Cloissa. Es ist wichtig.«

Manu rührte sich immer noch nicht.

»Warum?«

»Ich … «

Tia stockte und warf einen Blick über ihre Schulter auf die Waldreiter, die immer noch unbeweglich dastanden und sie anstarrten. Sie senkte ihre Stimme und murmelte dann: »Gethin ist da. Es könnte sein, dass er … sie hat ihm gesagt, dass ich wieder da bin.«

Sie redete nicht weiter, doch Manu verstand.

Er wendete sein Pferd und drückte ihm die Fersen in die Seite.

»Bring sie zu meinem Zelt«, rief er Tia noch zu, dann verschwanden Pferd und Reiter zwischen den Bäumen und das Geräusch der klappernden Hufe war nicht mehr zu hören.

Tia sah ihm einige Augenblicke hinterher, dann wandte sie sich ab und lief auf ein kleines Zelt am gegenüberliegenden Ende der Lichtung zu.

Elias und Billie folgte ihr eilig und Elias beugte den Kopf nach vorne, um den feindseligen Blicken der Waldreiter zu entgehen.

Tia warf ihre Tasche vor den Zelteingang und setzt sich daneben. Elias zögerte kurz, doch dann erkannte er, dass die Waldreiter sie zwar immer noch nicht aus den Augen ließen, sich aber langsam wieder ihren vorherigen Tätigkeiten zuwendeten.

Er setzte sich und zog Billie neben sich auf den platt getretenen Waldboden.

Eine Weile sagte keiner von ihnen ein Wort.

Dann brach Elias das Schweigen.

»Warum hast du uns hier her gebracht? Es hätte nicht viel gefehlt und sie hätten uns einen Pfeil in die Brust gejagt.«

Tia runzelte die Stirn.

»Wie Manu, als er uns im Wald gefunden hat.«

»Er hätte uns nichts getan«, widersprach Billie.

»Woher willst du das wissen? Diese Waldreiter scheinen Fremden gegenüber nicht besonders aufgeschlossen zu sein.«

Tia hob den Kopf.

»Er würde nie jemandem etwas tun und jetzt sei still.«

Mit einer Kopfbewegung zeigte sie in Richtung der Waldreiter.

»Sie können uns hören.«

»Warum sind wir hier, Tia?«

Elias war noch nicht bereit, aufzugeben. Er brauchte endlich Antworten auf seine Fragen. »Und was hast du diesen Menschen angetan, dass sie dich am liebsten sofort wieder zurück nach Mediva schicken wollen?«

»Es sind keine Menschen.«

Elias fuhr herum. Hinter ihm stand Manu und an

126

seiner Seite führte er den braunen Hengst. Das Tier atmete heftig und seine Flanken waren schweißüberströmt.

Manu lotste das Pferd an seinem Zelt vorbei zu einem Wassereimer und legte eine Decke auf dessen Rücken, während es gierig trank.

»Was ist mit Cloissa?«, fragte Tia und und hielt den Atem an, als müsste sich für die Antwort wappnen. Ihre Hände zitterten und sie streckte die Arme aus, um in ihrer Umhängetasche zu wühlen. Nach kurzem Suchen beförderte sie eine der beiden Glasflaschen zutage. Sie schraubte den Deckel ab und genehmigte sich einige tiefe Schlucke, bevor Manu ihr die Flasche aus der Hand riss. Ein Teil des Inhalts verteilte sich auf Tias Kleidung und dem Fußboden.

Der Geruch nach Alkohol verbreitete sich in der Luft und Billie rümpfte die Nase.

»Das brauchst du nicht.«

Tia griff nach der Flasche, doch Manu wich ihr aus.

Tia sprang auf ihre Füße, streckte ihre Hände aus und Manu fuhr zurück.

»Ich brauche es. Jetzt.«

Sie griff wieder nach der Flasche, aber Manu war schneller.

»Bitte«, flehte Tia, »Nur einen Schluck noch.«

Manu schüttelte den Kopf.

»Was ist mit Cloissa?«, wiederholte sie.

Ein Schatten huschte über Manus Augen.

»Sie lebt«, antwortete er nach einer kurzen Pause, »gerade so.«

Tias hatte die Flasche in seiner Hand nicht eine Sekunde aus den Augen gelassen und Elias war sich nicht sicher, ob sie Manus Antwort wahrgenommen hatte.

»Bitte, nur einen Schluck ... «

»Was meinst du damit?« Billies Augen glänzten und ihre Unterlippe zitterte. »Gerade so?«

Manu sah sie für einen Moment schweigend an. Er hielt Tia fest und streckte seinen Arm von sich, damit sie die Flasche nicht erreichen konnte. »Dort drüben verläuft ein kleiner Bach«, sagte er zu Billie.

»Sei so lieb und hole meinem Pferd noch etwas Wasser.«

Elias sah hinüber zu dem Wassereimer. Er war noch zur Hälfte gefüllt.

Billie sah dies ebenfalls, doch Elias erkannte, dass sie Angst vor dem hatte, was sie gleich erfahren könnte, daher protestierte sie nicht, sondern nahm den Eimer an sich und verschwand in die Richtung, die Manu ihr gezeigt hatte.

»Nur einen Schluck.« Tia bettelte nun förmlich.

Tränen liefen über ihr Gesicht, doch Manu zeigte keinerlei Regung.

»Hast du mich gehört? «

»Nur einen Schluck«, murmelte Tia, »nur einen einzigen.«

»Nein.« Manu schüttelte den Kopf. Seine Stimme war sanft. »Du musst mir zuhören.«

Tia hob mühsam ihren Blick und sah ihm in die Augen.

Immer mehr Tränen flossen über ihr Gesicht und sie zitterte mittlerweile am ganzen Körper.

Elias fragte sich, wie Manu nur so ruhig bleiben konnte.

»Gethin hat sie auf der Straße gefunden. Er hat sich gewundert, warum sie sich wieder in der Nähe deiner Wohnung herum trieb, obwohl du doch vorhattest, Ot'rona zu verlassen. Er kam schnell an die Informationen, die er haben wollte.«

Tia schluckte.

»Sie hat es ihm nicht freiwillig gesagt, habe ich Recht?«

Manu nickte stumm.

Dann sagte er: »Es hätte nicht sein müssen. Sie hat ihm alles gesagt, bevor -« Er brach ab.

»Wird sie es schaffen?«

Wieder nickte Manu. Tia schloss für einen Moment die Augen. Auch wenn sie Cloissa in ihrer Wohnung mit wenig Zuneigung begegnet war, so war Elias sich doch sicher, dass sie sich große Sorgen gemacht hatte.

Tia streckte wieder eine Hand nach der Flasche aus. Manu legte seinen Arm fester um sie, sodass es für Tia unmöglich war, sich aus seiner Umarmung zu winden. Sie begann zu zappeln.

»Nur einen Schluck«, wiederholte sie flehentlich.

Sie schrie fast und einige Waldreiter, die vorbei liefen, warfen ihr wütende Blicke zu. Manu kümmerte das nicht. Er hielt die zappelnde Fee ohne große Mühe fest und Tias Augen weiteten sich vor Entsetzen, als sie erkannte, was er vorhatte. Sie trommelte mir ihren Fäusten auf seiner Brust herum, doch er zuckte nicht einmal mit der Wimper.

Den Arm mit der Flasche hielt er weiterhin ausgestreckt von sich. Dann drehte er die Flasche auf den Kopf. Die klare Flüssigkeit sprudelte aus dem Flaschenhals hinaus und versickerte im Boden. Tia wehrte sich immer heftiger, je mehr sich die Flasche leerte.

Elias erschrak es zu sehen, wie stark sie der Verlust des Alkohols mitnahm. In ihrem Gesicht spiegelten sich Schmerzen, als wäre eine geliebte Person direkt vor ihren Augen gestorben. Die Flasche leerte sich langsam aber unaufhaltsam.

Elias Blick fiel auf die Umhängetasche am Boden. Er erinnerte sich, dass Tia zwei Flaschen eingesteckt hatte. Er sank auf die Knie und öffnete die Tasche. Sie war leer. Elias runzelte die Stirn, er hatte doch gesehen, wie Tia beinahe ihren gesamten Besitz in ihr hatte verschwinden lassen. Dann kam ihm eine Idee. Er versenkte seine Hand in der Tasche und konzentrierte sich darauf, das Bild der Flasche vor seinem inneren Auge zu

130

bilden. Sekunden später spürte er, wie seine Finger sich um eine kühle glatte Oberfläche schlossen. Er zog seine Hand aus der Tasche und mit ihr die Flasche, deren Hals er gegriffen hatte. Tia hatte es mittlerweile geschafft, sich aus Manus Griff zu befreien. Sie stürzte sich auf Elias. Dieser sprang rasch zur Seite und warf Manu die Flasche zu. Dieser fing sie auf, öffnete sie und leerte ihren Inhalt ebenfalls auf dem Boden aus.

Tia fiel vor dem durchnässten Boden auf die Knie und vergrub das Gesicht in den Händen.

Elias konnte ihre dumpfen Worte kaum hören.

»Aber es ist doch noch da.«

SIEBEN

Manu hatte Tia mit sanfter Gewalt in sein Zelt gebracht und ihr eingeschärft, es nicht zu verlassen, bevor sie sich ausgeschlafen hatte. Als er wieder auf die Lichtung heraus trat, war nichts mehr von der Reglosigkeit zu sehen, die er zuvor an den Tag gelegt hatte. Nun sah er so aus, als würde er ebenfalls jeden Moment in Tränen ausbrechen. Elias wünschte sich, er hätte nicht mitbekommen, was er gerade gesehen hatte.

»Was hat sie getan? Was ist passiert, dass sie so wurde?«

Er deutete auf das Zelt. Dann bemerkte er Billie. Sie stand einige Meter von ihm entfernt und starrte auf die Stelle im Boden, wo wenige Minuten zuvor der Alkohol versickert war.

Elias wusste nicht, wie lange sie dort schon gestanden hatte, aber ihrem Gesichtsausdruck nach zu urteilen, hatte sie bereits zu viel mitbekommen.

Sie richtete ihre grünen Augen auf Manu, ihr Blick war entschlossen.

»Warum wollte sie dich umbringen?«

»Was?«

Elias und Manu hatten gleichzeitig gesprochen. Elias hatte entsetzt gerufen, Manu hingegen klang leise und beinahe erstaunt.

132

»Ihr habt mich schon verstanden.«

Billie bemühte sich nun auch, leise zu sprechen.

»Warum wollte Tia dich umbringen?«

Manu seufzte. Er strich sich mit beiden Händen die Haare aus dem Gesicht. Es sah aus, als würde er versuchen, seinen Kopf festzuhalten, um ihn vor dem Platzen zu bewahren.

»Wer hat dir das gesagt?«

»Alle. Alle sagen es und ich glaube ihnen. Also?« Es war mehr ein Befehl als eine Frage.

Elias dachte sehnsüchtig an Billies Bücher und Filme. Die Feen dort waren immer freundlich und hilfsbereit. Wie viel lieber wäre er doch in einer dieser Welten gelandet.

Ein Gefühl von Heimweh flammte in ihm auf. Wie gern würde er jetzt zu Hause in seinem Bett liegen, frei von Sorgen und die größten Abenteuer, die er erlebte, wären die, die er nur aus Romanen kannte.

»Ich kann euch nur bitten zu warten«, sagte Manu, »Wartet, bis Tia wach wird. Ich möchte und ich werde es euch nicht erzählen.«

Damit gab sich Billie zufrieden. Sie setzte sich im Schneidersitz vor das Zelt und beobachtete den Eingang. Elias war sich mittlerweile nicht mal mehr sicher, ob er überhaupt noch wissen wollte, was Tia ihnen erzählen würde.

Je mehr er erfuhr, desto mehr wünschte er sich wieder in seinen normalen Alltag zurück.

Doch Billie wirkte nicht, als hätte sie Angst vor der Wahrheit. Sie drehte gedankenverloren an einer Strähne ihres blonden Haars und gab sich damit zufrieden, zu warten.

Sie warteten eine geraume Weile, ohne ein Wort zu sagen. Die Sonne wanderte über den blauen Himmel und verschwand hinter den Baumkronen. Die Schatten wurden länger und schließlich senkte sich ein diffuses Dämmerlicht über die Lichtung der Waldreiter.

Elias Magen knurrte laut und er durchsuchte Tias Tasche nach etwas Essbarem. Er wurde nicht fündig.

Erst jetzt fiel ihm auf, dass er Tia noch nie hatte essen sehen. Anstelle der erhofften Lebensmittel erspürten seine Finger etwas anderes. Dünn und rau. Es war ein Geldschein, der sich aus dem Bündel gelöst hatte. Nach einigem Suchen beförderte Elias den Rest des Geldes hervor.

Vielleicht hatte die magische Tasche erkannt, dass er nicht finden würde, was er suchte und ihm stattdessen das einzige gegeben, was er nutzen konnte, um sich Selbiges zu kaufen.

»Reicht das?«, fragte er Manu, der in Gedanken versunken dasaß.

»Hm?« Manu hob den Kopf und seine Augen weiteten sich, als er das Geld sah. »Wo habt ihr das her?«

134

»Tia hat es gestohlen«, sagte Billie verächtlich, »Wofür soll es reichen?«

»Für den Schwarzmarkt«, antwortete Elias, »Wir brauchen ein Portal, und zwar schnell. Ich habe das Gefühl, je länger wir hierbleiben, desto mehr Sachen werden ans Licht befördert, die ich gar nicht wissen möchte.«

»Aber ich möchte sie wissen«, erwiderte Billie, »Ich glaube, es ist wichtig.«

Manu zögerte kurz, dann streckte die Hand nach dem Geld aus. »Es ist eigentlich nicht in Ordnung, da es euch nicht gehört, aber wie ich Tia kenne, hat sie es jemandem gestohlen, der es weniger braucht als ihr.«

Billies Gesicht verriet, dass dieser Gedanke den Diebstahl in keiner Weise für sie rechtfertigte. Doch sie sagte nichts.

Manu erhob sich.

»Ich werde versuchen, etwas über ein Portal in Erfahrung zu bringen. Hier in den Wäldern leben genug gierige Wesen, die bereit sind, mir für ein paar Scheine zu helfen.«

Elias gab ihm die Scheine. »Aber was wollen diese Wesen denn damit anfangen? Sie können es hier im Wald doch gar nicht ausgeben, oder?«

Manu verstaute das Geldbündel unter seinem Hemd. »Natürlich können sie das nicht. Aber dass das Geld für sie nutzlos ist, merken sie erst, wenn man schon längst verschwunden ist. Grindel sind am einfachsten hereinzulegen.«

»Was ist ein Grindel?«

Manu öffnete den Mund, um zu antworten, doch Billie kam ihm zuvor: »Ein Grindel ist ein körperloser Waldgeist, der für gewöhnlich in abgestorbenen Bäumen haust. Sie sind, was Klatsch und Tratsch angeht, immer auf dem neuesten Stand – fürchterlich neugierige Wesen. Ihr Wissen rücken sie aber nur gegen Geld heraus. Sie sind so versessen darauf, dass sie sich meistens mit ein paar Geldstücken zufriedengeben.«

Elias war beeindruckt, auch wenn er gegenüber Billie nie zugeben würde, dass sich ihr Wissen doch als nützlich erweisen würde.

»Und du glaubst, so ein Grindel hat Informationen über ein Portal?«

Manu zuckte mit den Schultern.

»Ich bin mir nicht sicher. Aber er wird mir sagen können, wo wir einen Informanten finden können. Und einen Grindel aufzuspüren ist nicht schwer. Der Geruch des Geldes wird ihn schon anlocken.«

Nachdem Manu verschwunden war, fragte Elias: »Was macht ein Grindel mit dem Geld, wenn er es doch nicht ausgeben kann?«

»Er faltet Papierschiffchen daraus«, sagte Billie.

Elias hätte es ihr um ein Haar abgenommen, doch dann bemerkte er ihren Gesichtsausdruck. Er konnte nicht anders, als in ihr Grinsen einzustimmen.

Manu kehrte zur selben Zeit zurück, wie Tia erwachte. Mit blassem Gesicht kroch sie aus dem Zelt und wurde von Billie überschwänglich in Empfang genommen.

Als Billie ihr Anliegen vorbrachte, erblasste Tia noch mehr, falls das überhaupt möglich war.

Sie war bereits so weiß wie die sprichwörtliche Wand.

Manu hob abwehrend die Hände, als sie ihn anstarrte.

»Ich habe ihnen nichts gesagt.«

Sie wandte sich wieder an Billie. »Warum willst du das wissen?«

Elias stellte fest, dass Tia die Vorwürfe nicht bestritt, genauso wenig, wie Manu es zuvor getan hatte.

»Ich will es wissen, weil ich sichergehen muss, dass ich die letzten Tage in Anwesenheit einer Dunkelalbe verbracht habe.«

Tias Kinnlade klappte herunter.

»Elias redet im Schlaf«, sagte Billie, »Ich weiß zwar nicht genau, wer Aindriú ist, aber er hat es sicher nicht verdient.«

Elias verstand kein einziges Wort. Was zum Teufel war eine Dunkelalbe? Und hatte er im Schlaf wirklich so viel erzählt, dass seine Schwester über den Feenmann Bescheid wusste?

Tia warf Manu einen fragenden Blick zu. Er nickte.

»Erzähl es ihr. Sie wird es so oder so herausbekommen.«

Tia seufzte resigniert.

»Na schön. Wenn alles so läuft, wie ich es mir vorstelle, bin ich euch ohnehin bald los.«

Manu hielt ein zusammengerolltes Stück Papier hoch.

»Da wäre ich mir nicht so sicher.«

Er setzte sich zu den anderen drei auf den Waldboden.

»Wie zu erwarten war, habe ich einen gesprächigen Grindel gefunden. Er konnte mir mehr verraten, als ich erhofft hatte. Er weiß, wo sich ein Portal öffnen wird.«

Tias Augen leuchteten auf.

»Aber es wird dir nicht gefallen. Für eine bessere Information hätte ich ihm wesentlich mehr Geld bieten müssen. Dieser Grindel kannte seinen Preis.«

Tia griff nach dem Papier.

»Unsinn. Je eher ich hier weg bin, desto besser.«

Elias nickte zustimmend.

Manu steckte das Papier unter sein Hemd und verschränkte die Arme vor der Brust.

»Erzähl es ihnen, dann sag ich dir, wo du das Portal finden kannst.«

138

Tia wollte protestieren, doch der Ausdruck seiner Augen ließ sie verstummen.

»Ihr werdet gemeinsam zu diesem Portal reisen, sie haben ein Recht darauf zu erfahren, mit wem sie es zu tun haben.«

Tia ließ die Schultern hängen. Für einen kurzen Moment wirkte sie so, als würde sie Manu das Papier vorher abnehmen wollen. Aber die Erkenntnis, dass dies nicht von Erfolg gekrönt sein würde, kam ebensoschnell. Niedergeschlagen sah sie auf die zwei leeren Glasflaschen, die neben ihrer Umhängetasche standen, und pulte dabei an ihren Fingernägeln.

»Also gut, ich bin eine Dunkelalbe, du hast Recht«, sagte sie nach langem Schweigen. Elias hatte schon geglaubt, sie würde gar nicht mehr das Wort ergreifen.

Billie wirkte zufrieden. Elias hingegen wünschte sich, er hätte seiner Schwester wenigstens hin und wieder zugehört, wenn sie über Fabelwesen sprach.

Er verstand nach wie vor kein einziges Wort.

»Eine Dunkelalbe«, wiederholte Tia, »oder eine Todesfee, wenn du es so willst.«

Elias zuckte zusammen. Diesen Begriff hatte er schon einmal gehört.

Tia fuhr fort. Sie sprach so leise, dass sie sich nach vorne beugen mussten, um sie zu verstehen. Einzig Manu veränderte seine Position nicht.

»Ich bin eine Todesfee und stand unter dem Befehl von Nila von Ot'rona. Ich habe in ihrem Auftrag getötet.«

Sie zögerte und wich Billies Blick aus.

»Ich habe Menschen umgebracht.«

Elias war sich sicher, sich verhört zu haben. Weder Billie noch Tia sahen aber aus, als wäre das ein Scherz gewesen.

Tia wirkte abwesend. Sie hatte den Kopf gesenkt und knetete ihre Finger. Dennoch klang ihre Stimme wie ein kompletter Gegensatz zu dem, was er zuvor aus ihrem Mund gehört hatte.

»Ihr müsst wissen, dass dieses Land, Ot'rona, zweigeteilt ist. Der Teil, den ihr kennen gelernt habt, existiert erst seit etwa zweihundert Jahren und steht unter der Herrschaft von Nilas älterem Bruder Ries. König Ries ist der rechtmäßige Herrscher und so regierte er zunächst über ganz Ot'rona. Die Menschen, die sich hierher verirrten, nahm er auf und diejenigen, die beabsichtigten, das Land wieder zu verlassen, die ließ er ihrer Wege ziehen.«

Tia hielt kurz inne und zeigte dann mit der rechten Hand in die Richtung, in der Mediva lag.

»Er übernahm sehr viel Wissen von den Menschen. Die ganze Technologie, die Großstädte voller Supermärkte.«

Tia lächelte Elias an, doch es sah nicht besonders fröhlich aus.

140

»Ohne die Menschen wären Mediva und auch andere Städte hier nicht das, was sie zum heutigen Tage sind. Der König ist ein Freund der Menschen, nur gab es in all der Zeit immer mehr von ihnen, die nicht nur durch Zufall nach Ot'rona kamen. Sie waren voller Neugier auf diese Welt, von der schon so viele erzählt hatten. Unter ihnen waren auch einige, deren Absichten nicht gut waren. Es heißt, dass mehrere Feen entführt wurden – in eure Welt – zu Forschungszwecken, aber das wollte König Ries nie wahrhaben. Er war völlig vernarrt in alles Neue, was er von den Menschen lernen konnte.«

Tia schüttelte den Kopf.

»Vielleicht wäre er selbst lieber ein Mensch.«

Elias fiel es immer noch schwer, zu begreifen, was er da hörte. Tia erzählte hier von etwas, das viele Jahrhunderte zurücklag und doch schien der König nach wie vor zu regieren. Tia setzte ihre Erzählung fort. Ihr Gesicht hatte wieder einen leeren Ausdruck angenommen.

»Ries' Schwester Nila stand all dem skeptisch gegenüber. Sie beharrte auf die alten Traditionen und hielt absolut nichts davon, dass sich Ot'rona immer mehr der Welt der Menschen anglich. In gewisser Weise war ihr Misstrauen berechtigt, aber mit der Zeit entwickelte Nila einen enormen Hass auf Menschen. Am liebsten hätte sie sie alle aus Ot'rona verbannt. Sie sprach mit ihrem Bruder über ihre Sorge, dass die Fremden das Land eines Tages vollständig einnehmen würden und beharrte auf ihr Mitspracherecht, selbst wenn sie nicht die rechtmäßige Thronerbin war. Niemand war Zeuge davon, wie genau das Gespräch zwischen den beiden ablief, aber Nila war wohl überaus überzeugend. König Ries tat etwas, das er mit Sicherheit bis zum heutigen Tage bereut. Er ernannte Nila zur Königin, sodass sie gemeinsam regieren konnten. Sie nahm sein Angebot an, allerdings zu ihren Bedingungen.«

»Welche waren das?«, fragte Billie, als Tia nicht weiter sprach.

»Sie beanspruchte nicht nur die Hälfte des Titels, sondern auch die Hälfte des Königreiches für sich. Sie zog quer durch Ot'rona eine Grenze und ließ sich in ihrem Teil ein prächtiges Schloss bauen, von wo aus sie fortan regierte. Nila ist keine schlechte Herrscherin. Ihren Untertanen geht es sehr gut, obwohl sie so leben, wie Nila es bevorzugt. Traditionell, keinerlei Menschenerfindungen, nichts an technologischem Fortschritt. Sie war loyal genug, um keinen Krieg gegen ihren Bruder zu beginnen und so auch die zweite Hälfte Ot'ronas unter ihre Macht zu bekommen, wie viele befürchtet hatten. Alle waren überrascht, wie harmonisch die Kooperationen zwischen den Geschwistern liefen. Es hatte sich für die wenigsten merklich etwas verändert.«

Tia kaute an einem Fingernagel und schien zu überlegen, wo sie weitererzählen sollte. Elias spürte, dass sie bald an dem Punkt angelangt sein würde, an dem sie über sich berichten würde müssen.

»Viele Jahre lang lebten alle in Frieden und selbst die anfänglichen Kritiker entspannten sich allmählich. Doch dann wurden sie in ihren Befürchtungen bestätigt. Keiner vermag noch zu sagen, was genau passiert ist. Vielleicht ist Nila die Macht zu Kopfe gestiegen oder sie sah ihr Königreich gefährdet, als immer mehr Menschen nach Ot'rona kamen. Es begann damit, dass sie alle Menschen aus ihrer Hälfte des Königreiches verbannte. Doch das reichte ihr irgendwann nicht mehr, denn die von ihr verstoßenen Menschen verließen nicht etwa das Land, sondern lebten unter König Ries weiter. Deswegen ging Nila nach einer Weile dazu über, sämtliche Menschen, die sich auf ihrer Seite der Grenze befanden, umbringen zu lassen. Sie legte einen Zauber über das ganze, von ihr beherrschte Land, mit dem sie alles Nichtmagische aufspüren konnte.«

Tia hielt inne und atmete ein paar Mal tief durch. Trotzdem ihre Stimme völlig normal klang, merkte Elias doch, dass sie sich am liebsten in Luft auflösen wollte.

»Königin Nila stellte eine Gruppe von Todesfeen unter ihr Regiment, die die Menschen für sie umbringen sollten. Dafür versprach sie ihnen uneingeschränkte Freiheit. Ihr müsst dazu wissen, dass Todesfeen lange in Isolation gelebt haben, weil niemand gerne so jemanden -«

Sie unterbrach sich und ihr Blick senkte sich.

»So jemanden wie mich in seiner Nähe haben wollte. Sie konnten zwar nicht aus Ot'rona verbannt werden, aber sie wurden gezwungen, die Berge des Nordkamms niemals zu verlassen.

Aus diesem Grund fand Nilas Herrschaftsform bei ihnen natürlich großen Anklang. Normalerweise töten Todesfeen nicht, weil sie es wollen. Sie kommen nur zu denen, deren Zeit abgelaufen ist ...«

»Und du warst eine von ihnen?«, fragte Billie, nachdem Tia nicht weiter sprach. Die Fee schüttelte den Kopf.

»Das geschah alles vor meiner Zeit. Ich bin erst fünfundsiebzig Jahre alt. Aber zum Zeitpunkt meiner Geburt war es für die Todesfeen schon eine Selbstverständlichkeit, im Auftrag ihrer Königin zu töten. Ich habe es auch getan und nie in Frage gestellt. Es war einfach so.«

Sie brach erneut ab und warf Manu einen entschuldigenden Blick zu.

»Ich hatte doch nie etwas anderes kennen gelernt.«

Der Waldreiter sah zu Boden und plötzlich ging Elias ein Licht auf.

144

»Der Ort, an dem du damals gefunden wurdest, das war Königin Nilas Königreich, habe ich Recht?«

Manu nickte.

»Und die Person, die dich entdeckt hat, war Tia?«

Elias brauchte Manus Nicken nicht mehr abzuwarten, um zu wissen, dass er Recht hatte.

»Warum lebst du denn dann noch?«

Alle Blicke richteten sich auf Billie, die diese Frage gestellt hatte.

»Was guckt ihr so? Das war eine berechtigte Nachfrage.«

Manu lachte und die angespannte Stimmung löste sich ein wenig.

»Das war es in der Tat. Also Tia, warum lebe ich noch?«

Tia fand das Ganze weniger witzig.

Ihr Gesicht nahm wieder einen abwesenden Ausdruck an. Es war fast so, als würde sie ihren Körper verlassen und jemand anders für sich erzählen lassen.

»Ich ... eines Tages ist etwas passiert, das meine Meinung über die ganzen Morde geändert hatte. Man könnte sagen, dass sich mein Gewissen gemeldet hat, obwohl ich bis zu dem Zeitpunkt noch nicht einmal wusste, dass Todesfeen überhaupt eins haben. Jedenfalls ... habe ich gewissermaßen gekündigt. Ich war im Begriff,

Nilas Königreich zu verlassen und dann sah ich da mit einem Mal Manu liegen.«

Ein dunkler Schatten legte sich über ihr Gesicht.

»Ich hätte ihn wirklich beinahe umgebracht. Ich konnte nichts dafür, es war fast wie eine Gewohnheit. Aber ich habe mir geschworen, dass Novan der letzte Mensch sein würde, den ich … den ich töte.«

Sie brach ab und biss sich auf die Unterlippe.

»Wer ist Novan?«, fragte Billie, doch Elias erkannte, dass Tia nicht weiter sprechen würde.

Sie wischte sich einige Male mit der flachen Hand über die Augen, dann sprang sie auf und lief davon.

Billie sah ihr bestürzt hinterher. Sie wollte aufstehen und der Fee hinterherlaufen, doch Manu hielt sie am Arm zurück.

Billie bliebt stehen und wirkte selbst den Tränen nahe.

»Habe ich was Falsches gesagt? Ich habe doch nur gefragt - «

»Du hast nichts Falsches gesagt«, beruhigte Manu sie.

Er atmete tief ein.

»Ich denke, es ist okay, wenn ich euch den Rest erzähle. Natürlich kenne ich die Geschichte auch nur aus Tias Berichten, aber -«

Er unterbrach sich kurz und suchte nach den richtigen Worten.

146

»Novan war ... die beiden waren verliebt.«

Elias und Billie sahen erstaunt auf.

»Ineinander«, fügte Manu hinzu, als sei dies nicht klar geworden.

»Die beiden konnten ihre Beziehung lange geheim halten. Sie waren seit beinahe zwei Jahren ein Paar, bis Nila bemerkte, dass Tia ihre Aufträge nicht weiter ausführte. Sie war so besessen von ihrer Macht, dass sie es mit den Kontrollen ihrer Todesfeen nicht mehr so genau nahmen. Und die meisten hatten auch ihre Freude am Töten.«

Elias erinnert sich mit Schaudern an den Vorfall mit Aindriú zurück. Er sah wieder die Angst in den Augen des Feenmannes vor sich und das erstickte Gurgeln seiner Kehle, die durch magische Kräfte zusammen gedrückt wurde.

Er war sich sicher, dass Tia keine Freude dabei empfunden hatte, doch wenn Elias nicht auf sich aufmerksam gemacht und sie unterbrochen hätte ... Er brachte es nicht fertig, den Gedanken zu Ende zu führen.

Manu fuhr fort: »Als Nila eines Tages von Tias Vertrauensbruch erfuhr, war sie außer sich. Ihr müsst euch in ihre Lage versetzen. Eine unter ihrem Kommando stehende Todesfee geht eine Beziehung zu einem Menschen ein. Dieser Verrat war das Schlimmste, was man ihr hätte antun können. Tia und Novan waren gezwungen zu fliehen.«

»Warum sind sie nicht schon vorher gemeinsam über die Grenze gegangen?«, fragte Elias. Er konnte sich kaum vorstellen, wie man über zwei Jahre hinweg eine solche Beziehung geheim halten konnte und sich während der ganzen Zeit in unmittelbarer Gefahr befand.

»Tia wollte den Schein bewahren. Hätte sie den Osten des Landes ohne Grund verlassen, hätte sie sofort Nilas Aufmerksamkeit auf sich gezogen. Sie wollte nicht riskieren, dass die Königin oder eine der Todesfeen nach ihr suchen und dabei hinter ihr Geheimnis kommen würden.«

Manu strich sich eine Haarsträhne aus dem Gesicht und seufzte.

»Ihr könnt euch denken, dass es natürlich genau so gekommen ist, als Nila alles erfuhr. Die beiden versuchten zu fliehen, es rechtzeitig über die Grenze zu schaffen, doch Nila ließ sie von sämtlichen Todesfeen verfolgen, die damals unter ihrem Kommando standen. In Ihrer Wut gab sie ihnen den Auftrag, Novan vor Tias Augen zu töten und sie dann laufen zu lassen.«

Billie schauderte und Elias legte rasch einen Arm um ihre Schultern, als könne er sie vor all dem beschützen, was sie bisher erlebt und erfahren hatte. Dinge, die eine Zwölfjährige nie hätte erfahren sollen.

148

Billie versteifte sich kurz ob der ungewohnten Zuneigung ihres Bruders, doch dann lächelte sie ihn dankbar an.

»Die beiden hatten fast die Grenze erreicht«, berichtete Manu weiter, »als sie von den Todesfeen gestellt wurden. Sie überwältigten Tia und eine der Feen zwang Novan, ihr in die Augen zu blicken. Ihr müsst wissen, dass Todesfeen töten, indem sie -«

»Ich weiß, wie«, unterbrach ihn Elias.

Er wollte Billie die Details ersparen und sie nahm die Unterbrechung erleichtert hin.

Manu hingegen hob überrascht den Blick und ein Schleier der Besorgnis zog sich über seine Augen. Elias merkte ihm an, dass ihm eine Frage auf der Zunge brannte, doch nach einem kurzen Kopfschütteln von Elias, der auf Billie deutete, nickte Manu nur und erzählte weiter: »Sie ließ sich Zeit, es sollte ein langsamer Tod werden. Tia machte den Feen einen Vorschlag.«

Elias schwante Fürchterliches. Er ahnte, was jetzt kommen würde und auch Billie versteifte sich in seinem Arm. Er hatte plötzlich das Verlangen, Manu sofort zum Schweigen zu bringen, egal wie.

Doch der Waldreiter erzählte weiter, hastig und mit belegter Stimme und vermied es dabei, Billie anzusehen.

»Sie tötete ihn. Es war grausam, aber wenigstens ging es schnell und war schmerzlos. Danach schwor sie sich, nie wieder einen Menschen zu töten. Zum Glück für mich, denn einige Zeit später fand sie mich im Wald liegend. Wenn sie sich nicht noch rechtzeitig ihres Schwurs bewusst geworden wäre ... ihr könnt es euch sicher vorstellen.«

Als Manu geendet hatte, sprach keiner von ihnen ein Wort. Billie hatte Tränen in den Augen. Elias war erschüttert. Das Misstrauen der Waldreiter gegenüber Tia ergab jetzt einen Sinn.

Eine letzte Frage hatte er noch, die ihn nicht losließ: »Warum hat König Ries nichts gegen all das unternommen?« Die Antwort überraschte ihn.

»Liebe«, sagte Manu.

»Wie bitte?«

»Um Nilas Regentschaft zu beenden, hätte er ihr den Krieg erklären müssen. Er hätte seine eigene Schwester stürzen müssen. Das wäre niemals ohne den Einsatz von Gewalt gegangen. Das brachte er nicht übers Herz.«

»Aber hat denn keiner versucht, etwas gegen Königin Nila zu unternehmen?«

»Oh doch, mehrmals sogar. Sie sind alle gescheitert, weil sie nicht genug Unterstützung fanden. Die Einwohner von Ot'rona leben seit Jahrhunderten in einem Frieden, den sie um jeden Preis bewahren wollen. Es hat in der Vergangenheit immer wieder Kriege gegeben und viele hier haben sie miterlebt. Keiner von ihnen ist gewillt, so etwas ein weiteres Mal durchzumachen. Königin Nila strebt nicht nach mehr Macht, sie ist mir ihrem Teil

150

Ot'ronas zufrieden. Ihr den Krieg zu erklären wäre Wahnsinn.«

»Aber sie lässt unschuldige Menschen umbringen«, protestierte Billie.

»Keiner zwingt die Menschen, in ihrem Königreich zu leben. Ihnen steht es frei, in diesen Teil Ot'ronas zu kommen.«

Manu bemerkte Billies entsetzten Gesichtsausdruck und fügte hinzu: »Jetzt schau nicht so. Das ist die Meinung von vielen, aber nicht meine.«

Elias hatte es die Sprache verschlagen. Nicht zum ersten Mal fragte er sich, in was für eine Welt sie da nur geraten waren.

Über die Erzählungen war die Nacht herein gebrochen und fast alle Waldreiter hatten sich zum Schlafen in ihre Zelte begeben. Im Schutz der Dunkelheit kehrte Tia wieder zu ihnen zurück. Sie wirkte noch blasser als sonst, doch ihr Blick zeigte Entschlossenheit.

»Wissen sie es?«

Manu nickte.

»Gut.« Tia setzte sich und streckte auffordernd ihre rechte Hand aus.

»Her mit dem Zettel.«

Manu griff unter sein Hemd und zog das zusammen gerollte Papier hervor.

»Es wird dir nicht gefallen.«

Tia ignorierte seine Einwände und wickelte das Papier mit fahrigen Bewegungen auseinander. Ihre Hände zitterten so sehr, dass sich das Schriftstück einige Male wieder zusammen rollte, bevor sie es endlich richtig zu greifen bekam.

Kaum hatte Tia gelesen, was auf dem Papier stand, entgleisten ihre Gesichtszüge. Sie hob den Blick und sah Manu entsetzt an. Elias blickte neugierig über ihre Schulter auf den Zettel, doch von den verschlungenen Zeichen, die dort abgebildet waren, konnte er nicht ein einziges entziffern.

»Was ist los?«, fragte er, »Gibt es kein Portal?«

Tia seufzte.

»Doch, das gibt es.«

Ihre anfängliche Euphorie war komplett verflogen.

»Aber?«, hakte Billie nach.

»Das Portal«, sagte Manu, »wird sich in sechs Tagen am Fluss Mércru öffnen.«

Sechs Tage. Eine plötzliche Zuversicht durchströmte Elias. Sechs Tage, das war eine absehbare Zeit, etwas Greifbares. In sechs Tagen würden er und Billie wieder zu Hause sein. In sechs Tagen würde sein Leben wieder normal sein. Und dennoch schien es ein Problem damit zu geben.

»Was ist los? Ist dieser Mercur-Fluss zu weit entfernt? Können wir ihn in dieser Zeit nicht erreichen?«

»Der Fluss heißt Mércru«, berichtigte Billie ihn.

»Wie auch immer.«

»Wir können ihn erreichen«, sagte Manu, »Innerhalb von fünf Tagen, wenn wir gleich morgen früh aufbrechen. Vielleicht sogar vier, wenn wir uns beeilen.«

»Wo liegt dann das Problem?«

»Der Fluss liegt im Osten des Landes.«

Elias verstand immer noch nicht. »Und?«

Dieses Mal war es Tia, die antwortete: »Der Osten des Landes steht unter der Herrschaft von Königin Nila.«

Billie riss die Augen auf und Elias Hoffnungen verschwanden mit einem Schlag.

Er wollte es nicht wahrhaben. Die Lösung war so nahe gewesen, und jetzt lag seine Rückkehr in die Menschenwelt in weiter Ferne.

»Gibt es keine anderen Portale?«, fragte Billie, »Ich meine, in diesem Königreich.«

Manu schüttelte den Kopf. »Nicht in nächster Zeit. Jedenfalls keine, von denen man ohne Genehmigung oder ohne eine sehr große Geldsumme erfahren könnte.«

Elias stöhnte. Diese verdammte Genehmigung! Bürokratie war eben nicht nur in seiner Welt ein

153

Hindernis, das sich alles und jedem in den Weg stellte.

Er hatte sich so schnell mit dem Gedanken angefreundet, Ot'rona so bald wie möglich zu verlassen, dass ihm die Vorstellung, zu einem längeren Aufenthalt gezwungen zu sein, fast in den Wahnsinn trieb. Es musste doch eine andere Lösung geben.

Er wünschte, Tia hätte ihnen nichts von den zwei Königreichen erzählt, dann wäre er mit ihr gegangen, ohne an dem Vorhaben zu zweifeln. Doch nun lagen die Dinge anders.

»Wir gehen«, entschied Billie plötzlich und drei Augenpaare hefteten sich auf sie.

»Wie bitte?«

»Ich sagte, wir gehen. Oder fahren. Oder reiten. Oder wie auch immer wir zu diesem Fluss kommen. Manu, du hast selbst gesagt, wir können den Fluss in vier Tagen erreichen.«

»Wenn wir uns beeilen«, korrigierte Manu sie, doch Billie ignorierte seinen Einwand.

»Das Land ist doch sicher sehr groß und eine Todesfee ist kein Düsenjet. Wir können das Portal erreichen, bevor sie uns geortet und erreicht haben.«

Elias war entsetzt. War seine Schwester denn verrückt geworden?

»Ich bin nicht verrückt«, sagte Billie, als hätte sie seine Gedanken gelesen, »aber ich möchte nach

154

Hause. Du hattest Recht gehabt, Mama und Papa werden sich schon fürchterliche sorgen. Wenn wir in vier Tagen das Portal erreichen und nach Hause können, waren wir eine Woche lang verschwunden und das ist schon mehr, als ich ihnen zumuten möchte. Noch länger zu warten halte ich nicht aus. Und sie werden es auch nicht.«

Elias gab seiner Schwester insgeheim Recht, aber er war sich sicher, dass es nicht als so einfach herausstellte, wie Billie es sich vorstellte.

»Es wäre nicht nur verrückt«, sagte Tia, »sondern lebensgefährlich. In Nilas Königreich leben schon seit mehreren Jahren keine Menschen mehr. Sie hätten uns sofort geortet. Und falls es nicht in deinen schlauen Büchern steht: Todesfeen können fliegen, sie haben Flügel, mit denen sie dich schneller einholen, als dir lieb ist. Glaub mir, ich weiß, wovon ich rede.«

Elias stellte fest, dass er an Tia bisher keine Flügel entdeckt hatte. Doch vielleicht war dies der Tatsache geschuldet, dass sie sich immer in viel zu große T-Shirts kleidete, die ihr bis auf die Knie reichten.

Billie und Tia lieferten sich ein Streitgespräch über die verschiedenen Möglichkeiten, den Todesfeen zu entkommen, wobei Tia sich nicht von der Meinung abbringen ließ, dass es keine gab. Schließlich sprang Manu unterstützend für Billie ein.

»Du sagtest, dass es in Nilas Reich schon seit Langem keine Menschen mehr gibt. Wir könnten uns das zunutze machen. Sie werden ihrem Ortungssystem vielleicht zunächst keinen Glauben schenken und das verschafft uns Zeit.«

»Es ist ein Zauber und kein System«, sagte Tia nach kurzem Überlegen, »aber er könnte durchaus -«

Erst jetzt schien sie die Bedeutung von Manus Worten begriffen zu haben.

»Moment mal, was meinst du mit *wir*?«

»Ich komme mit«, sagte Manu und ignorierte dabei Tias Proteste.

»Ich denke schon seit Längerem darüber nach, in der Welt der Menschen meine wahre Identität zu suchen. Vielleicht ist jetzt der richtige Zeitpunkt dafür gekommen. Ich war bei den Waldreitern ohnehin nur geduldet.«

Sein Tonfall duldete keinerlei Widerspruch und Tia gab sich geschlagen. Sie hatte nicht mehr die Kraft, zu widersprechen.

Als Elias und Billie sich zum Schlafen nebeneinander in Manus Zelt zwängten, hörte Elias, wie Tia draußen vor sich hin murmelte: »Mit drei Menschen. Ich muss verrückt sein.«

ACHT

Sie wachten vor Sonnenaufgang auf. Manu hatte die Waldreiter in ihre Pläne eingeweiht und keiner von ihnen machte Anstalten, sie von ihrem Vorhaben abzubringen.

Stattdessen erhielt jeder der Reisenden ein eigenes Pferd und einen Leinenbeutel gefüllt mit ausreichend Proviant für die nächsten Tage.

Elias nahm dankend seinen Beutel entgegen, aber er vermutete, dass die vermeintlich großzügigen Gesten der Waldreiter eher darauf zurückzuführen waren, dass sie erleichtert waren, Tia fortan nicht mehr in ihrem Lager zu wissen.

Selbst Manu, der seit nunmehr zehn Jahren bei ihnen lebte, wurde recht steif verabschiedet, wenngleich in den Augen vieler Frauen ein leises Bedauern lag.

Die Waldreiter ritten stets ohne Sattel und so hatten Elias und Billie zunächst einige Schwierigkeiten, sich überhaupt auf den Pferderücken zu schwingen.

Vor allem Billie hatte Probleme. Sie stand vor ihrem Pferd und schaffte es nur, über den Rücken des Tieres hinweg zu gucken, wenn sie sich auf die Zehenspitzen stellte. Nach einigem Abmühen gelang es ihr, sich nach oben zu ziehen, was wohl auch ihrem sehr geduldigen Pferd zuzuschreiben war, das nicht einmal mit der Wimper zuckte, als Billie sich strampelnd an seiner Mähne hochzog.

Sie brachen auf. Tia hatte den ganzen Morgen kein einziges Wort von sich gegeben. Schweigend ritt sie voraus und hing ihren Gedanken nach.

Elias merkte schon nach kurzer Zeit, dass er das Reiten hasste. Der Pferderücken fühlte sich knöchern an und Elias drohte ständig, auf einer Seite von seinem Pferd herunter zu rutschen. Auch hatte er Mühe, das Tier in die richtige Richtung zu lenken, sodass die anderen bald ein großes Stück vorausritten, während er sich abmühte, den Anschluss nicht zu verlieren.

Er sah nach seiner Schwester.

Billie saß aufrecht auf dem Pferderücken, ihre Bewegungen perfekt denen des grau-weißen Pferdes angepasst, und strahlte über das ganze Gesicht. Ihre Eltern hatten ihr nie erlaubt, Reitstunden zu nehmen. Es war nicht so, dass sie Angst hatten, Billie könnte vom Pferd herunterfallen und sich verletzen. Vielmehr befürchteten sie, Billies, gelinde ausgedrückt, aufgeweckte Art, könnte den Pferden zu sehr zusetzen. Doch diesen Grund erfuhr Billie nie.

»Hat mein Pferd einen Namen?«, fragte sie, nachdem sie eine Weile schweigend durch den Wald geritten waren. Manu drehte sich zu ihr um.

158

»Bisher hat es keinen, aber du kannst ihm einen geben.«

Billie strahlte. »Ich werde es Dagmar nennen.«

Manu und Tia schienen dies für einen sehr exotischen Namen zu halten, doch Elias protestierte:

»Du kannst dein Pferd nicht Dagmar nennen. Es ist ein Hengst.«

Doch das kümmerte Billie wenig.

Sie sagte: »Ich wollte schon immer mal ein Pferd haben, das Dagmar heißt.«

Und dabei blieb es.

Elias verzichtete darauf, seinem Pferd einen Namen zu geben.

Der Schimmel verpasste ihm mehr blaue Flecken, als ihm lieb war und er würde froh sein, wenn sie ihre erste Rast einlegten und er seine Beine vertreten konnte.

Tias Pferd blieb ebenfalls namenlos, es war die grauschwarze Stute, mit der sie sich schon am Tag zuvor auf die Suche nach Cloissa gemacht hatte.

Billie war enttäuscht.

»Ein Tier braucht einen Namen«, entschied die, »So zeigt sein Besitzer, dass er es gerne hat. Manu, dein Pferd hat doch sicher einen Namen.«

»Klar«, sagte Manu, »es heißt Pferd. Ich dachte mir, dass es passt, wo ich doch *Mensch* heiße.«

Elias lachte, aber Manus Miene blieb unverändert ernst.

Und so ritten sie mit Dagmar, Pferd und zwei Namenlosen Richtung Osten der aufgehenden Sonne entgegen.

Die Sonnenstrahlen, die sich ihren Weg durch die Baumkronen bahnten, umhüllten tanzende Mückenschwärme und versetzten alles, was sie umgab, in ein sanftes goldenes Licht.

Elias begann erst jetzt, die Umgebung um sich herum mit wachem Blick wahrzunehmen.

Der Anblick, der sich ihm bot, hätte aus einem von Billies Büchern stammen können. Erstmals fühlte er sich in einer Welt angekommen, die direkt aus einem Märchenbuch entsprungen zu sein schien.

Hier gab es keine Supermärkte oder verstopfte Straßen. Hier spürte er tatsächlich, dass sie von Magie umgeben waren.

Sie ritten mit einer Fee durch ein von Fabelwesen bewohntes Land auf der Suche nach einem geheimnisvollen Portal. Seine Abenteuerlust war geweckt.

Was sie wohl jenseits der Grenze erwarten würde?

Dies war eine Situation, wie er sie aus Büchern und Filmen kannte.

Es gab ihm ein beruhigendes Gefühl, endlich einige Klischees bestätigt zu wissen. Er war sich der Gefahr bewusst, in der sie schwebten, oder zumindest bald schweben würden, aber im

Moment empfand er sie eher spannend als bedrohlich.

Es war Mittagszeit, als sie den Wald verließen und ihren Weg über mit Gras bewachsene Hügel fortsetzten, aus denen sich nur hie und da ein paar Bäume emporhoben.

Unter einem dieser Bäume legten sie schließlich eine Rast ein.

Elias' Magen knurrte schon seit Stunden, das Frühstück war am Morgen aufgrund des zeitigen Aufbruchs ausgefallen.

Er ließ sich erleichtert in den Schatten einer großen Eiche fallen und massierte seine verkrampften Beinmuskeln. Er wusste nicht, ob die Jahreszeiten Ot'ronas mit denen in seiner Welt übereinstimmten, aber wenn das der Fall war, dann konnte dieses Land sich auf einen sehr heißen Sommer gefasst machen.

Es war – zumindest zu Hause – Mai, und hier in Ot'rona brannte die Sonne seit vielen Stunden auf sie herunter. Er schätzte, dass es mindestens achtundzwanzig Grad sein mussten und die Mittagssonne sorgte dafür, dass es sich um einiges wärmer anfühlte.

Billie sank mit hochrotem Kopf neben ihm zu Boden und wischte sich den Schweiß von der Stirn.

»Ich hätte nie gedacht, das mal zu sagen, aber ich vermisse das norddeutsche Wetter. Fünf Grad kälter und dafür ein paar Wolken mehr, das wäre ideal.«

Elias nickte zustimmend. Sein T-Shirt klebte ihm verschwitzt am Oberkörper.

Tia wirkte kaum erschöpft und knabberte nur ein wenig an einem Stück Brot.

Manu aß hingegen mit großem Appetit, saß jedoch zu Elias' Entsetzen in der prallen Sonne und schloss genießerisch die Augen. Seine langärmelige Tunika und die Lederhose schienen ihm gar nichts auszumachen.

Elias öffnete seinen Leinenbeutel und untersuchte dessen Inhalt. Er trank einige Schlucke lauwarmes Wasser, bevor er ein Stück Käse verschlang und sich dann zwei Tomaten in den Mund stopfte. Die Waldreiter hatte ihnen in der Tat genug Lebensmittel eingepackt, sodass sie in den nächsten Tagen nicht verhungern würden.

Elias probierte sich weiter durch seinen Reiseproviant und fand sogar ein Stück getrocknetes Fleisch. Dessen wohlschmeckende Würze sorgte dafür, dass es ihm schwerfiel, nicht sofort alles aufzuessen. Es kostete ihn große Willenskraft, das Fleisch wieder zurück in seinen Beutel zu stecken. Er rief sich ins Gedächtnis, dass sie sich nicht mehr in einer Großstadt befanden. Wer wusste, wann sie ihre Vorräte würden aufstocken könne.

Billie teilte solidarisch einen Apfel mit Dagmar, rückte dann aber sofort von ihm weg, als der Hengst gierig seinen Kopf nach vorne streckte, um auch den Rest des Apfels für sich zu beanspruchen. Den übrigen Teil ihrer Mahlzeit schlang sie hastig und in sicherer Entfernung herunter.

Nachdem sie ihr Essen beendet hatten, wünschte Elias sich sehnlichst, sich an den Stamm der Eiche zu legen und für einen Moment die Augen zu schließen. Die Nacht war viel zu kurz gewesen.

Doch Tia war unerbittlich.

»Beweg dich, Menschlein! Wenn du weiter so herum trödelst, verpassen wir das Portal und haben völlig umsonst unser Leben riskiert.«

Elias dachte über eine Beleidigung nach, die er hätte erwidern können, aber ihm fiel keine passende ein. So beschränkte er sich darauf, Tia mit Nichtbeachtung zu bestrafen.

Mit Todesverachtung betrachtete er sein Pferd und schauderte bei dem Gedanken, weitere unbequeme Stunden durchgeschüttelt zu werden. Der Schimmel erwiderte seine Zuneigung, indem er sich gemächlich umdrehte und Elias das Hinterteil zuwandte.

Billie amüsierte sich köstlich. Sie und Dagmar bildeten ein eingespieltes Team und machten bereits nach dieser kurzen Zeit den Eindruck, als würden sie sich schon Jahre kennen. Billie konnte nur froh sein, dass der Hengst sich seines Namens nicht bewusst war.

Sie setzten ihre Reise fort und kamen auf ihrem Weg an einigen kleineren Orten vorbei. Zweimal erkannten sie in nicht allzu weiter Ferne zudem die Silhouetten von zwei Großstädten. Tia und Manu schlugen jedes Mal einen großen Bogen ein, um den Kontakt mit anderen Wesen oder Menschen zu umgehen.

Die Landschaft veränderte sich, je länger sie ritten. Das weiche, leicht hügelige Grasland wich nach und nach einem steinigen Untergrund. Je zerklüfteter die Umgebung wurde, desto langsamer kamen sie voran und schließlich waren sie gezwungen abzusteigen und die Pferde am Zügel zu führen. Die Tiere waren zwar trittsicher, dennoch entschied Manu, dass es ohne zusätzliches Gewicht für sie einfacher wäre, ihren Weg durch die Felsen zu finden, ohne in eine Bodenspalte zu gelangen.

Elias hatte sich zunächst gefreut, dem unbequemen Pferderücken zumindest für eine kurze Zeit zu entkommen. Doch schnell stellte er fest, dass diese Art der Fortbewegung für ihn noch viel schmerzhafter war. Spitze Kieselsteine stachen durch die Sohlen seiner Turnschuhe und mehr als einmal musste er nach der Mähne seines Pferdes greifen, um einem Sturz zu entgehen.

Das Tier dankte ihm die grobe Behandlung, indem es ihn mit der Schnauze anstieß und zu Fall brachte.

Er bewunderte Tia, die keine Schuhe trug und trotzdem scheinbar schmerzfrei und sicher über den felsigen Untergrund kletterte.

Manu hatte mit seinen Lederstiefeln ebenfalls keine Probleme und Billie war zu sehr damit beschäftigt, Dagmar ihre Lebensgeschichte zu erzählen, als dass sie etwas von den Strapazen mitbekam.

Elias fiel zurück. Seine Füße brannten und er war erschöpft.

Er konnte irgendwann nicht mehr sagen, wie viele Stunden sie schon unterwegs waren, aber sein Magen hatte wieder angefangen zu knurren und in seinem Nacken spürte er einen Sonnenbrand. Er trank einen Schluck Wasser und verstaute die Flasche dann schnell wieder im Beutel, bevor er sie versehentlich auf die Felsen fallen lassen würde.

Aus der Ferne vernahm er den Lärm einer Großstadt. Er fragte sich, ob die Bewohner der verschiedenen Städte sich wohl gegenseitig besuchten. Es lagen so viele unbewohnte Kilometer zwischen den einzelnen Städten und Orten, ohne eine Straße oder sonstige Zeichen von Zivilisation zwischen ihnen. Vielleicht existierte auch jede Stadt für sich, ohne sich um die anderen zu kümmern. So wie die Waldreiter, die abgeschottet im Wald

165

lebten. Er hatte während seines kurzen Aufenthalts in Mediva keinen von ihnen dort gesehen.

»Manu?«

Der Waldreiter antwortete nicht. Seine Augen waren nach vorne gerichtet und er schien mit seinen Gedanken weit weg zu sein. Elias folgte seinem Blick, doch es gab nichts Besonderes zu sehen. Einige Meter vor ihnen stapfte Tia energisch voran. Ihre schwarze Kleidung hob sich deutlich von ihrer blass schimmernden Haut ab und ihre dünnen Beine trugen sie sicher über den unebenen Untergrund.

Dennoch machte Elias sich langsam Sorgen.

Sie hatte den ganzen Tag nichts außer ein paar Bissen Brot zu sich genommen. Lange würde sie so nicht durchhalten können.

Vor Tia erhoben sich in einiger Entfernung die Umrisse eines großen Gebäudes, vermutlich einer Kirche, das von kleinen Häusern umsäumt war.

War es dieser Ort, den Manu die ganze Zeit anstarrte?

Vielleicht würden sie dort heute Nacht rasten. Die Sonne hatte ihr Zenit schon längst überschritten und wanderte langsam nach Westen, was der Hitze jedoch keinen Abbruch tat.

»Manu!«

Elias' Stimme klang energischer und lauter.

Manu zuckte zusammen, als wäre er bei etwas Verbotenem erwischt worden.

»Was?«

»Ich habe mich gefragt, ob die Waldreiter wirklich nur im Wald leben.«

Manu bedachte ihn mit einem Und-wegen-sowas-störst-du-mich-Blick.

»Natürlich. Rate mal, woher der Name *Waldreiter* kommt.«

Elias entdeckte zu seiner Erleichterung, dass sich vor ihnen die Landschaft erneut veränderte. Der felsige Untergrund wich lockerem Boden, der Baumwuchs verdichtete sich allmählich und Elias genoss das Gefühl der weichen Erde unter seinen Füßen.

Manu erkannte, dass seine Antwort nicht das gewesen war, was Elias erwartet hatte und so erzählte er ihm von den Waldreitern.

Sie lebten in der Tat nur im Wald und waren darauf bedacht, dass niemand ihre Lager entdeckte. Sie hatten es sich zur Aufgabe gemacht, die Menschen, die sich nach Ot'rona verirrten, davon abzuhalten, über die Grenze zu gelangen. Einige der Waldreiter wagten es sogar, über die Grenze zu gehen und die Menschen von dort in sichere Gefilde zu bringen. Damit zogen sie sich natürlich den Unmut der Todesfeen zu, die so um ihre Opfer gebracht wurden.

Aus diesem Grund stand Vorsicht im Lager der Waldreiter an erster Stelle.

Da sie über keinerlei magische Kräfte verfügten, mussten sie ihr Dorf auf andere Art schützen. So verhielten sie sich in allem, was sie taten, sehr leise, um keine unnötige Aufmerksamkeit auf sich zu lenken. Elias hielt die Idee für nicht besonders ausgereift, aber es schien zu funktionieren.

»Die Waldreiter – sind das Menschen oder Feen?«, fragte er.

»Keines von beiden«, antwortete Manu, »Es sind Elfen.«

Elias runzelte die Stirn.

»Ich dachte immer, eine Elfe wäre klein und könnte fliegen.«

»Wir reden hier auch nicht von einer Elfe, sondern von einem Elf.«

Elias schwirrte der Kopf. Feen, Elfen und andere Elfen, Todesfeen.

Was gab es denn noch alles, was menschenähnlich und spitzohrig war?

Die Natur hatte sich wirklich keine Mühe gegeben, als sie die verschiedenen Wesen Ot'ronas erschaffen hatte.

Sie saßen wieder auf. Auf ihren Pferden kamen sie wesentlich schneller voran und so erreichten sie rechtzeitig vor Sonnenuntergang den Rand eines Laubwaldes, in dem sie ihr Nachtlager aufbauen wollten.

Elias spürte die Müdigkeit in jeder Faser seines Körpers und dennoch war ihm nicht wohl bei dem

168

Gedanken, hier die Nacht zu verbringen. Der Großteil der Bäume wirkte, als wäre er schon vor langer Zeit abgestorben und der Erdboden wies an einigen Stellen große Löcher auf, wiederum andere waren mehr schlecht als recht wieder aufgefüllt worden.

Billie sah sich um.

»Wo sind wir denn hier gelandet?«

»Der Wald ohne Wiederkehr«, sagte Tia, »ein sicheres Zeichen dafür, dass wir uns der Grenze nähern werden.«

Elias musste bei dem Namen lachen.

Wald ohne Wiederkehr. Das klang wie aus einem zweitklassigen Horrorfilm.

Billie sprang von Dagmars Rücken. Sie gähnte und streckte sich ausgiebig.

»Bin ich müde. Wo schlafen wir?«

Sie sah sich um, als hoffte sie, ein Bett aus dem Boden schießen zu sehen. Dagmar wirkte erschöpft und ließ den Kopf hängen. Billie hatte das Pferd den ganzen Tag unaufhörlich an ihren Selbstgesprächen teilhaben lassen und Elias fragte sich zum ersten Mal, ob Tiere vielleicht doch mehr mitbekamen, als es den Anschein hatte.

Billie nahm ihre Umgebung weiter in Augenschein.

»Was haben denn diese ganzen Löcher im Boden zu bedeuten?«

Elias untersuchte den Erdboden genauer. Der Untergrund war an vielen Stellen aufgelockert, abgerissene Wurzeln lagen herum und in unregelmäßigen Abständen konnte er fußballgroße Gruben in der Erde erkennen, als hätte vor kurzem noch jemand kleine Bäume samt Wurzeln aus dem Boden gerissen.

Manu wanderte vorsichtig zwischen den Löchern herum.

»Vielleicht sollten wir doch woanders Halt machen.« In seinem Blick spiegelte sich Sorge und er wandte sich hilfesuchend nach Tia um.

Elias rieb sich den schmerzenden Hintern. Er konnte sich nicht vorstellen, auch nur einen einzigen Fuß vorzusetzen, geschweige denn, sich wieder auf sein Pferd zu schwingen. Er war müde, durstig und es gab nicht eine Stelle seines Körpers, die nicht schmerzte.

Der Boden unter ihm war weich und trocken und er ließ sich mit einem demonstrativen Seufzer auf einen kleinen Erdhügel fallen. Dann streckte er beide Beine von sich und gähnte herzhaft.

»Ich gehe keinen Schritt mehr.«

Tia hatte weder von dem, was Manu gesagt hatte, etwas mitbekommen, noch von Elias Einwänden. Ihr Arm war zum wiederholten Male in ihrer Tasche verschwunden und sie wühlte energisch darin herum, als hoffte sie, dass sie doch noch eine dritte Flasche Alkohol eingepackt hatte.

170

Dabei lief sie unruhig hin und her und kaute auf ihren Fingernägeln.

Ein weiteres Mal wurde die Tasche auf ihren Inhalt überprüft, doch das Ergebnis blieb dasselbe.

Frustriert schmiss Tia die Tasche schließlich unter einen Baum und setzte sich daneben.

»Wir bleiben«, entschied sie.

Wie Elias hatte sie die Beine lang von sich gestreckt, doch ihre Füße wippten rastlos von einer Seite zur anderen und sie rutschte mehrmals hin und her, als versuchte sie, eine bequemere Position zu finden.

Sie griff nach dem abgebrochenen Ast einer Birke, der neben ihr auf dem Boden lag und pulte mit zitternden Fingern dessen Rinde ab. Manu, der seine Hände prüfend in einem der Löcher vergraben hatte, stand auf. Er ging zu Tia und kniete sich vor ihr nieder. Dann legte eine Hand auf ihre Schulter. Die Füße hörten auf zu wippen und der Ast durfte seine Rinde behalten.

»Bist du sicher?«

»Ja«, sagte Tia, »wahrscheinlich sind sie längst weg.«

»Na schön.«

Manu stand auf und Tias Füße begannen wieder zu wippen. Schicht um Schicht löste sie die Rinde von dem Ast ab.

In Windeseile hatten sie ihr Lager aufgebaut. Die Waldreiter hatte ihnen einige Decken mitgegeben und Elias rollte sich in seine ein und schloss zufrieden die Augen. Der Boden war bequemer, als er erwartet hatte. Er dämmerte langsam weg und verschwendete keinen weiteren Gedanken daran, wer wohl *sie* sein mochten. Im Halbschlaf hörte er Manu mit seiner Decke rascheln und Billie, die etwas entfernter mit Dagmar scherzte. Tia ermahnte sie still zu sein, doch Billie kicherte weiter.

Elias wunderte sich, dass seine Schwester noch so munter war. Er selbst hatte das Bedürfnis nach mindestens zehn Stunden Schlaf. Eingelullt von den Hintergrundgeräuschen – Tia ermahnte Billie erneut, still zu sein – und der Aussicht, in nicht einmal mehr einer Woche in seinem eigenen Bett zu liegen, schlief Elias ein.

Er hatte gefühlt nur zwei Minuten geschlafen, dann wurde er von einem markerschütternden Schrei geweckt. Die Müdigkeit hatte ihn weiter fest im Griff und so fiel es ihm unendlich schwer, die Augen zu öffnen.

Es war Billie, die schrie, das erkannte er.

Aber was in aller Welt konnte schon so wichtig sein, dass er deswegen auf seinen wohlverdienten Schlaf verzichten musste?

Billie schrie erneut und dieses Mal merkte Elias, wie Manu eilig auf die Beine sprang. Vielleicht war es ja doch etwas Ernstes.

Er öffnete die Augen und setzte sich auf. Was er sah, nachdem sich seine Augen an die Dunkelheit gewöhnt hatten, ließ ihn entsetzt aufspringen.

Alles, was er erkannte, waren Billies angstverzerrtes Gesicht und ihre Hände, die sich verzweifelt in den Boden krallten, ohne dabei Halt zu finden. Irgendetwas oder irgendjemand versuchte, sie tiefer in den Wald zu ziehen. Billie griff kreischend nach einer Baumwurzel, aber diese riss sofort aus der lockeren Erde heraus.

Manu rannte auf Billie zu, doch sie entfernte sich immer weiter von ihm.

Und jetzt erst erkannt Elias seinen Irrtum. Billie wurde nicht tiefer in den Wald gezerrt. Sie wurde unter die Erde gezogen.

Er sprintete los und erreichte kurz nach Manu seine Schwester. Er packte sie am Arm, doch sie entglitt ihm. Sie schrie verzweifelt auf und trat in die Schwärze hinter und unter sich.

Manu hatte Billie an beiden Handgelenken gepackt und hielt sie fest. Wie aus dem Nichts erschien Tia neben ihm. Sie zog Manus Hemd nach oben und beförderte ein Messer zutage, dass an seiner Hüfte befestigt war. Dann sprang sie hinein in die Dunkelheit zu Billies Füßen. Elias folgte ihr und sah zu seinem Entsetzen eine lange dünne Hand, die den Knöchel seiner Schwester umklammert hielt.

Tia hob das Messer und ließ es auf die Hand niedersausen. Die Klinge drang tief in das Handgelenk ein und Sekunden später vernahm Elias ein grauenhaftes Kreischen.

Die Hand ließ los und versuchte das Messer zu packen, aber Tia zog es schnell zurück.

Was sind das für Wesen?, schoss es Elias durch den Kopf, doch er hatte keine Zeit zum Überlegen.

Weitere drei Hände jagten ohne Vorwarnung aus dem Boden heraus und umfassten Billies Beine mit ihren langen, dünnen Fingern. Trotz der Dunkelheit erkannte Elias, dass es keine menschlichen Hände waren.

Sie waren knorrig und braun, fast wie Baumwurzeln. Aus der Hand, die Tia durchbohrt hatte, sickerte eine dickflüssige, schwarze Substanz.

Was auch immer diese Wesen waren, sie waren unglaublich stark.

Manu vermochte den mittlerweile fünf Händen, die Billie inzwischen gepackt hatten, nicht mehr standzuhalten, und Elias sah keinen anderen Weg, als sich auf Billies Beine zu werfen. Vielleicht würde das zusätzliche Gewicht zu schwer für die dürren Hände sein.

Tia hob erneut das Messer, doch dann wurde sie mit einem Ruck zurückgerissen. Das Messer fiel zu Boden. Sie zappelte wild mit den Beinen, wurde jedoch immer weiter zurückgezogen.

174

Manu hatte es jetzt endgültig aufzugeben, Billie aus der Umklammerung der Erdwesen befreien zu wollen. Aus seinem Stiefel zog er einen kleinen Dolch und stürzte auf Tia zu.

Elias war verzweifelt. Die Beine seiner Schwester waren schon bis zu den Knien im Boden versunken und die grässlichen Hände griffen jetzt nach ihren Oberschenkeln. Billie strampelte wie von Sinnen, doch es nützte nichts. Unaufhaltsam versank sie immer weiter im Erdreich.

Elias sah das Messer wenige Meter von sich entfernt in der Erde stecken. Er konnte es erreichen, doch dafür würde er für einen Moment Billie verlassen müssen. Nur ein kurzer Zeitraum, in dem sie aber tief in der Erde verschwunden sein konnte. Ein Ruck ging durch Billies Körper, sie schrie vor Schmerz auf und schon war sie weitere kostbare Zentimeter im Boden versunken.

Elias sprang auf und hechtete auf das Messer zu. Nur flüchtig vernahm er, wie Manu sich abmühte, Tia zu befreien.

Er packte das Messer am Griff und eilte zurück zu seiner Schwester.

»Hilf mir«, wimmerte sie und umklammerte verzweifelt den Stamm eines jungen Baumes, der sich bereits unter der Last bog.

Elias umschloss den Griff des Messers so fest er konnte und stieß die Klinge auf eine Hand hinab. Das grausige Kreischen erfüllte wieder seine

Ohren, doch Elias beachtete es nicht. Konzentriert stach er immer weiter mit dem Messer auf die wurzelartigen Hände ein, darauf bedacht, nicht Billie zu verletzen.

Die Hände ließen kurz von Billie ab. Sie umklammerte den Baum mit festem Griff und schaffte es, sich einige Zentimeter aus dem Erdboden zu ziehen, bevor sie wieder gepackt wurde. Stück für Stück arbeiteten sie sich so vor, bis Billie ihre Beine vollständig aus der Erde befreit hatte. Doch noch immer klammerten sich mindestens drei Hände an ihrem Knöchel fest, trotzdem sie schon aus unzähligen Wunden die schwarze, siruppartige Flüssigkeit absonderten.

Elias stach gerade auf einen dünnen Arm ein, als er bemerkte, wie hölzerne Finger sich an seinen Fuß tasteten. Schaudernd sprang er auf und hieb das Messer in die Stelle des Bodens, wo er die Hand vermutete.

Überall aus der Erde ragten nun dürre Hände, die nach ihnen griffen, kurz verschwanden, nur um dann Sekunden später an einem Punkt, der um einiges näher war, wieder aufzutauchen. Elias sah nur einen Ausweg.

Er packte eine Hand, aus deren Umklammerung sich Billie gerade befreit hatte. Er trat nach einer weiteren, die nach seinem Fuß griff und schnitt die Hand, die er gefasst hatte, knapp unter dem Gelenk ab. Das Kreischen schwoll an. Es klang, als würden

176

sämtliche dieser Wesen ein und denselben Schmerz spüren. Aber es half. Die restlichen Hände ließen von Billie ab und sie rappelte sich schluchzend auf.

Tia war noch immer nicht befreit, doch sie kämpfte verbissen. Elias und Billie eilten ihr zu Hilfe, wobei sie unzähligen Händen auswichen, die erneut wie Pilze aus dem Boden schossen.

Elias wusste nicht, was als Nächstes passiert war, er wusste nur, dass aus heiterem Himmel etwas Großes, Erdiges in seinem Gesicht landete und er rückwärts zu Boden fiel. Nachdem er die Erde ausgespuckt hatte, die in seinem Mund gelandet war, schrie er erschrocken auf.

Das Wesen, das da zeternd auf seiner Brust lag, war das Hässlichste, was er je gesehen hatte, vielleicht abgesehen von dem Taschenbeißer.

Es war höchstens einen Meter groß und mit Erdklumpen übersät. Die lange Nase hing über dem weit aufgerissenen Mund und er konnte nicht erkennen, dass diese Kreatur, die einer überdimensionalen Baumwurzel mit Beinen und Armen ähnelte, überhaupt Augen hatte.

»Was ist das?«, brüllte er, um das Kreischen zu übertönen.

»Ein Grauntling«, brüllte Manu zurück und dann: »Halt still.«

Elias sah gerade rechtzeitig, was Manu vorhatte.

»Nein«, protestierte er, doch im selben Moment bohrte sich die Klinge des Dolchs in den

Grauntling. Das Wesen zappelte immer stärker und das Kreischen hallte schmerzhaft in Elias' Ohren wider. Dann erschlaffte das Wesen endlich.

Elias bemerkte, wie sich etwas Kaltes, Feuchtes auf seiner Brust ausbreitete. Angeekelt schubste er den Grauntling von sich. Auf seinem ehemals blauen T-Shirt prangte ein großer, schwarzer Fleck, der seine Kleidung bis auf die Haut durchnässte.

Hastig riss er sich das Hemd vom Leib und schleuderte es in eine Ecke.

»Igitt!«

»Nicht doch«, sagte Tia, die, wie Elias später erfahren würde, den Grauntling aus der Erde befördert hatte, »Das kann sich doch sehen lassen.«

Elias errötete, als er bemerkte, was sie gemeint hatte.

Tia grinste und biss sich Sekunden später erschrocken auf die Lippen.

»Keine Witze mehr«, befahl sie, »Sonst kommen sie wieder.«

Erst jetzt sah Elias, dass sämtliche Hände verschwunden waren. Nur der tote Graunling lag vor ihren Füßen.

Billie schluchzte immer noch.

»Was zum Teufel war das?«

»Grauntlinge«, erklärte Manu, »Sie leben unter der Erde und sind gegen alles und für nichts. Sie schotten sich von allem anderen ab, wenn es möglich ist. Es heißt, dass sie den ganzen Tag unter den Wurzeln eines Baumes sitzen und nur schlechte Laune haben, dann sind sie zufrieden. Grauntlinge hassen alles, sogar sich selbst, aber was sie am meisten hassen, ist gute Laune.«

»Grauntlinge werden von guter Laune angezogen«, erklärte Tia, »Nicht, weil sie ihr nahe sein wollen, sondern weil es ihr Ziel ist, ihre Quelle zu zerstören. Sie ziehen einen unter die Erde und … «

»Was und?«, fragte Billie, als Tia nicht weiterredete.

Diese zuckte mit den Schultern.

»Ich kenne keinen, der wieder ans Tageslicht gekommen ist und davon erzählen könnte.«

Billie schüttelte sich.

»Verschwinden wir.«

»Nicht nötig«, sagte Tia, »wir haben einen getötet. Das wird ihnen fürs Erste eine Warnung sein. Und abgesehen davon: Hat einer von euch noch gute Laune?«

Elias sah sich um. Jeder einzelne von ihnen war mit Erde verschmiert, ihre Kleidung war zerrissen und Tias Knöchel mit Kratzspuren übersät. Keiner antwortete, doch es war allen klar, dass sie hierbleiben konnten, ohne den Grauntlingen einen weiteren Grund zu geben, sie anzugreifen.

Billie war zwar immer noch misstrauisch, aber auch sie legte sich zu den anderen, kuschelte sich in ihre Decke und war als Erste eingeschlafen.

179

Elias schloss die Augen und hörte die Pferde leise schnauben.

Ihm gefiel die Vorstellung nicht, eine tote, überdimensionale Wurzel in unmittelbarer Nähe zu haben.

Was, wenn die Grauntlinge den Tod ihres Kameraden rächen wollten?

Ein Geräusch ließ ihn aufschrecken, doch nach kurzer Zeit entdeckte er, dass es nur Tia war, die sich wieder neben einen Baum gesetzt hatte, um ihn von seiner Rinde zu befreien.

Sie sah mitgenommen aus und wirkte nervös.

Elias war sich sicher, dass sie, angekommen in der Welt der Menschen, als erstes ein Spirituosen-Geschäft aufsuchen würde.

Er hatte noch nie jemanden gesehen, der sich auf Entzug befand, doch er war sich sicher, dass er so aussehen würde, wie Tia es gerade tat. Er hoffte, dass sie die nächsten Tage überstehen würde. Sie machte einen sehr labilen Eindruck.

Während er Tia betrachtete, fielen ihm erneut die Augen zu. So unheimlich die Grauntlinge gewesen waren, die Anstrengung und der Schlafmangel forderten ihren Tribut.

Noch vier Tage, dachte Elias und schlief ein.

NEUN

Er verfiel in einen leichten Schlaf und wachte unzählige Male wieder auf.

Billie, die neben ihm lag, hatte Albträume, vermutlich von den Grauntlingen, denn sie strampelte und schrie von Zeit zu Zeit leise auf.

Manu hatte sich im Laufe der Nacht in seiner Decke verheddert und focht nun, während er schlief, einen stummen, aber nicht gerade lautlosen Kampf mit ihr aus.

Das alles war es jedoch nicht, was Elias vom Schlafen abhielt. Was ihn wirklich nervte, war Tia, die die ganze Nacht unablässig herumlief und irgendwann alte vertrocknete Zweige entdeckte, die sie nun Stück für Stück zerbrach. Elias überlegte schon, ob er ihr sein Handy geben sollte, mit dem sie spielen und das man wenigstens auf lautlos stellen konnte, aber dann fiel ihm ein, wo sich sein Handy befand. In seinem Zimmer, auf dem kleinen Tisch neben dem Bett.

Zuhause.

Er fragte sich, ob Isabell in der Zwischenzeit angerufen hatte und ob sie sich Sorgen machte.

Entgegen Billies Vermutungen, dass er Isabell nur »ins Bett kriegen« wollte, wie sie es so schön ausgedrückt hatte, mochte er Isabell tatsächlich. Als er sie an diesem Abend hereingebeten hatte, hatte er wirklich nur etwas mit ihr trinken wollen, obwohl er seinen Freunden natürlich eine ganz andere Geschichte aufgetischt hatte.

Elias Kramer lädt ein Mädchen zu sich nach Hause ein – nur, um mit ihr zu reden. Unvorstellbar.

Dasselbe hatte Isabell mit Sicherheit auch gedacht, als sie ihn abserviert hatte.

Elias seufzte und drehte sich zur Seite, in der Hoffnung, doch noch irgendwie Schlaf zu finden. Es half nichts.

Nun, da sich Isabell in seine Gedanken geschlichen hatte, wurde er sie nicht mehr los.

Er schüttelte den Kopf und bemühte sich, sie aus seinen Gedanken zu verbannen. Er hatte sie von einer Party mit nach Hause genommen und sie hatte ihm im letzten Moment einen Korb gegeben. Was war schon dabei? Er versuchte, sich einzureden, dass es ihm nichts ausmachte.

»Es ist mir egal!«

»Was ist dir egal?«

Elias zuckte zusammen. Er hatte laut gedacht und nun sah Tia ihn neugierig an.

»Nichts«, brummte er, »ich meine, es ist nicht so, dass mir nichts egal wäre. Also nicht, dass ich mich jetzt um alles sorge, es ist nur so, dass … «

Er verstummte, weil er bemerkte, was für einen Unsinn er redete. Er schlug seine Decke zur Seite und stand auf.

Wenn er jetzt versuchen würde, einzuschlafen, würde er ohnehin nur wieder ins Grübeln geraten. Er setzte sich neben Tia, die einen neuen Zweig nahm und ihn in Stücke brach.

»Warum tust du das?«

»Um mich abzulenken.«

»Und hilft es?«

Tia zuckte mit den Schultern. »Warum probierst du es nicht aus? Ich glaube, dir könnte ein bisschen Ablenkung auch gut tun.«

Misstrauisch nahm Elias einen Zweig. Was meinte sie nur damit?

»Deine Schwester hat Recht«, sagte Tia und verstreute den zerkleinerten Zweig um sich herum, bevor sie nach einem neuen griff, »du redest im Schlaf.«

Elias zerbrach hastig seinen Zweig und war froh über die Dunkelheit, so dass Tia die Röte, die ihm ins Gesicht stieg, nicht sehen konnte.

Bis auf das Knacken des Holzes war es still im Wald. Billies Albtraum schien fürs Erste vorüber und Manu hatte seine Decke weit von sich geschleudert. Seine Atemzüge waren fast lautlos und Elias fragte sich, ob er es wohl auch bei den Waldreitern gelernt hatte, so leise wie möglich zu schlafen.

Er zerbrach einen weiteren Zweig und kam dann zu dem Schluss, dass es ihn nicht ablenkte. Die Bewegungen waren so eintönig, dass seine Gedanken immer wieder abschweiften.

Er versuchte, Tia in ein Gespräch zu verwickeln, war aber nicht sicher, ob sie darauf eingehen würde.

Die Fragen, die in ihm brannten, waren sehr persönlich.

»An unserem letzten Tag in Mediva - «, begann Elias und wartete die Reaktion der Fee ab. Sie verharrte kurz in ihrer Bewegung und nahm dann scheinbar unbeteiligt einen weiteren Zweig.

»Hm?«

Er beschloss, Tia direkt zu fragen. Es war immer besser, ein Pflaster mit einem Ruck abzuziehen.

»Warum hast du so eine Angst vor Gethin?«

Das Knacken des Zweiges erschien ihm übernatürlich laut und Elias wunderte sich, dass Billie und Manu weiterschlafen konnten.

Tia ließ die Holzstücke fallen und starrte Elias an.

»Warum sollte ich Angst vor ihm haben?«

»Ich weiß nicht«, sagte Elias.

Er fühlte sich unbehaglich. Hätte er doch nur nicht davon angefangen.

»Ich dachte nur, weil du so überstürzt geflüchtet bist. Manu hat gesagt, dass du Gethin verlassen wolltest und dass er, nun ja, dass er nicht sehr glücklich darüber gewesen sein soll.«

Er brach ab.

Tia lachte leise.

»Nicht sehr glücklich! Das hat Manu dir also erzählt?«

»Nicht direkt«, gestand Elias.

Tia wandte ihm den Rücken zu und er befürchtete schon, dass sie wütend auf ihn war, doch dann zog sie sich plötzlich das T-Shirt über den Kopf.

»Was - «, machte Elias und wich erschrocken zurück, aber die weiteren Worte blieben ihm im Hals stecken.

Tias Rücken schien in der Dunkelheit fast zu leuchten und Elias sah deutlich jeden einzelnen Wirbel, der sich unter der schimmernden Haut abzeichnete.

Was ihn jedoch viel mehr erschreckte, als Tias magerer Zustand, waren ihre Schulterblätter. Anstelle glatter Haut sah er dort zwei runde, faustgroße Wunden. Sie schienen ihn anzustarren, wie ein Paar dunkelroter riesiger Augen. Die Wunden waren blutverkrustet und sahen noch sehr frisch aus. Sie konnten höchstens einige Wochen alt sein, vielleicht auch nur wenige Tage, das ließ sich bei der Dunkelheit nicht genau sagen.

Elias war sprachlos. Tia zog ihr T-Shirt wieder an und wandte sich zu ihm um.

»Würdest du das als ‚nicht sehr glücklich' bezeichnen?«

Es dauerte einen Moment, bis Elias seine Sprache wieder gefunden hatte.

»Was ist passiert?«, fragte er, obwohl er sich vor der Antwort fürchtete.

Als Tia seine Vermutungen aussprach, wollte er es nicht so recht glauben.

»Gethin hat mir die Flügel herausgerissen.«

Ihre Stimme zeigte keinerlei Regung und ihr Gesicht hatte wieder einen abwesenden Ausdruck angenommen.

»Warum?«

Elias konnte es immer noch nicht fassen. Nun verstand er auch, warum Tia stets Kleidung trug, die ihr mindestens zwei Nummern zu groß waren.

»Warum? Weil er ein chauvinistisches Schwein ist, das es nicht gewohnt ist, wenn eine Frau ihren eigenen Willen hat.«

Elias war verwirrt. Hatte er es hier etwa mit einem Beziehungsdrama zu tun?

»Ach, was soll's«, sagte Tia nach einigem Zögern, »die Sonne geht erst in einer Stunde auf. Vorher ist es zu dunkel, um weiter zu reiten, wir haben also noch genügend Zeit totzuschlagen.«

Sie stieß die Luft durch die Nase aus.

»Nach Novans Tod bin ich wochenlang, vielleicht waren es auch Monate, durch die Gegend geirrt. Ich wusste nicht, ob Nila mich suchen lassen würde, also hielt ich mich von jeglicher Zivilisation fern. Ich wäre in dieser Zeit fast wahnsinnig geworden.

Eines Tages traf ich Gethin. Er war ebenfalls heimatlos und wir schlossen uns zusammen. Wir gingen gemeinsam nach Mediva, nachdem er mich davon überzeugt hatte, dass mir dort von Nila keinerlei Gefahr mehr drohen würde. Ich habe mich damals sogar gefreut, dass er überhaupt kein Problem damit zu haben schien, dass ich eine Todesfee war.«

Sie schüttelte den Kopf, als könnte sie ihre eigene Naivität nicht begreifen.

»Er hatte in der Tat kein Problem damit, im Gegenteil. Ich fand irgendwann heraus, dass Gethin in seiner alten Heimat aus dem Gefängnis geflohen war. Er saß wegen Raub, Körperverletzung und was weiß ich noch alles. Sein einträglichstes Geschäft waren jedoch Schutzgelderpressungen. Er hatte mit seiner früheren Bande die Leute aus *seinem* Viertel um ihr letztes Geld gebracht. Wer nicht zahlte … «

Sie fuhr sich mit dem Finger am Hals entlang.

»Ich erwies mich natürlich als praktisch, denn Gethin hatte auch in Mediva schnell ein paar Verbrecher gefunden, die sich um ihn scharten. Anstatt den Leuten mit Messern oder anderen Waffen zu drohen, *durfte* ich sie zwingen, mir in die

Augen zu schauen. Das Geschäft lief wirklich gut. Wir waren reich, wir waren gefürchtet.«

Tia sah in die Ferne, als sie in Erinnerungen schwelgte.

Elias nickte.

Was er bisher von Gethin erzählt bekommen hatte, passte sehr gut zu der Stimme, die er an der Tür gehört hatte. Tias Blick fiel auf Manu, als sie fortfuhr:

»Mit der Zeit ... sah Gethin mehr in uns, als nur Geschäftspartner, wenn man es so ausdrücken will. Er war eifersüchtig, herrisch und verbot mir, ohne ihn das Haus zu verlassen. Er behauptete immer wieder, ich würde mich mit einem anderen Mann treffen und ihn betrügen.«

Manu drehte sich im Schlaf und Tia wandte hastig ihren Blick von ihm ab. Sie schwiegen eine Weile. Elias glaubte schon, Tia würde nicht mehr weiter reden, doch dann fuhr sie fort: »Ich beschloss, ihn zu verlassen und ... du siehst ja was passiert ist. Er hat mich halb tot geschlagen und ab diesem Tag war ich gezwungen zu laufen – wie ein Mensch.«

Es klang verächtlich.

Elias war betroffen. »Aber du hast doch ... «, er zeigte auf seine Augen, »Ich meine, warum hast du nicht ... «

»Warum ich ihn nicht kalt gemacht habe?«

188

Ganz so radikal hatte Elias es nicht ausdrücken wollen, dennoch nickte er.

Tias Antwort überraschte ihn.

»Gethin ist blind.«

Elias zog die Augenbrauen nach oben.

»Blind, aber nicht hilflos«, ergänzte Tia, »er lässt es sich nicht anmerken.«

»Warum hast du bei seinen Machenschaften mitgemacht?«

Tia zuckte mit den Schultern.

»Geld? Macht? Einsamkeit? Irgendetwas davon wird es gewesen sein.«

Elias hätte sie gerne noch mehr ausgefragt, aber in diesem Moment wurden sie von Billie mit einem fröhlichen »Guten Morgen!« begrüßt.

Dann schien Billie sich an die Ereignisse der vergangenen Nacht zu erinnern.

»Ich meinte: einen ganz furchtbaren Morgen. Hoffentlich geht der Tag schnell vorüber.«

In der Zwischenzeit war auch Manu erwacht. Er sah Elias und Tia an, die immer noch nebeneinander zwischen den zerbrochenen Ästen saßen.

»Habe ich was verpasst?«

Elias war sich nicht sicher, aber er glaubte, einen leichten Unterton in Manus Stimme zu hören.

War es Eifersucht?

Die Sonne stieg stetig höher und die kahlen Äste der abgestorbenen Bäume boten keinen Schutz vor ihr, so dass die vier sich erneut auf einen heißen Tag gefasst machen mussten.

Jetzt bei Tageslicht erkannte Elias erst, was für einen Schaden die Grauntlinge wirklich angerichtet hatten. Der Boden um sie herum war zerwühlt und der kleine Baum, an dem Billie sich festgekrallt hatte, fast entwurzelt. Zwei neue Löcher, groß genug für einen menschlichen Körper, hatten sich zu den anderen gesellt, die sie bereits am Vortag bemerkt hatten.

Billies Gesicht war vor lauter Erde kaum noch zu erkennen, ihr Oberteil war mit Löchern übersät und sie hatte ihren rechten Schuh an die Grauntlinge verloren.

Tias Knöchel waren geschwollen und Elias erkannte einen blutunterlaufenen Handabdruck auf jedem von ihnen.

Elias' verschmiertes T-Shirt lag noch immer zusammengeknüllt auf der Erde und seine Jeans würde er wegschmeißen können. Sie wies unzählige, eingetrocknete Tropfen des Grauntling-Bluts auf.

Einzig Manu wirkte im Gegensatz zu ihnen allen fast wie aus dem Ei gepellt. Auf seiner Kleidung prangten nur ein paar getrocknete Flecken Erde und sein linkes Hosenbein war etwas eingerissen.

Elias erinnerte sich verärgert daran, wie er Billie losgelassen hatte, um Tia zu retten, die durchaus

190

auch in der Lage gewesen wäre, sich selbst zu helfen.

Wenn er auch nur einen letzten Funken Sympathie für den Waldreiter empfunden hatte – nun war er verschwunden.

Er wollte es sich gar nicht ausmalen, was passiert wäre, wenn die Grauntlinge es geschafft hätten, seine Schwester unter die Erde zu ziehen.

Die Stimmung war angespannt und sie verzehrten ihr Frühstück schweigend.

Elias betrachtete Billies Hände, sah das Blut an ihren Fingerspitzen, dort wo die Fingernägel abgerissen waren, als sie verzweifelt nach Halt gesucht hatte.

Er sah, wie sie sich die schmerzenden Beine rieb und sein Groll verstärkte sich.

Wer hatte noch gesagt, dass es sicher wäre, hierzubleiben, dass *sie* bestimmt über alle Berge wären? Gewiss war es Manu gewesen, er konnte sich nicht mehr genau erinnern.

Während sie ihre wenigen Habseligkeiten zusammenpackten, brach Manu als Erster das Schweigen.

»Ich schlage vor, wir umrunden den Wald, so gut es geht. Es würde uns höchstens einen halben Tag kosten und es ist auf jeden Fall sicherer. Wer weiß, was uns sonst noch alles begegnet. Dieser Wald heißt schließlich nicht umsonst *Wald ohne Wiederkehr*.«

Und trotzdem hast du uns hierher geführt, dachte Elias wütend.

Billie und Tia stimmten sofort zu.

Elias zögerte, doch als sich drei Augenpaare auf ihn richteten, nickte er. Er wollte es auf keinen Fall zugeben, aber der Vorschlag war vernünftig. Abgesehen davon hatte er wenig Lust, sich auf einen Streit mit Manu einzulassen.

Elias' Pferd schüttelte unwillig den Kopf, als er ihm die Fersen in die Seiten drückte und zockelte erst nach einigem Zureden gemächlich los.

Manu, der schon weit vorausgeritten war, rief: »Was machst du dahinten? Ich habe gesagt, wir werden einen halben Tag verlieren, aber ich hatte nicht damit gerechnet, dass du auf einen gemütlichen Einkaufsbummel aus bist.«

Er grinste.

Elias knirschte mit den Zähnen und stieß seinem Pferd die Fersen heftiger in die Seiten, so dass es erschrocken einen Satz nach vorne machte und er um ein Haar heruntergefallen wäre. Manu grinste noch breiter.

Während sie Richtung Norden ritten, war Billie die Einzige, die redete.

Dramatisch schilderte sie Dagmar, was sie letzte Nacht erlebt hatten, doch das Pferd zeigte sich gänzlich unbeeindruckt.

Die Sonne näherte sich unaufhaltsam ihrem höchsten Punkt und ließ den *Wald ohne Wiederkehr* in ihrem gleißenden Licht nicht mehr so bedrohlich erscheinen, wie in der vergangenen Nacht. Es würde erneut ein Tag werden, an dem man um einen Sonnenbrand nicht herumkam.

Elias hatte sein verschmutztes T-Shirt zusammengerollt und über seinen Beutel gehängt, mit der festen Absicht, es nicht wieder anzuziehen, bevor er es mindestens zweimal gewaschen hatte. Auf seiner nackten Brust schimmerte ein kleiner Fleck Grauntling-Blut, doch er wollte sein Trinkwasser nicht verschwenden, um ihn abzuwaschen.

Der Vormittag verlief weitgehend ereignislos.

Billie plapperte ununterbrochen und meistens auch, ohne Luft zu holen, Tia schwieg und Manu warf Elias in regelmäßigen Abständen finstere Blicke zu, auf die Elias sich keinen Reim machen konnte.

Endlich, die Sonne hatte ihren höchsten Punkt fast erreicht, lichteten sich die verkümmerten Bäume zu ihrer Rechten. Sie lenkten ihre Pferde Richtung Osten und eine kleine Anhöhe hinauf.

Elias richtete seinen Blick nach vorne – und ihm klappte die Kinnlade herunter.

Vor ihnen erstreckte sich eine Wiese. Aber nicht irgendeine Wiese. Das Gras musste mehr als einen Meter hoch sein. Eine sanfte Brise wehte über die Halme hinweg und Elias glaubte beinahe, das Rauschen von Wellen an einem Sandstrand zu hören. Denn so sah die Wiese aus – wie ein riesiger grüner Ozean, gespickt mit bunten Farbtupfern. Elias hatte noch nie so viele Blumen auf einmal gesehen. Alle möglichen Farben boten sich ihm dar, darunter auch solche, die er noch nie in seinem Leben wahrgenommen hatte.

Einige Blüten waren winzig klein und nur als einzelner Farbpunkt zu erkennen, andere wiederum so groß wie ein Basketball. Ein betörend süßlicher Duft schlug ihm entgegen und er sog tief die Luft ein.

Elias hatte sich nie besonders für Landschaften interessiert, doch beim Anblick der Blumenwiese verschlug es ihm den Atem. Sie wirkte wie ein real gewordenes Gemälde.

Dann entdeckt er etwas, dass ihn stutzen ließ. Eine Luftspiegelung war in der Ferne zu erkennen, vielleicht war es auch ein Hitzeflimmern. Der Horizont vor ihnen flimmerte und flackerte und gab nur schemenhaft zu erkennen, was sich dahinter verbarg.

Elias konnte nicht genau einschätzen, wie weit die Luftspiegelung von ihnen entfernt war. Sie wirkte erstaunlich nah, aber das konnte auf diesem freien Feld täuschen.

»Das ist die Grenze«, sagte Manu und Elias spürte, wie ein Kribbeln durch seinen Körper lief. Sein Herzschlag beschleunigte sich.

Bis hierhin war die Reise ein großes Abenteuer gewesen, doch hinter der Grenze würde daraus tödlicher Ernst werden.

Erst jetzt wurde ihm die Ernsthaftigkeit der Situation bewusst. Zum ersten Mal in seinem Leben nahm er es nicht als selbstverständlich hin, am nächsten Tag wieder gesund und munter aufzuwachen.

Das Portal würde sich erst in dreieinhalb Tagen öffnen und es war keineswegs garantiert, dass sie diesen Zeitraum überleben würden.

Die Aussicht, schon bald sterben zu können, sorgte dafür, dass sich ein schmerzhafter Kloß in seinem Magen bildete. Zweifel prasselten auf ihn ein wie Regentropfen und seine Gedanken kreisten.

Warum hatte er dieser Reise nur zugestimmt? Sie hätten ein anderes Portal gefunden. Sicher, der Preis wäre höher gewesen, sie hätten wahrscheinlich noch ein paar Tage, vielleicht auch Wochen oder sogar Monate in Ot'rona verbringen müssen, aber was hieß das schon im Gegensatz zu einem fast sicheren Tod?

Seine düsteren Gedanken mehrten sich, wirbelten durch seinen Kopf und verschlangen sich in einem immer wiederkehrenden Strudel.

Reiß dich zusammen, befahl er sich, bevor das Gefühl der Panik Oberhand gewinnen konnte.

Er hatte zugestimmt und jetzt musste er hier durch.

»Wir werden die Grenze vor Sonnenuntergang erreichen, aber wir werden sie erst morgen überschreiten. Es ist besser, wenn wir so wenig Zeit wie möglich auf der anderen Seite verbringen.«

Billie, die sich scheinbar weniger Sorgen als ihr Bruder machte, nickte nur beiläufig. Tia hingegen war auf dem Rücken ihres Pferdes erstarrt. Die Fingerknöchel traten weiß hervor, so fest umklammerte sie die Zügel und sämtliches Blut war ihr aus dem Gesicht gewichen. Elias sah, dass es all ihrer Selbstbeherrschung bedurfte, damit sie ihrem Pferd nicht die Sporen gab und in entgegengesetzter Richtung davon galoppierte.

Manu legte ihr beruhigend einen Arm um die Schulter.

»Wir werden es schaffen«, sagte er sanft, »Wir werden das Portal erreichen, bevor sie uns finden.«

Tia nickte, ihr Blick verriet jedoch, dass sie vom genauen Gegenteil überzeugt war.

Manu sprach weiter leise auf sie ein und erzählte ihr davon, was sie machen würden, wenn sie es erst einmal in die Menschenwelt geschafft hatten.

Menschenwelt.

Dieses Wort schien Tia zu neuem Mut zu verhelfen, denn als sie wieder nickte, wirkte sie entschlossener.

Sie näherten sich der Blumenwiese und Elias bestaunte den Kontrast in dem sie zu dem *Wald ohne Wiederkehr* stand. Erste Blütenkelche streiften

196

sein Bein und die sanft wogenden Grashalme schmiegten sich fast zärtlich an ihn.

Billie war außer sich vor Begeisterung. Einige Minuten lang gab sich nichts anderes von sich als »Oh« und »Ah« und »Wie schön«.

Nachdem sie sich endlich halbwegs sattgesehen hatte, drehte sie sich zu Elias um.

»An was erinnert dich das?«

Er starrte sie an.

»Was?«

Sie machte eine ausschweifende Handbewegung.

»Das alles hier. An was erinnert dich das?«

Er zuckte mit den Schultern.

»Keine Ahnung. Heuschnupfen?!«

»Nein.«

Sie hatte den Sarkasmus in seiner Stimme gar nicht bemerkt.

»Meine Bücher! Die mit den Bildern von den Elfen. Im Hintergrund waren auch immer solch wunderschöne Blumen. Dies ist ein magischer Ort.«

Elias stöhnte. Wenn sie wieder zu Hause waren, würde es seine erste Handlung sein, Billies Bücher zusammenzutragen und in den Kamin zu werfen. Diese verflixten Bücher hatten sie überhaupt erst so weit gebracht.

Bald waren sie von einem Blütenmeer umgeben.

Elias konnte sich nicht sattsehen und die Grenze flimmerte zwar unablässig am Horizont, schien aber nicht ein Stück näher zu kommen. Er entspannte sich. Hier auf der Wiese würde ihnen nichts passieren. Das Leben war schön. Die Sonne kam ihm mit einem Mal nicht mehr zu heiß vor, ihr Licht nicht mehr zu grell. Seine Müdigkeit war wie weggeblasen und das ruinierte T-Shirt, wen störte das schon?

Er vermeinte, an seinem rechten Ohr ein Kichern zu hören, doch als er seinen Kopf zur Seite drehte, sah er niemanden.

Manu zügelte sein Pferd.

»Hier machen wir Rast«, entschied er.

Elias verspürte keinerlei Hungergefühl, dennoch glitt er dankbar vom Pferderücken und streckte sich der Länge nach auf der Wiese aus. Er schloss zufrieden die Augen und döste ein wenig vor sich hin.

ZEHN

Nur wenige Minuten waren vergangen, dann hörte er wieder das Kichern, dieses Mal an seinem linken Ohr.

Seine erste Vermutung war Billie, doch die saß neben Manu und versuchte ihm mit Engelsgeduld ein Spiel beizubringen, dass in erster Linie daraus bestand, zu einem bestimmten Rhythmus in die Hände zu klatschen.

Elias lehnte sich wieder zurück und schloss die Augen. Wahrscheinlich hatte er sich das Kichern nur eingebildet. Der Wind strich sacht über seinen Oberkörper, der Duft der Blumen hüllte ihn ein und die Stimmen von Manu und Billie erklangen wie aus weiter Ferne. Er entspannte sich.

Auf einmal spürte er einen Luftzug an seinem Ohr und da hörte er es wieder.

Er öffnete träge ein Auge und sah einen Schmetterling in der Luft umher tanzen. Die Blumen rauschten leise im Wind und er lauschte den Klatschgeräuschen von Billie und Manu.

Schmetterlinge lachen nicht.

Elias setzte sich auf. Er hatte sich dieses Geräusch nicht eingebildet.

Der Schmetterling umkreiste ihn, schwirrte um seinen Kopf herum, flog einige Zentimeter davon und flatterte wieder heran.

Ein ungewöhnliches Verhalten.

Elias versuchte, ihn mit seiner Hand zu greifen, doch er entwischte ihm, blieb aber dennoch in seiner Nähe. Es war, als wollte er mit ihm spielen.

Wieder erklang ein Kichern und dieses Mal war Elias sich hundertprozentig sicher, dass er sich nicht geirrt hatte.

Der Schmetterling ließ sich auf seinem rechten Arm nieder und spazierte – Elias musste ein zweites Mal hinschauen – ja, er spazierte auf seine Armbeuge zu.

Er hob seinen Arm und hielt ihn sich vor das Gesicht, um dieses merkwürdige Insekt näher begutachten zu können.

Der Schmetterling hatte zwei Arme, zwei Beine, einen winzigen Kopf und er drehte ihm eine lange Nase.

»Eine Elfe!«

Das war Billie. Sie und Manu hatten aufgehört zu spielen und sie hatte sich suchend nach einem neuen Opfer umgesehen, mit dem sie sich die Zeit vertreiben konnte.

Mit leuchtenden Augen stürmte sie auf Elias zu und sank neben ihm ins Gras. Er hielt ihr vorsichtig den Arm hin, damit sie das kleine Wesen besser betrachten konnte.

200

»Eine Elfe«, flüsterte sie erneut. Es klang ehrfürchtig.

Elias beobachtete die Elfe genauer. Sie war kaum größer als ein echter Schmetterling und erinnerte ihn stark an die Elfen, die er in Billies Film gesehen hatte, bevor sie durch den Kleiderschrank nach Ot'rona gekommen waren.

»Ein wandelndes Klischee«, murmelte Elias verblüfft.

Die Elfe kicherte erneut und trippelte auf seiner Hand hin und her. Sie war so leicht, dass er keinen ihrer Schritte spürte.

»Kannst du sprechen?«, fragte Billie.

Die Elfen aus den Filmen konnten es in den meisten Fällen nicht. Die Elfe auf Elias' Hand schüttelte den Kopf.

»Nein«, sagte sie dann klar und deutlich, »kann ich nicht.«

Billie war von der seltsamen Antwort offenbar nicht so verwirrt wie Elias, denn das Strahlen in ihrem Gesicht wurde immer breiter.

»Wie heißt du?«, fragte sie die Elfe.

Das kleine Wesen antwortete nicht sofort, sondern wandte sich an Elias.

»Wie heißt *du*?«

»Ähm … « Er war so verwirrt, dass ihm sein eigener Name nicht mehr einfallen wollte.

»Elias«, sagte er schließlich, »Ich heiße Elias.«

»Dann«, sagte die Elfe und drehte sich auf einem Bein schwungvoll wieder zu Billie um, »heiße ich auch Elias.«

»Du kannst nicht Elias heißen«, erklärte Billie vernünftig, »Das ist ein Name für Jungen.«

»Ich bin ein Jungen«, behauptete die Elfe und drehte sich so energievoll auf Elias' Arm, dass ihr winziges Kleid sich aufbauschte.

»Aber Jungen tragen keine Kleider«, sagte Elias, ohne zu überlegen.

Die Elfe hörte abrupt auf, sich zu drehen. Sie schwankte ein bisschen, schaffte es aber dennoch, auf beiden Füßen zu bleiben und fand schließlich in einen sicheren Stand. Ihre Flügel verschwammen vor seinen Augen, als sie zu flattern begannen und sie sich in die Lüfte erhob. Genau vor seiner Nase machte sie Halt und starrte ihn finster an, was in ihrem niedlichen Gesicht äußerst grotesk aussah.

»Und du kennst dich damit natürlich aus. Du weißt, was ein Jungen ist, habe ich Recht?«

»Nun ja … ja«, sagte Elias und unterdrückte ein Lachen, »Ich bin selber einer.«

Die Elfe musterte ihn von oben bis unten und schüttelte ihren kleinen Kopf dann so heftig, dass ihre Locken flogen.

»Du kannst kein Jungen sein, weil ich schon eins bin. Es kann nur ein Jungen geben.«

Und mit diesen Worten flog sie davon und ließ sich auf Billies Knie nieder. Sie hielt ihn offenbar für sehr dumm.

Billie machte ein Gesicht, als wären all ihre Wünsche mit einem Schlag in Erfüllung gegangen. Eine echte Elfe saß auf ihrem Knie. Wenn sie das Maeve erzählte!

»Gibt es noch mehr von dir?«, fragte sie und beugte sich so weit nach vorne, dass eine ihrer Haarsträhnen die Elfe streifte. Die Elfe zog kräftig daran, doch Billie merkte es nicht einmal.

»Nein«, sagte die Elfe, »keine mehr von mir.«

Sie griff nach Billies Haaren und kicherte. Wie auf einer Schaukel schwang sie sich an einer Strähne hin und her.

Billie sah enttäuscht aus.

»Keine? Dann bist du ganz allein?«

Die Stimmung der Elfe schlug schlagartig um. Sie setzte sich wieder auf Billies Knie und ließ die Schultern hängen.

»Ja«, sagte sie und gab ein Geräusch von sich, dass man mit etwas Fantasie als Schluchzen bezeichnen konnte, »ganz alleine.«

Betrübt schüttelte sie den Kopf und Billie sah aus, als wolle sie vor lauter Mitleid in Tränen ausbrechen.

Elias bemerkte einen Lufthauch an seinem rechten Ohr und sah sich um. Eine weitere Elfe schwebte graziös an ihnen vorbei und landete dann mit einem kleinen Knicks auf einem gelben Blütenkelch. Billie fielen fast die Augen aus dem Kopf.

»Noch eine Elfe. Aber du sagtest doch, dass es von dir nicht mehr gibt.«

»Gibt es auch nicht«, sagte die Elfe und verschränkte entrüstet die Arme vor der Brust, »Ich bin die einzige Lica. Niemand sonst heißt so.«

»Ha«, machte Elias triumphierend, ohne es zu wollen, »also hast du doch einen Namen.«

Lica ärgerte sich selbst über ihren offensichtlichen Fehler. So leicht gab sie sich dennoch nicht geschlagen und beharrte weiterhin: »Ich bin trotzdem das einzige Jungen hier.«

Elias schwirrte der Kopf. Selbst seine Schwester redete an ihren besten Tagen nicht annähernd so viel Unsinn, wie Lica es in den letzten zehn Minuten getan hatte.

Billie wandte sich unterdessen an die zweite Elfe. »Und wie heißt du?«

Die Elfe sah Elias an.

»Wie heißt *du*?«

Er hätte es besser wissen müssen, doch er antwortete, ohne nachzudenken: »Elias.«

»Dann«, sagte die Elfe und sah entschlossen Billie an, »heiße ich auch Elias.«

Billie schüttelte energisch den Kopf.

»Wie ich schon deiner Freundin erklärt habe, Elias ist ein Name für Jungen.«

204

Elias ahnte, was nun kommen würde.

»Ich bin ein Jungen«, sagte die Elfe und im selben Moment erhob sich Lica in die Luft und flatterte wütend auf sie zu.

»Du kannst kein Jungen sein, weil ich schon eins bin.«

»Wir können beide Jungen sein«, schlug die andere Elfe diplomatisch vor, doch davon wollte Lica nichts wissen.

Sie zankten sich weiter und Elias und Billie beobachteten sie so fasziniert, dass sie die Welt um sich herum vergaßen. Eine Stimme hinter ihnen ließ sie zusammenzucken.

»Was habt ihr da?«

Tia stand hinter ihm und sah im neugierig über die Schulter. Als sie die Elfen entdeckte, weiteten sich ihre Augen vor Entsetzen, gerade so, als würde sie einem schrecklichen Ungeheuer gegenüberstehen.

Sie packte Elias am Arm.

»Halt bloß Abstand«, warnte sie und zog ihn ein Stück von den Elfen weg.

»Warum? Sie tun doch gar nichts.«

»Noch nicht«, brummte Tia und beobachtete besorgt Billie, die geduldig versuchte, den Streit der beiden Elfen zu schlichten. In der Zwischenzeit war auch Manu herangetreten.

»Was - «, begann er, doch als er die Elfen entdeckte, verdrehte er die Augen. »Oh nein.«

Elias fragte sich, was in aller Welt so schlimm an diesen kleinen Flatterwesen sein konnte. Sicher, sie redeten eine Menge Unsinn, doch das war schließlich nicht gefährlich.

Lica hatte Manu und Tia entdeckte.

Freudig schlug sie einen Purzelbaum und flatterte zuerst auf die Fee zu. Sie flog so dicht an Elias Augen vorbei, dass er erkannte, wie sie ihre winzige Hand in einen ebenso winzigen Beutel schob, der um ihre Schultern hing.

Tia wich hastig einige Schritte zurück, stolperte dabei und fiel zu Boden. Ein leichter Windstoß brachte Lica ins Taumeln und Sekunden später wandelte sich Manus misstrauisches Stirnrunzeln in ein verklärtes Lächeln.

»Elfen«, sagte er, »wie schön. Sieht man nicht mehr oft heutzutage.«

Tia stöhnte. »Das hat uns gerade noch gefehlt.«

»Was ist denn los?«, fragte Elias, »So schlimm wie die Grauntlinge können Elfen doch wohl nicht sein.«

Verblüfft beobachtete er, wie Manu sich zu Billie ins Gras setzte und sie beide mit den Elfen spielten. Sie lächelten, doch Manus Lächeln wirkte irgendwie -

»Verzaubert«, sagte Tia, »Sie haben ihn verzaubert.« Sie wehrte mit einem Handwedeln Lica ab, die um ihren Kopf kreiste, die Hand wieder in dem winzigen Beutel.

206

»Verzaubert.« Elias war fasziniert.

Doch das erklärte nicht Tias Verhalten. Ihn schreckten die magischen Fähigkeiten der Elfen nicht ab, im Gegenteil.

»Ja, verzaubert. Und so, wie du aussiehst, haben sie dich auch schon erwischt.«

»Mich?«

Elias glaubte ihr kein Wort. Doch dann erinnerte er sich daran, wie seine Laune auf einmal gestiegen war, kaum dass sie die Blumenwiese betreten hatten.

Tia seufzte tief.

»Keine Sorge. Du hast wahrscheinlich nicht allzu viel Staub eingeatmet. Die Wirkung lässt bereits nach.«

Sie untersuchte Elias' Augen und nickte dann, als sie sich in ihren Vermutungen bestätigt sah.

»Staub?« Er verstand kein Wort.

Tia atmete tief durch.

»Das man euch Menschen auch immer jede Kleinigkeit erklären muss.«

Sie zeigte auf die beiden Elfen, die ihre vollständige Aufmerksamkeit wieder auf Manu und Billie gerichtet hatten und sich in deren Bewunderung sonnten.

»Elfen selbst sind nicht in der Lage zu zaubern, sie besitzen keinerlei magische Kräfte. Deswegen tragen sie immer kleine Beutel bei sich, die mit Elfenstaub gefüllt sind. Sobald man es einatmet, entfaltet sich die Wirkung. Die dort«, sie zeigte auf Lica, »besitzt Staub, der gute Laune verursacht. Grässliche Wesen.«

»Was ist falsch an guter Laune?«

»Jetzt sieh ihn dir doch mal an.«

Sie meinte Manu, der immer noch zwischen den Blüten saß, mit den Elfen spielte und - Elias glaubte, seinen Ohren nicht zu trauen - kicherte. Sein Gesichtsausdruck war vollkommen entrückt und er schien nichts von dem mitzubekommen, was um ihn herum geschah.

Jetzt verstand er, was Tia meinte.

»Bevor die Wirkung nicht verflogen ist, können wir nicht weiter«, sagte Tia.

Elias betrachtete seine Schwester. Auch sie kicherte und konnte ihren Blick nicht von den Elfen lösen. Im Gegensatz zu Manu wirkte sie jedoch völlig klar im Kopf.

»Warum haben sie Billie nicht verzaubert?«

Tia legte den Kopf schief.

»Das haben sie vermutlich schon, oder sie haben es versucht. Wahrscheinlich ist der Staub bei deiner Schwester wirkungslos. Eine so starke Begeisterung für Elfen lässt sich durch Magie nicht künstlich herbeiführen.«

Die beiden Elfen flüsterten Manu etwas ins Ohr und zeigten dabei lachend auf Tia. Manu warf Tia einen kurzen Blick zu, sah schnell wieder weg und lachte dann ebenfalls. Tia grummelte vor sich hin, versuchte aber nicht, Manu von den Elfen wegzuziehen. Wahrscheinlich wollte sie sich nicht der Gefahr aussetzen, Elfenstaub einzuatmen.

Elias fragte sich, was der Staub bei ihr für eine Wirkung haben mochte. Schon Manu benahm sich unmöglich und im Gegensatz zu Tia hatte er wenigstens ab und zu gute Laune.

»Sei froh, dass wir keiner Liebeselfe begegnet sind«, sagte Tia, »ein Staubkorn in deiner Nase und schon verliebst du dich in die nächste Schnecke, die vorbei kriecht.«

Wie auf ein Stichwort erhob sich eine der Elfen, es war nicht Lica, in die Lüfte und flatterte mit einem listigen Grinsen auf Tia und Elias zu. Kleine Körnchen rieselten aus ihrer geballten Faust und Tia und Elias krochen gleichzeitig rückwärts.

»Hätte ich bloß die Klappe gehalten«, brummte Tia.

Die Elfe flog schneller, als sie beide kriechen konnten und kaum, dass sie sie eingeholt hatte, öffnete sie ihre Faust und feiner Elfenstaub rieselte heraus.

Elias hielt den Atem an, doch ein Windstoß rettete sie. Er blies den Staub von ihnen weg und die Elfe gleich mit ihm. Schimpfend prallte sie gegen Billies Schulter. Diese klappte den Mund auf, um etwas zu sagen – und ihm nächsten Augenblick trat ein schwammiger Ausdruck in ihre Augen.

»Alles in Ordnung?«, fragte Manu, bei dem die Wirkung des Elfenstaubs bereits wieder nachließ. Billie sah ihn an, um zu antworten, und ihre Lippen verzogen sich zu einem strahlenden Lächeln.

»Es ist alles in Ordnung, wenn du in meiner Nähe bist«, säuselte sie.

Elias sah zu seinem Entsetzen, dass sie eine Haarsträhne um ihren Finger zwirbelte. Die Elfe, die den Staub verstreut hatte, war auf einer roten Kornblume gelandet und kugelte sich vor Lachen, bis Tia sie kurzerhand weg schnipste.

»Jetzt reicht es«, rief Tia und pustete Lica aus ihrer Flugbahn, die Fäuste schüttelnd auf sie zu geschwirrt war, um ihre Freundin zu verteidigen. Sie zerrte Manu und Billie auf die Beine, während Elias die beiden Elfen abwehrte, die ihre Beutel geöffnet hatten und anfingen, den gesamten Inhalt über sie zu verstreuen. Die Liebeselfe schwebte vor seinem Gesicht, grinste und pustete ihm eine Ladung Staub entgegen. Er wollte die Luft anhalten, doch der Staub geriet ihm in die Nase und er nieste einmal kräftig.

»Elias!«

Er sah sich um.

Tia, Manu und Billie saßen bereits auf ihren Pferden. Nur er stand noch am Boden und fuchtelte wild mit den Armen in der Luft herum. Eilig saß er auf und im Galopp flüchteten sie über die Wiese, die schimpfenden Elfen hinter sich lassend.

210

Der weitere Nachmittag war, zumindest aus Elias' Sicht sehr erheiternd. Billie ritt neben Manu, sagte ausnahmsweise mal nichts, starrte ihn jedoch die ganze Zeit lächelnd an und sah kichernd weg, wenn er ihren Blick verlegen erwiderte. Manu unternahm alle möglichen Anstrengungen, um Billie loszuwerden, aber letztendlich sah er ein, dass ihm nichts anderes übrig blieb, außer zu warten, bis der Staub seine Wirkung verlor.

Elias betrachtete seine Schwester und schüttelte den Kopf. Ob er wohl auch so dämlich aussah, wenn er an Isabell dachte? Nicht, dass er in sie verliebt gewesen wäre. Aber es konnte ja sein. Und wer wäre es nicht? Immerhin waren ihre Haare einen Tick seidiger als bei anderen Mädchen, die Augen eine Spur strahlender und ihr Mund ...

»Was?«, rief er genervt.

Tia beobachtete ihn schon den ganzen Nachmittag, als wäre er ein seltenes Zootier.

»Nichts«, meinte sie, »Ich hätte nur schwören können, dass du auch etwas Staub eingeatmet hast.«

»Die Liebeselfe hat mir eine Ladung verpasst«, sagte er und Tia hob die Augenbrauen, »aber ich habe alles wieder ausgeniest, deswegen wirkt es wohl nicht.«

Tia grinste.

»Schon klar.«

»Was soll das denn heißen?«, fragte Elias, doch Tia war längst wieder vorausgeritten.

Nach etwa drei Stunden erreichten sie einen kleinen Bach, der sich in sanften Windungen seinen Weg durch die Landschaft bahnte. Das Wasser plätscherte glitzernd im Schein der Sonne und wirkte so verführerisch kühl, dass Elias sich am liebsten mitsamt seiner Kleidung hinein gelegt hätte.

Sie ließen die Pferde trinken und füllten ihre eigenen Wasserflaschen auf.

Elias konnte endlich sein Hemd auswaschen und bis auf einige dunkle Ränder, die bereits zu sehr im Stoff eingetrocknet waren, sah es fast wieder wie neu aus. Ohne es trocknen zu lassen, zog er es an und der nasse Stoff legte sich kühlend auf seine verbrannten Schultern.

Billie, die ihre Flasche füllte, spritzte Manu spielerisch eine Ladung Wasser entgegen und der Waldreiter stand hastig auf, ging zu Pferd und tat so, als würde er in seinem Proviantbeutel etwas suchen.

Elias Stimmung verdüsterte sich, weil ihm plötzlich klar wurde, wie nahe sie der Grenze gekommen waren. Einen, höchstens zwei Kilometer würden sie noch zurücklegen müssen, bevor sie sie erreichten.

»Wir übernachten hier«, sagte Manu, obwohl die Sonne noch nicht untergegangen war. Es war frühestens fünf Uhr nachmittags.

»Morgen bleibt uns nichts anderes übrig, als die Grenze zu überqueren. Selbst dann bleiben uns fast drei Tage Zeit, um das Portal zu erreichen. Wir sollten besser früh schlafen gehen und unsere Kräfte schonen. Wir wissen nicht, was uns auf der anderen Seite erwartet.«

Billie sah ihn mit großen Augen an. Wahrscheinlich bewunderte sie ihn für seine weisen Überlegungen. Hinzu kam, dass sie anscheinend ihre hausmütterliche Seite entdeckt hatte. Sie zog einen Kochtopf aus Tias Tasche und bereitete aus dem Inhalt ihrer Proviantbeutel einen leckeren Eintopf zu. Noch während Elias sich wunderte, wie seine Schwester ein Feuer zustande gebracht hatte, begann sie schon, dass hohe Gras um sie herum platt zu trampeln und den so improvisierten Tisch zu decken.

»Na, wenigstens hat die Sache etwas Gutes«, raunte Tia Elias zu und setzte sich mit überkreuzten Beinen neben die Feuerstelle.

Billie füllte ihre Teller, erkundigte sich immer wieder nach ihrem, und vor allem Manus, Befinden und wusch nach dem Essen sogar freiwillig ab.

»Warum wirkt denn dieser Staub bei ihr so lange?«, raunte Elias, doch Tia zuckte nur mit den

Schultern. »Menschenkinder können einfach nichts ab.«

Später lagen sie gesättigt im Gras und streckten ihre müden Glieder von sich. Elias betrachtete den Bach und überlegte, wann er das letzte Mal geduscht hatte. Kurzentschlossen zog er sein T-Shirt und seine Jeans aus, schleuderte Schuhe und Socken von sich und sprang, nur mit seiner Boxershorts bekleidet, in den Bach.

Das Wasser war nicht besonders tief, die Strömung kaum vorhanden und so konnte Elias sich in das flache Flussbett legen und sich gemächlich treiben lassen, ohne davon gespült zu werden. Das kühle Nass plätscherte an ihm vorbei und die Sonnenstrahlen legten sich wärmend auf seinen Körper. Er hätte ewig so daliegen können.

Erst als die Haut an seinen Fingern zu schrumpeln anfing, verließ er den Bach und legte sich zum Trocknen in die langsam untergehende Sonne.

Er hörte, wie Manu und Tia sich leise unterhielten und Billie, die sich immer wieder in das Gespräch einmischte.

Hoffentlich würde der Zauber bald aufhören zu wirken.

Die Sonne sank immer weiter und färbte einige Schäfchenwolken am Himmel zartrosa. Die Schatten wurden länger.

214

Elias fröstelte. Er zog sich an und versuchte, nicht in Richtung der Grenze zu sehen, die sie morgen überqueren würden.

Er war müde. Der Schlafmangel der vorherigen Nacht machte sich bei ihm bemerkbar.

Er rollte sich in seine Decke ein und war nur wenige Sekunden später eingeschlafen. Diese Nacht würde er sich nicht von Billie und ihren Albträumen stören lassen und es gab um sie herum keinen einzigen Baum, dessen Zweige Tia zerbrechen konnte. In drei Tagen würde er endlich wieder in seinem eigenen Bett liegen.

ELF

Keiner der vier hatte es eilig, die Grenze zu überqueren, und so schliefen sie lange.

Manu war der Erste, der aufstand, ein Bad im Bach nahm und anschließend seine nassen Haare über Tia auswrang, die quietschend aufsprang.

Elias und Billie, die noch nie ein so schrilles Geräusch gehört hatten, wurden unsanft aus dem Schlaf gerissen.

Trotz seiner Herumalberei war Manu ernst.

»Wir müssen los, ansonsten verpassen wir das Portal.«

Das sahen alle ein, dennoch dauerte ihr Aufbruch länger als sonst.

Billie wollte unbedingt noch baden. Da ihre Kleidung schmutzig war, sprang sie vollständig angezogen in den Bach.

Tia wirkte, als hätte sie die vergangene Nacht wieder nicht geschlafen. Sie war gereizt und hatte dunkle Ringe unter den Augen. Rastlos lief sie umher und suchte etwas, das sie noch einpacken konnte, doch es gab nichts mehr.

Irgendwann mussten sie einsehen, dass sie mir ihren Reisevorbereitungen fertig waren.

Elias hatte kaum etwas gefrühstückt. Das Angesicht des Todes verpasste seinem Hungergefühl einen gehörigen Dämpfer.

Sie brachen auf, Manu an der Spitze, gefolgt von Billie, bei der die Wirkung des Elfenstaubs zur allgemeinen Erleichterung verflogen war, dann folgte Tia und Elias bildete das Schlusslicht.

Sie hatten ihr Lager viel näher an der Grenze aufgeschlagen, als er gehofft hatte. Nicht einmal zwanzig Minuten, nachdem sie aufgebrochen waren, erreichten sie die Stelle, an der die Luft stärker zu flimmern begann und sich wie eine durchsichtige Mauer durch die Gegend zog.

Elias versuchte zu erkennen, was sich dahinter befand, doch er konnte nur schemenhafte Farben und Umrisse einer Landschaft ausmachen. Sie unterschied sich nicht von dem Ot'rona, das er bisher kennen gelernt hatte und machte, zumindest von ihrem jetzigen Standpunkt aus, keinen besonders bedrohlichen Eindruck auf ihn. Etwa zehn Minuten standen sie schweigend vor der Grenze und starrten durch die flimmernde Mauer auf die andere Seite Ot'ronas. Niemand wagte es, den ersten Schritt zu machen.

Der schmerzhafte Klumpen in Elias' Magengrube war zurückgekehrt und bohrte sich heftiger als zuvor in seine Eingeweide.

Tia wirkte blasser denn je und kaute an ihren Fingernägeln und Billie murmelte sich selbst beruhigende Worte zu.

Es war Manu, der seinem Pferd nach einer gefühlten Ewigkeit die Fersen in die Flanken drückte und sie so alle aus ihren Gedanken riss.

»Wagen wir es«, sagte er.

»Stop!«

Pferd stieg mit einem ängstlichen Wiehern auf die Hinterbeine und hätte Manu um ein Haar abgeworfen. Geistesgegenwärtig griff der Waldreiter in die Mähne des Tieres und es gelang ihm, durch beruhigendes Zureden, das Pferd wieder unter Kontrolle zu bringen.

Elias und Billie hatten weniger Glück. Beide Pferde sprangen mit einem erschrockenen Satz nach hinten und warfen dann unruhig ihre Hälse herum. Elias fiel mit einem Aufschrei zu Boden und rollte sich gerade noch rechtzeitig zusammen, bevor die Hufe seines Pferdes neben ihm in das Gras einschlugen.

Er robbte in sichere Entfernung und sah, dass Tia unbeschadet von ihrem Pferd abgesprungen war und Billie auf die Füße half. Seine Schwester schien unverletzt.

Dann drehte er seinen Kopf und suchte nach der Ursache für das wilde Verhalten der Tiere.

Direkt vor der Grenze und nur wenige Zentimeter von der Stelle entfernt, an der Manus

218

Pferd gestanden hatte, war Cloissa wie aus dem Nichts aufgetaucht.

Sie hatte die Beine fest in den Boden gestemmt und streckte eine Hand nach vorne aus, um Manu am Weiterreiten zu hindern.

»Ich werde das nicht zulassen«, rief sie.

Ihr helles Haar flatterte im Wind und ein langes, dunkelblaues Kleid umwallte ihre schmale Gestalt.

»Was wirst du nicht zulassen?«

Manu hatte sein Pferd endgültig zum Stehen gebracht und sah verärgert auf Cloissa hinab.

Sie machte einen Schritt nach vorne und packte Pferd an den Zügeln. Der Hengst scheute wieder, doch die Fee hielt die Zügel mit erstaunlicher Kraft in ihren Händen fest, während sie flehentlich zu Manu hinauf sah. Dunkle Schatten unter ihren Augen entstellten das ansonsten so makellose Gesicht und ihr linker Wangenknochen schimmerte bläulich-rot. Auf den Armen zeigten sich verblassende Spuren, die Gethins Wut dort hinterlassen hatte.

In den Augen der Fee glitzerten Tränen, ob echt oder gespielt, das konnte Elias nicht erkennen.

»Du darfst nicht dort hinüber gehen.«

Tia, die sich inzwischen vergewissert hatte, dass Billie den Sturz unbeschadet überstanden hatte, war mit einigen schnellen Schritten an Manus Seite getreten und baute sich vor Cloissa auf.

219

»Gib dir keine Mühe. Wir werden Ot'rona verlassen, ob du willst oder nicht.«

Cloissa hatte die Zügel losgelassen und legte beschwörend eine Hand auf Manus Arm. Tias Augen verengten sich zu Schlitzen.

»Wer redet denn von dir?«, sagte Cloissa zu ihr, »Du kannst meinetwegen verschwinden.«

Dann drehte sie sich wieder Manu zu und wollte nach seiner Hand greifen. Er entzog sie ihr. Energisch blinzelte Cloissa ein paar Tränen weg und stellte sich zwischen Manu und Tia.

»Ich werde nicht zulassen, dass du ihn unnötig in Gefahr bringst. Schließlich ist es nicht seine Schuld, dass du vor einem durchgedrehten Exfreund flüchten musst.«

Der kalte Ton in Cloissas Stimme erschreckte Elias. Mit einem Mal konnte er nicht mehr verstehen, was er am Tag ihrer ersten Begegnung so faszinierend an ihr gefunden hatte. Ihre überirdische Schönheit war verflogen.

»Er ist nicht mein - «, setzte Tia an, doch Manu hob die Hand und unterbrach sie.

»Es ist meine Entscheidung, zu gehen. Niemand hat mich dazu gezwungen.«, sagte er zu Cloissa. Diese klappte mehrmals den Mund auf und zu und rang nach Worten.

»Aber was - «, stammelte sie, »Warum - «

Ihr Blick fiel auf Tia, die immer noch mit versteinerter Miene neben Manu stand.

220

Mit zusammen gepressten Lippen ging sie einige Schritte auf die Fee zu, schien sich dann aber eines besseren zu besinnen.

»Manu, ich verstehe dich nicht. Was du vor hast, ist viel zu gefährlich. Das ist sie nicht wert.« Ihre Stimme überschlug sich mehrfach und war zum Ende hin immer lauter geworden.

Sie wollte weiterreden, doch Manu sah sie so kalt an, dass sie verstummte. In ihren Augen lag nur noch eine verzweifelte Aufforderung.

Manu drückte seinem Pferd die Fersen in die Flanken, sodass es einen Satz nach vorne machte und Cloissa gezwungen war, beiseite zu springen.

»Du bist es nicht wert, dass wir es wegen dir riskieren, das Portal zu verpassen. Ich habe meine Entscheidung getroffen – schon vor langer Zeit.«

Tia presste die Lippen aufeinander, konnte ein Lächeln jedoch nicht unterdrücken.

Cloissa gab ein wütendes Schnauben von sich.

»Na schön. Ich hoffe nur, dass du mit der Schuld leben kannst, zwei unschuldige Menschen in den Tod geführt zu haben.«

Einige Sekunden stand sie mit geballten Fäusten vor ihnen, doch als Manu nicht reagierte, ertönte ein leises Ploppen und genau so plötzlich, wie sie aufgetaucht war, verschwand sie auch wieder.

»Gehen wir«, sagte Manu und trieb sein Pferd über die Grenze.

Nach und nach folgten sie ihm.

221

Elias war der Letzte, der den Schritt wagte. Er wusste nicht, was er erwartet hatte, doch die Durchquerung der flimmernden Mauer verlief fast schon enttäuschend unspektakulär. Es hatte sein Pferd einfach nur einen Meter nach vorne gehen lassen. Nichts war passiert und er fühlte sich genauso wie vorher.

Mit einer Ausnahme: Seine Beklemmung wuchs.

Er sah sich um. Die Mienen der anderen waren angespannt und Tias Augen suchten den Himmel ab.

Die Landschaft hatte sich auf dieser Seite der Grenze radikal verändert. Statt der malerischen Blumenwiese erstreckte sich eine Grassteppe vor ihnen. Keine Bäume, keine Felsvorsprünge, keine Möglichkeit, sich irgendwo zu verstecken.

Er fragte sich, wie lange Königin Nila von nun an brauchen würde, um zu registrieren, dass Menschen in ihr Königreich eingedrungen waren.

Er ließ seinen Blick schweifen und entdeckte ein Gutshaus, das sich wie ein dunkelgrauer Farbtupfer von der immer gleichbleibenden Steppe abhob. Dieses Haus war das Einzige, was hier auf Zivilisation hinwies. Keine Großstädte geschweige denn kleinere Dörfer waren zu sehen und auch die vertraute, vom Wind herbeigetragene, Lärmkulisse, die sie die letzten Tage stetig begleitet hatte, war verschwunden.

222

»Also los«, sagte Manu und trabte voraus, »je eher wir am Portal ankommen, desto besser. Hier auf offenem Feld können wir uns weder verteidigen noch ausreichend schützen.«

Verteidigen, durchfuhr es Elias und er schluckte.

Er war sich sicher, dass er nicht in der Lage sein würde, auch nur an Verteidigung zu denken, sollte eine angriffslustige Todesfee auf ihn niederstürzen.

Elias' Pferd folgte Manu ohne sein eigenes Zutun und er spürte schmerzhaft jeden einzelnen Teil seines Körpers unter sich.

Tia bemerkte seinen Gesichtsausdruck.

»Alles in Ordnung?«, rief sie ihm zu.

Er nickte gequält. Was hätte er ihr auch sagen sollen? Dass er wahrscheinlich blaue Flecken an Stellen bekommen würde, die er lieber nicht erwähnen wollte?

Wenn das hier vorbei war, dann würde er nie wieder auch nur in die Nähe eines Pferdes gehen, das schwor er sich.

Das Gutshaus war näher gekommen. Es sah gepflegt aus und machte keinen verlassenen Eindruck. Doch sie wollten keinerlei Risiko eingehen und so umrundeten sie das Haus in genügendem Abstand.

Öfter als sie es sich eingestehen wollten, ließen sie dabei ihre Augen über den Himmel gleiten.

Waren sie schon entdeckt worden? Würden sie entkommen können?

Manu hatte gesagt, dass sie das Portal wahrscheinlich innerhalb von zwei Tagen erreichen würden. Sie hatten Zeit verloren, dadurch dass sie den *Wald ohne Wiederkehr* umrundet hatten und die Elfen hatten ihr Übriges getan. Das Portal würde sich jedoch erst in drei Tagen öffnen. Das bedeutete, dass sie mindestens einen davon an ein und derselben Stelle ausharren mussten.

Elias hatte vorgeschlagen, die überflüssige Zeit lieber auf der sicheren Seite der Grenze zu verbringen, doch der Waldreiter wollte hiervon nichts wissen.

»Was ist, wenn wir unterwegs aufgehalten werden? Wenn wir doch nicht so schnell vorankommen, wie geplant? Dann schließt sich das Portal wieder, bevor wir es erreichen.«

Elias hasste es, wenn Manu Recht hatte.

»Meinst du, sie wird es verkraften?«

Billie hatte Dagmar neben sein Pferd gelenkt.

»Was?«

»Ich meine den Vorfall von vorhin. Cloissa hat ihn verloren.«

»Wen?«

Billie starrte ihn an.

»Das ist jetzt nicht dein Ernst, oder?«

»Was soll nicht mein Ernst sein?«

»Hast du denn gar nicht kapiert, worum es geht? Cloissa ist in Manu verliebt. Sie wollte ihn davon

224

abhalten, sein Leben zu riskieren. Hast du das echt nicht gemerkt?«

»Na ja, sie schien schon etwas aufgebracht. Wahrscheinlich hat sie sich nur Sorgen um uns gemacht.«

»Um *ihn*. Wir sind ihr egal. Hast du denn nicht mitbekommen, was sie zu Tia gesagt hat?«

Elias zuckte mit den Schultern.

»Und wenn schon. Du hast Manu doch gehört. Er hat seine Entscheidung getroffen und wird Ot'rona verlassen, genau wie wir.«

Billie schüttelte den Kopf.

»Du raffst es echt nicht oder?«

»Was denn, um Himmels Willen?«, rief Elias genervt. Konnte seine Schwester sich nicht einmal klar ausdrücken?

»Bei deinem Frauenverschleiß hätte ich eigentlich zu diesem Thema mehr Feingefühl von dir erwartet.«

»Was soll das denn nun wieder heißen?«, rief Elias gereizt, »Und hör gefälligst auf, dich in mein Privatleben einzumischen!«

Der Streit hätte sich noch stundenlang so fortgesetzt, doch etwas ließ sie innehalten. Ein unerträglicher Gestank stieg Elias in die Nase und brachte ihn zum Würgen. Billie neben ihm keuchte auf und verzog das Gesicht.

»Urgh«, machte sie, »was ist das?«

Elias schüttelte den Kopf. Er hielt den Atem an und sah sich nach der Quelle des Gestanks um. Ein paar Vögel kreisten am Himmel, doch sonst konnte er nichts Besonderes entdecken.

»Elias, Billie!« Das war Manu. Er klang alarmiert. »Kommt her.«

»Was ist los?«, fragte Elias.

Danach geschah alles unglaublich schnell.

Er hörte noch, wie Billie ihm eine Warnung zurief. Dann explodierte ein Schmerz in seinen Schultern, der ihn aufheulen ließ. Er löste sich vom Rücken seines Pferdes und wurde in die Luft gehoben.

Todesfeen, schoss es ihm durch den Kopf. *Die schwarzen Vögel am Himmel sind in Wirklichkeit Todesfeen.*

Er begann sich zu wehren, strampelte wild mit den Beinen, drehte seinen Oberkörper hin und er und schlug mit den Armen in die Luft. Jede einzelne Bewegung verstärkte die Schmerzen in seinen Schultern bis ins Unerträgliche, doch sein Überlebenswille war erwacht.

Sie hatten nicht einmal das Portal erreicht. Das konnte es noch nicht gewesen sein. Etwas Langes, Dünnes schoss zischend durch die Luft und Sekunden später hörte Elias ein schmerzerfülltes Kreischen. Der Schmerz in seinen Schultern ließ nach, wenn auch nur ein wenig und er stürzte zu Boden.

226

Der Aufprall trieb ihm die Luft aus den Lungen und trotzdem schaffte er es mit größter Anstrengung, sich auf den Rücken zu wälzen. Er wollte sehen, wer oder was ihn da in die Höhe gehoben hatte.

Im ersten Moment sah er gar nichts. Kleine Sterne tanzten vor seinen Augen und er hörte nur Billies Angstschreie und Manu, der ihm irgendetwas zurief, das er nicht verstehen konnte.

Dann sah Elias die Wesen und erkannte, dass es keine Todesfeen sein konnten.

Sie hatten den Kopf und den Oberkörper einer Frau, einer hässlichen Frau, doch das war auch schon das einzig Menschenähnliche an ihnen. Aus ihren Schultern wuchsen riesige, gefiederte Flügel und ihr Unterkörper erinnerte an den eines Geiers. Drei von den Kreaturen umkreisten sie, stürzten auf sie nieder und hackten auf sie ein. In dem Flügel eines dieser Ungeheuer steckte ein Pfeil. Blut klebte an seinen Klauen. Elias' Blut.

Eines der Wesen schnellte auf ihn herab und biss ihm kräftig in die Schulter. Der plötzliche Schmerz ließ ihn zur Besinnung kommen. Er brüllte auf, schlug nach dem Ungeheuer und hörte jetzt endlich, was Manu ihn die ganze Zeit zugerufen hatte.

»Steig auf dein Pferd! Los!«

Das war leichter gesagt, als getan. Nachdem Elias sich aufgerappelt hatte, erwies es sich als der weitaus schwierigere Teil, heile zurück auf sein Pferd zu kommen. Der Schimmel, der mit Blutstropfen gesprenkelt war, scheute und suchte mit rollenden Augen nach einem Fluchtweg. Elias überwand seine Angst vor den fliegenden Hufen, machte einen waghalsigen Satz nach vorne und zog sich auf den Pferderücken.

»Was jetzt?«, schrie er Manu zu, der einen zweiten Pfeil abgeschossen hatte. Er duckte sich unter einem weiteren Angriff und spürte, wie lange Krallen seinen Rücken streiften.

»Zum Haus«, brüllte Manu zurück und preschte los.

Elias brauchte seinem Pferd keinerlei Kommandos geben.

Erleichtert, endlich etwas tun zu können, um diesen geflügelten Monstern zu entkommen, galoppierte es in halsbrecherischer Geschwindigkeit los. Das Haus kam näher, doch die kreischenden Kreaturen nahmen umgehend die Verfolgung auf.

Tia, die das Schlusslicht bildete, stieß einen schrillen Schrei aus, der Elias das Blut in den Adern gefrieren ließ, aber er wagte es nicht, sich umzuschauen. All seine Konzentration war darauf gerichtet, nicht vom Pferd zu fallen.

Das Gutshaus rückte immer näher, doch die Eingangstür war verschlossen.

Was, wenn sie abgeschlossen war? Wie sollten sie ins Innere des Hauses, in Sicherheit kommen?

Als hätte sie seine Gedanken gelesen, öffnete in diesem Moment eine alte, runzelige Frau die Tür.

»Schnell«, rief sie, »hier hinein.«

Das ließ Elias sich nicht zweimal sagen. Er trieb sein schnaubendes Pferd zur Eile an, beugte sich tief über dessen Hals und erreichte Sekundenbruchteile nach Manu und Billie das Haus.

Sie kamen in eine große Halle und Elias zerrte an den Zügeln seines keuchenden Pferdes, um es zum Stehen zu bringen. Er sah sich um und zählte drei weitere Pferde. Erleichtert stieß er den Atem aus. Alle waren in Sicherheit, alle hatten das Haus erreicht.

»Wo ist Tia?« Manu sah sich besorgt um. »Wo ist sie?«

Elias starrte entsetzt Tias Pferd an. Es war ohne seine Besitzerin ins Haus gelaufen.

Manu zögerte nicht eine Sekunde. Er riss sein Pferd herum und trieb es mit kräftigen Fußtritten durch die große Tür, die die Alte gerade wieder schließen wollte.

Elias, der sich kaum noch auf den Beinen halten konnte, ließ sich vom Rücken seines Pferdes gleiten, schleppte sich zur Tür und sah nach draußen. Ihm drehte sich der Magen um, als er sah, dass die drei Kreaturen gelandet waren. Sie hatten sich im Kreis versammelt und zerrten an einer Gestalt mit schwarzen Haaren herum, die regungslos auf dem Boden lag.

»Oh nein.«

Billies Stimme war kaum mehr als ein Flüstern. Mit weit aufgerissenen Augen starrte sie nach draußen und krallte sich dabei schmerzhaft an Elias' Arm fest. Er machte trotzdem keinerlei Anstalten, sie abzuschütteln.

Manu hatte einen Pfeil auf eines der Wesen abgeschossen. Es kreischte und ließ gereizt von seiner Beute ab. Manu ließ ihm keine Zeit, zu reagieren. Ein Pfeil nach dem anderen zischte durch die Luft. Jeder traf. Die Kreaturen stoben in die Höhe, unwillig, ihr Opfer liegen lassen zu müssen. Im vollen Galopp beugte sich Manu seitlich vom Pferd und zog die leblose Tia zu sich herauf.

Elias bemerkte, wie Billie ihn leise anfeuerte.

»Los, los, los!«

Manu hatte Tia vor sich auf den Pferderücken gesetzt. Mit der einen Hand hielt er die Zügel, mit der anderen die Fee. Pfeil und Bogen konnte er nun nicht mehr benutzen.

Er riss sein Pferd herum und galoppierte wieder auf das Haus zu.

Die kreischenden Wesen waren empört, ihre Beute davon reiten zu sehen, und nahmen die Verfolgung auf. Sie stürzten sich auf die

230

Flüchtenden hinab und versenkten ihre Krallen in Manu, der sich schützend über Tia gebeugt hatte. Er trieb sein Pferd weiter an und es lief immer schneller, obwohl Elias sich sicher war, dass es seine Kräfte schon vollkommen ausgeschöpft hatte. Sie stürmten in die Eingangshalle und Elias und Billie warfen sich gegen die Tür, die mit einem lauten Krachen ins Schloss fiel. Im nächsten Augenblick hörten sie von draußen einen dumpfen Aufprall und enttäuschtes Schreien.

Elias vergewisserte sich noch, dass die Tür stabil genug war, um die kreischenden Ungeheuer in Schach zu halten, dann lief er seiner Schwester nach, die Manu und Tia zu Hilfe geeilt war.

Die alte Frau war leichenblass und schlug die Hände vor dem Mund zusammen.

»Schnell. Hier hinein«, rief sie und führte sie in ein geräumiges Wohnzimmer.

Sie bedeutete Manu, Tia auf einem der abgenutzten Sofas abzulegen.

Manu blutete aus unzähligen kleinen Wunden, doch Tias Anblick war es, der der alten Frau den letzten Rest Farbe aus dem Gesicht trieb. Die seltsamen Wesen hatten große Stücke Fleisch aus ihren Armen und Beinen gerissen, ihr Gesicht war mit Kratzspuren übersät und das, was einmal ein schwarzes Kleid gewesen war, hing in blutigen Fetzen an ihr herab.

Elias konnte nicht erkennen, ob sie atmete.

»Ist sie … «

Billies Stimme klang brüchig. Sie hatte sich wieder an ihm festgeklammert.

Manu beugte sich über Tia. Seine Gesichtszüge entgleisten.

Sie ist tot, dachte Elias und ihm drehte sich der Magen um.

Doch dann machte sich ein Ausdruck großer Erleichterung auf Manus Gesicht breit.

»Sie atmet!«

Neben ihm stieß Billie hörbar den Atem aus.

Manu sank vor dem Sofa zusammen. Elias stellte bestürzt fest, dass er weinte.

»Na, na, na, junger Mann, das wird schon wieder.«

Die alte Frau hatte eine Schüssel Wasser und ein paar Tücher geholt. Sanft aber entschlossen schob sie Manu beiseite und begann, Tias Wunden mit einem feuchten Tuch zu reinigen.

Manu, Elias und Billie standen schweigend um sie herum. Keiner wagte es, ein Wort zu sagen.

»So, meine Liebe, das wird jetzt etwas weh tun«, sagte die Frau zu Tia und kippte aus einer Flasche etwas Flüssigkeit auf ein sauberes Tuch.

Elias stieg der Geruch von Alkohol in die Nase. Die Alte betupfte die Wunden vorsichtig, doch Tia rührte sich nicht. Sie schien überhaupt nichts zu spüren. Zum Schluss umwickelte die Frau Tias

Arme und Beine mit langen Streifen aus Leinen. Manu trat einen Schritt nach vorne.

»Wird sie wieder gesund?«

Die Frau drehte sich zu ihm um. Sie hob kurz die Hände und ließ sie dann resigniert fallen.

»Das kann ich noch nicht sagen. Sie kämpft noch mit dem Tod und im Moment sieht es so aus, als würde er gewinnen.«

Manu ließ die Schultern hängen und Billie begann zu weinen.

Die Alte lächelte.

»Es ist ja noch nichts entschieden. Eure Freundin macht auf mich den Eindruck, als würde sie nicht gerne verlieren. Und jetzt«, sagte sie und ihre Stimme wurde lauter, »kümmere ich mich erst einmal um die, die noch mit beiden Beinen im Leben stehen.«

Billie hatte am wenigsten abbekommen. Sie hatte einige Kratz- und Schürfwunden, doch das meiste war oberflächlich. Manus Rücken sah aus, als wäre er unter eine wütende Büffelherde geraten, doch die alte Frau hielt es offenbar für nicht besonders schlimm.

»Was nicht umbringt, härtet ab«, sagte sie, nachdem sie Manu versorgt und ihn ebenfalls in Streifen aus Leinen eingewickelt hatte. Als sie schließlich bei Elias anlangte, runzelte sie die Stirn, die daraufhin noch mehr Falten aufwies, als sie es ohnehin schon tat.

233

Sie stach mit dem Finger dorthin, wo die Wesen ihn an den Schultern gepackt haben und Elias brüllte auf.

»Ja, ja, das sieht nicht gut aus, nein, nein.«

»Was waren das für Monster?«, presste Elias zwischen den Zähnen hervor, während die Alte seine Schultern reinigte.

»Harpyien«, antwortete sie in einem Tonfall, als würde sie von ihrem Haustier erzählen, »Halb Frau, halb Geier. Sie sind gezwungen, zu töten. Immer dem Hungertod nah, nie gesättigt und doch nicht in der Lage zu sterben. Tut das weh?«

»Autsch! Ja, verdammt!«

»Tut's weh, tut's gut«, gab die Frau einen weiteren Spruch zum Besten und verband Elias' Rücken.

Nachdem alle versorgt waren, räumte sie die Schüssel und die Tücher zur Seite und genehmigte sich einen großen Schluck aus der Flasche.

»Meine Güte, war das aufregend. Jahrelang lebt man einsam und verlassen hier draußen und dann so was.«

Sie blickte in die Runde.

»Wer möchte Kekse? Ich kann auch Tee machen. Wisst ihr, es ist so selten, dass ich Besuch bekomme und dann auch noch von Menschen. Ich habe keine Menschen mehr gesehen, seit …«

Sie hielt inne und versuchte, sich zu erinnern.

Elias war perplex. Sie waren auf Pferden in ihr Haus gestürmt, waren allesamt verwundet, auf dem Sofa der Frau lag eine Fee, die mit dem Tod kämpfte und sie tat so, als würde sie Besuch von ihren Verwandten bekommen.

»Warum haben Sie uns geholfen?«, fragte Manu, der sich mittlerweile wieder gefangen hatte.

Die Frau hob die Augenbrauen.

»Warum? Junger Mann, Sie können vielleicht Fragen stellen. Hätte ich die Tür vielleicht zulassen sollen?«

»Nein«, sagte Manu, »es ist nur - wir sind Menschen.«

»Genau wie ich, junger Mann, genau wie ich.«

»Aber die Todesfeen«, rief Billie aus, »warum haben sie Sie noch nicht getötet?«

»Billie«, zischte Elias, doch die Frau hob die Hand.

»Schon gut, das ist eine berechtigte Frage.«

Sie wandte sich lächelnd an Billie.

»Sie haben mich noch nicht getötet, weil ich sie nicht lasse.«

»Was?«, rief Elias.

»Junger Mann, es heißt nicht *was*, es heißt *wie bitte*«, wies die Frau ihn zurecht, »Todesfeen haben zwar sehr große Kräfte, doch sie können ein Haus, in dem ein Mensch lebt, nicht einfach so betreten. Ich lasse sie nicht hinein, also bin ich sicher.«

»Sie verlassen nie das Haus?«, fragte Billie.

Die Alte schüttelte den Kopf.

»Aber warum gehen sie nicht weg von hier?«

»Ich lebe seit über siebzig Jahren hier. Ich bin zu alt, um anderswo nochmal neu anzufangen.« Elias sah ihr mit gerunzelter Stirn nach, als sie aus dem Zimmer wuselte und kurz darauf mit einem Teller Kekse, einer Kanne Tee und vier Gläsern wiederkam.

»Dann erzählt mal«, sagte sie und setzte sich in einen großen Ohrensessel, »Was verschlägt euch hierher?«

Sie sahen einander an. Wie weit konnten sie der Alten trauen?

Schließlich berichtete ihr Manu in groben Umrissen, was sie vorhatten, verschwieg jedoch dabei den genauen Zielort ihrer Reise.

Billie knabberte eifrig Kekse.

»Ein Portal.« Die Alte nickte andächtig. »Ich habe schon öfter überlegt, das Land zu verlassen, aber ich hänge zu sehr an diesem Haus.«

Elias hörte ihr kaum zu. Er saß wie auf Kohlen. Würden sie es, nach allem, was passiert war, noch rechtzeitig zum Portal schaffen? Tia machte auf ihn einen erbärmlichen Eindruck, es sah nicht so aus, als wäre sie bald wieder in der Lage zu reisen.

Manu schien seine Gedanken erraten zu haben.

»Wir warten, bis es ihr besser geht. Ohne sie gehe ich nirgendwo hin.«

236

Das sah Elias ein. Und dennoch. Das tagelange Umherreisen, der Kampf mit den Grauntlingen, der Elfenstaub …

Sie hatten so viel durchgemacht und jetzt sollten sie so kurz vorm Ziel scheitern. Sie saßen stundenlang untätig im Wohnzimmer der alten Frau herum. Billie vertilgte ununterbrochen Kekse, Manu wachte besorgt über Tia und Elias hing seinen Gedanken nach.

Sie saßen hier fest. Selbst wenn Tia bei Bewusstsein gewesen wäre, draußen lauerten immer noch die Harpyien und die Todesfeen hatten sie inzwischen mit Sicherheit geortet.

Die Verzweiflung in ihm wuchs. Er würde seine Freunde nie wieder sehen, genauso wenig wie seine Eltern – und Isabell.

Er sah aus dem Fenster. Draußen dämmerte es. *Noch zwei Tage*, dachte Elias. Übermorgen würden sie das Portal erreicht haben müssen. Die Zeit wurde knapp.

Dann geschahen zwei Begebenheiten, die Elias Aufmerksamkeit in Anspruch nahmen.

Tia rührte sich mit einem leisen Stöhnen und die Alte sagte: »Warum bleibt ihr nicht über Nacht? Morgen kommt mein Enkel Gethin zu Besuch. Ihr müsst ihn unbedingt kennen lernen.«

»Was?« Aller Augen richteten sich auf die Frau, selbst Manu, der in dem Moment aufgesprungen war, als Tias kleiner Finger zuckte, schenkte ihr seine ungeteilte Aufmerksamkeit.

»Es heißt nicht *was*, es heißt … «

»Wie heißt Ihr Enkel?«, fragte Billie schrill.

»Gethin«, wiederholte die Frau, »So ein lieber Bursche. Ihr müsst ihn wirklich kennen lernen.«

Elias sah Manu alarmiert an.

Wie viele Männer, die so hießen, mochte es in Ot'rona wohl geben?

Elias hatte Gethin noch nicht kennen gelernt, doch es war eine Bekanntschaft, auf die er gerne verzichtete. Er konnte sich nicht vorstellen, dass er eine so nette alte Dame zur Großmutter hatte.

»Wann kommt er Sie besuchen?«, fragte Manu vorsichtig nach. Wahrscheinlich hoffte auch er, dass von einem ganz anderen Gethin die Rede war.

»Morgen Nachmittag. Ihr könnt euch gar nicht vorstellen, wie glücklich ich darüber bin. Er ist mein einziger noch lebender Verwandter und er kommt so selten vorbei.«

»Wann war er das letzte Mal da?«

Die Alte versuchte, sich zu erinnern.

»Das ist lange her. Sehr lange. Doch heute Morgen erhielt ich die Nachricht, dass er mich besuchen kommt. Ist das nicht toll?«

»Ja, sehr toll«, murmelte Manu.

Zu Elias gewandt flüsterte er: »Um was wollen wir wetten, dass Gethin den Standort des Portals in Erfahrung gebracht hat?«

»Bist du sicher? Vielleicht ist es auch nur Zufall, dass ihr Enkel so heißt.«

»Vielleicht.« Manu war nicht sehr überzeugt. Er blickte auf Tia hinab, die immer noch leichenblass dalag, aber nach wie vor mit ihren Fingern zuckte.

»Selbst wenn es sich um den Richtigen handelt, wir können aktuell nichts unternehmen. Hier sind wir fürs erste in Sicherheit und haben einen Schlafplatz. Sollten wir morgen früh aufbrechen können, haben wir immer noch genügend Zeit, um den Abstand zwischen uns zu vergrößern.«

Und wenn es der richtige Gethin ist und er den Standort des Portals kennt, sind wir ohnehin nicht mehr zu retten, dachte Elias, behielt seine Befürchtungen jedoch für sich. Er wollte Billie nicht unnötig ängstigen. Und vielleicht wollte er auch nicht, dass der schmerzhafte Klumpen in seinem Magen wieder größer wurde.

Manu wandte sich der alten Frau zu.

»Wir würden sehr gerne über Nacht bleiben, wenn es ihnen nicht allzu viele Umstände macht, Frau - «

»Oh nein, es macht mir keine Umstände. Ich habe gerne Gesellschaft. Und was meinen Namen angeht; der tut nichts zur Sache. Ich habe ihn schon so lange niemandem mehr sagen hören, dass es fast so ist, als hätte ich gar keinen.«

ZWÖLF

Das Haus der Alten war unglaublich groß und machte den Eindruck, als hätte sie nicht immer alleine hier gewohnt. Jeder von ihnen bekam sein eigenes Schlafzimmer zugewiesen.

Elias duschte ausgiebig. Das Wasser prasselte aus der altmodisch anmutenden Messingbrause heiß und wohltuend auf ihn hinab. Nachdem er seine Kleidung gewaschen und zum Trocknen aufgehängt hatte, versank er zwischen den weichen Kissen des Daunenbettes und merkte erst jetzt, wie sehr er ein richtiges Bett vermisst hatte. Er zog sich die Decke bis zum Kinn hoch und fiel Sekunden später in einen tiefen, traumlosen Schlaf.

Er erwachte am nächsten Morgen und fühlte sich zum ersten Mal seit Langem wieder richtig ausgeruht.

Er sprang aus dem Bett und zog die schweren Vorhänge auf, die das bodentiefe Fenster bedeckten. Erste Strahlen der aufgehenden Sonne fluteten den Raum.

Er schlüpfte in seine zerknitterte, aber saubere und, vor allem, trockene Kleidung und machte sich auf den Weg ins Erdgeschoss, aus dem der verführerische Duft von frischen Waffeln zu ihm hinaufzog.

Billie saß vor einem großzügig gefüllten Teller in der weißblau gekachelten Küche, während die alte Frau am Herd stand und für Nachschub sorgte.

»Wie geht es Tia?«, fragte Elias statt einer Begrüßung.

»Manu ist bei ihr«, sagte Billie. »Ist die ganze Nacht bei ihr gewesen.«

»Unverändert, junger Mann, aber sie wird es schaffen«, sagte die Alte und ließ eine duftende Waffel auf Elias' Teller gleiten.

Er überlegte erst, ob er nach Manu und Tia sehen sollte, doch sein Magen rumorte beim Anblick des Frühstücks und er entschied, dass Manu sich sicher schon bemerkbar gemacht hätte, wenn sich Tias Zustand verschlechtert hätte.

Er hatte gerade seine vierte Waffel geschafft, als Manu in die Küche kam.

»Wir müssen bald aufbrechen«, sagte er leise, so dass nur Billie und Elias ihn hören konnten, »Tia ist schwach, aber stabil. Wir werden langsamer vorankommen, aber ich möchte nicht hierbleiben, um herauszufinden, was es mit diesem angeblichen Enkel auf sich hat.«

Billie und Elias nickten.

»Was meinst du mit angeblich?«, wisperte Billie.

»Ein Mensch, der seit Jahren unbehelligt diesseits der Grenze lebt? Sie war bisher sehr freundlich zu uns, aber ich traue dem Ganzen nicht. Da steckt mehr dahinter und ich möchte nicht heraus finden, was es ist. Die Rast hat uns gutgetan, aber wir können nicht länger bleiben.«

Sie aßen eilig zu Ende. Als sie der alten Frau von ihrem baldigen Aufbruch berichteten, stießen sie bei ihr auf taube Ohren.

»Ihr dürft nicht gehen, bevor ihr meinen Gethin kennen gelernt habt.«

»Aber das Portal«, wandte Billie ein und erhob sich vom Tisch.

»Unsinn.« Die Alte zwang sie zurück auf den Stuhl, von dem Billie gerade aufgestanden war und drückte ihr ein Glas Saft in die Hand.

»Sehr freundlich, aber wir haben es wirklich eilig«, sagte Elias, nahm Billie das Glas aus der Hand und gab es der Alten zurück.

»Ihr müsst nirgendwohin«, entgegnete diese energisch und versperrte Manu, der nach den Pferden sehen wollte, den Weg. Ihre Pupillen wirkten größer als sonst und ihre Unterlippe zitterte. Sie zwang sich zu einem Lächeln.

»Wozu die Eile? Bleibt doch noch ein bisschen. Und denkt an eure kranke Freundin.«

Sie schob Manu ins Wohnzimmer, wo Tia unverändert auf dem Sofa lag. Dunkelrotes Blut hatte die weißen Verbände an mehreren Stellen durchnässt. Hinter ihren geschlossenen Lidern flackerten ihre Augen rastlos hin und her. Manu strich ihr eine schweißnasse Strähne aus der Stirn.

»Wir müssen es riskieren.«

242

»Nein!«

Elias zuckte bei dem scharfen Tonfall zusammen und Billie blickte erschrocken auf. Die Alte war sich ihrer Wirkung bewusst, denn im nächsten Moment lächelte sie wieder gütig.

»Ihr solltet nichts riskieren, was ihr Leben gefährden könnte.«

Sie klang wieder fürsorglich, doch Elias' Misstrauen war geweckt. Warum wollte die Frau um jeden Preis, dass sie hierblieben? Es lag sicher nicht nur daran, dass sie unbedingt ihren Enkel kennen lernen sollten. Die Alte sah aus dem Fenster und dann auf eine mit Schnitzereien verzierte Wanduhr.

»Bleibt«, wiederholte sie und bemühte sich dabei, möglichst freundlich zu klingen, »Wenigstens noch ein bisschen.«

Die Proteste der Frau ignorierend, begannen die drei, ihre wenigen Habseligkeiten zusammen zu packen. Dann geschah etwas, das alle ihre Beschäftigungen unterbrechen ließ. Aus dem Wohnzimmer drang ein leises Murmeln.

»Tia«, rief Manu, ließ seinen Beutel fallen und stürzte in das Zimmer, gefolgt von Elias, Billie und der alten Frau.

Tia lag immer noch auf dem Sofa, doch sie regte sich. Sie warf ihren Kopf hin und her, ihre Finger ballten sich zu Fäusten und spreizten sich wieder und ihre Lippen bewegten sich, aber außer einem unverständlichen Murmeln brachte sie nichts hervor.

Die Alte beugte sich mit hochgezogenen Augenbrauen über ihre Patientin.

»Na so was«, sagte sie erstaunt, »damit hätte ich ja nun gar nicht gerechnet.«

»Was soll das heißen?«, fragte Manu, »Sie selbst haben doch gestern Abend gesagt, dass…«

»Das habe ich gesagt, um euch zu beruhigen. Ich war mir sicher, dass sie die Nacht nicht lebend übersteht.«

Sie sah auf Tias spitze Ohren.

»Nun, man sagt Feen schließlich die unglaublichsten Fähigkeiten nach. Mein Gethin ist auch halb Mensch, halb Elf müsst ihr wissen und er ist ein gewaltig zäher Bursche. Aber ich hätte schwören können … «

Tia wurde immer unruhiger und nun konnte Elias auch verstehen, was sie die ganze Zeit vor sich hin murmelte: »Nein, nein, nein, nein … «

Ein ständiger Singsang, der abrupt stoppte.

»Nein«, schrie Tia und saß plötzlich aufrecht auf dem Sofa. Ihre Augen waren komplett schwarz, genau wie an dem Tag, als Elias ihr zu Aindriú gefolgt war.

Elias wollte es nicht, doch er konnte nicht anders. Er starrte direkt in die schwarzen Höhlen und bemerkte sofort, wie ihm die Luft wegblieb und seine Kehle enger wurde.

Manu handelte blitzschnell und hielt Tia die Augen zu. Sie wehrte sich nicht und Elias sog gierig die Luft ein, die jetzt wieder ungehindert in seine Lungen strömte.

»Raus hier!«

Elias war überrascht, diese schrillen Worte aus dem Mund der alten Frau zu hören. Sie hatte ihre Augen fest zusammen gekniffen und fuchtelte wild mit den Armen.

»Raus hier, und zwar alle! Er hat mir nicht gesagt, dass eine von denen dabei sein würde. Los verschwindet!«

Billie wich den um sich schlagenden Händen der Alten aus. »Wer hat Ihnen was gesagt?«

»Raus hier, sofort. Von so einer war nie die Rede gewesen.«

Sie packten ihre Bündel und flüchteten vor der Alten, die blind nach ihnen schlug.

Manu hatte Tia die Augen verbunden. Vorsichtig trug er sie zu den Pferden. Während er aufsaß, stützen Elias und Billie Tia, die wieder stumm zusammen gesunken war. Dann zog Manu Tia nach oben und vor sich auf sein Pferd.

Billie öffnete die große Eingangstür, schwang sich auf Dagmar und wollte voraus reiten, doch dann brachte sie das Pferd wieder zum Stehen.

»Was ist mit den Harpyien?«

Elias sah, wie die Alte ein Gewehr griff, das über dem Kamin hing.

»Ich befürchte, es macht keinen Unterschied, ob wir hier drin bleiben oder nicht.«

Ein lauter Schuss ertönte und alle duckten sich. Die Pferde nahmen ihnen die Entscheidung ab und flohen vor den Gewehrschüssen der Alten hinaus auf die Grassteppe. Die Harpyien schienen verschwunden zu sein, doch sie gaben sich nicht die Mühe, sich dessen zu vergewissern.

Hinter ihnen hörten sie, wie die Alte einen weiteren Schuss abgab.

Manu fiel zurück, da er Mühe damit hatte, Tia daran zu hindern vom Pferd zu fallen, doch keiner von ihnen blieb stehen.

Erst als das Haus der alten Frau nicht mehr zu erkennen war, zügelten sie die Pferde und setzten ihre Reise in einem gemächlicheren Tempo fort.

Elias' Augen ließ seinen Blick umherwandern. Keine Todesfeen waren zu sehen, aber er fühlte sich dennoch beobachtet.

»Hast du gehört, was die Alte gesagt hat?«, fragte Elias. Die Frage war eigentlich an niemanden Bestimmtes gerichtet und es war Manu, der zuerst antwortete: »Laut und deutlich. Sie sagte, dass *er* es nie erwähnt hatte, dass Tia eine Todesfee ist.«

»Und uns ist allen klar, wer mit *er* gemeint ist«, stellte Billie fest.

»Unfassbar«, entfuhr es Elias, »Gethin hat seine eigene Oma auf uns angesetzt.«

246

»Ich glaube nicht, dass sie das ist. Vielleicht hat er sie erpresst, damit sie uns am Weiterreiten hindert.«

»Aber woher wusste er, dass wir ausgerechnet an diesem Haus vorbei kommen würden?«, fragte Billie.

»Weil er weiß, dass wir nicht leichtsinnig sind und den *Wald ohne Wiederkehr* durchqueren. Und nun seht, wohin es uns gebracht hat.«

Elias betrachtete Tia. Sie sah zum Fürchten aus mit ihren weißen Verbänden, die sich zum Großteil rot gefärbt hatten und dem schwarzen Tuch, das Manu ihr um die Augen gebunden hat.

»Was ist mit ihr?«, fragte Billie, »Was hat sie mit ihren Augen gemacht?«

»Sie verteidigt sich«, antwortete Manu.

Als Billie ihn verständnislos anschaute, fügte er hinzu: »Todesfeen haben keine übermäßigen körperlichen Kräfte. Ihre einzigen Waffen sind ihre Augen.«

»Aber sie wird doch gar nicht mehr angegriffen.«

»Das weiß sie aber nicht. Wir können nur abwarten, bis sie sich wieder beruhigt hat. Schaut ihr auf keinen Fall in die Augen, sollte das Tuch verrutschen. Sie kann nichts dafür. Es liegt in ihrer Natur.«

»Alkohol.«

Billie sah ihren Bruder mit gerunzelter Stirn an und er bemerkte, dass er laut gedacht hatte. Seine

Gedanken kehrten zurück in die dunkle Kneipe, an die ganzen Gläser, die Tia herunter gestürzt hatte, nachdem sie ihren schwarzen Blick versehentlich auf Elias gerichtet hatte.

Er hatte sie am weiter trinken hindern wollen und sie hatte von etwas geredet, dass immer noch da war. Jetzt erst verstand er, was dieses *es* war. Sie hoffte, dass der Alkohol ihren Körper genug schwächen würde und sie dadurch nicht mehr in der Lage sein würde, ihre Kräfte einzusetzen.

»Vermeidet unter allen Umständen, ihr in die Augen zu sehen«, wiederholte Manu.

Leichter gesagt als getan, dachte Elias. Von Tias schwarzen Augen ging eine unglaubliche Anziehungskraft aus, die es ihm schon zweimal nicht möglich gemacht hatte, wegzuschauen.

Als sie ihren Weg fortsetzten, spürte Elias ein Kribbeln in seinem Rücken. Er versuchte, es auf die Wunden zu schieben, die die Krallen der Harpyien ihm zugefügt hatten, doch er schaffte es nicht, sich selbst zu belügen. Das Kribbeln bedeutete etwas anderes. Er drehte sich um.

Grashalme wiegten sich sanft im Wind, irgendwo in der Nähe plätscherte ein Bach und kleine Schmetterlinge (Elias hoffte, dass es keine Elfen waren) flatterten hie und da umher. Sonst war nichts zu sehen. Und dennoch wollte die innere Unruhe nicht von ihm lassen.

»Elias!«

Billie und Manu waren bereits ein gutes Stück vorangekommen und bedeuteten ihm ungeduldig, sich wieder in Bewegung zu setzen. Sein Kopf zuckte zur Seite, als er zu seiner Rechten ein Rascheln hörte. Huschte da etwas durch die Büsche, versteckte sich vor ihnen?

»Elias!«

»Ich komme ja schon.«

Elias war offenbar nicht der Einzige, der sich beobachtet fühlte. Billies Augen waren ständig in Bewegung. Sie legte ihren Kopf in den Nacken und suchte den Himmel ab, sie verrenkte sich, so weit sie konnte, um zu sehen, was hinter ihr war und sie zuckte, genau wie Elias, bei jedem Geräusch zusammen.

Je länger sie ritten, desto stärker beschleunigte sich Elias' Puls und er musste immer mehr dem Drang widerstehen, seinem Pferd die Fersen in die Seiten zu hieben und sich so schnell wie möglich aus dem Staub zu machen. Doch so sehr er sich auch anstrengte, er konnte nicht das geringste Zeichen dafür entdecken, dass sie verfolgt wurden.

Knackende Zweige wurden von kleinen Tieren verursacht, die aufgescheucht davonliefen, wenn Elias dem Geräusch auf den Grund gehen wollte und vermeintlich reglose Gestalten, die sich hinter Bäumen versteckten, stellten sich als der Schatten dieses Baumes heraus.

Elias hatte sich noch nie beobachtet gefühlt und gerade deswegen beunruhigte ihn das unbekannte Gefühl. Fast wünschte er sich, Gethin oder eine Todesfee würden endlich auftauchen, damit er wenigstens eine Bestätigung für seine Befürchtungen hatte.

Einzig Manu hatte die Welt um sich herum ausgeschlossen. All seine Sinne konzentrierten sich auf Tia, streichelten ihre Hände und strichen ihr die schweißnassen Haare aus der Stirn. Er sprach leise mit ihr und sah nur hin und wieder auf, um sich zu vergewissern, dass sie sich noch auf dem richtigen Weg befanden.

Gegen Mittag kamen sie an einen schmalen, fast ausgetrockneten Bach zum Halten. Elias und Billie machten es sich im Gras bequem und untersuchten die kläglichen Reste in ihrem Proviantbeutel. Bis sie am Portal ankamen, würden sie sich mit dem Essen zurückhalten müssen.

»Schade, dass die Frau uns keine Kekse mitgegeben hat. Die waren echt lecker.«, meinte Billie und Bedauern schwang in ihrer Stimme mit.

Sie bemerkte Elias Blick und verstummte.

Manu aß gar nichts. Er hatte Tia behutsam von Pferd gehoben und sie ebenso behutsam neben den Bach ins Gras gelegt. Sorgfältig wickelte er ein Leinentuch von Tia ab, wusch es notdürftig mit etwas Wasser aus und verband Tia dann wieder, bevor er sich dem nächsten Tuch zuwandte.

Elias wandte den Blick ab. Er hatte schon oft Fleischwunden gesehen, doch Fernsehen und Realität waren nicht das Gleiche, wie sein rebellierender Magen ihm unmissverständlich klar machte.

Manus Prozedur zog sich eine ganze Weile hin, doch weder Billie noch Elias wagten es, ihn dabei zu stören. Sie waren sich nicht einmal sicher, ob er sie überhaupt gehört hätte, so versunken war er in seine Arbeit.

Erst als Tia komplett versorgt war, brachen sie wieder auf. Sie hatte im Haus der alten Frau eine Menge Zeit verloren und so ritten sie, so schnell sie es wagten, ohne Tia dabei zu sehr zu belasten. Tias Pferd war ihnen die ganze Zeit gefolgt. Es machte einen zufriedenen Eindruck und Elias war sich sicher, dass es sich nicht darum kümmerte, was mit seiner Reiterin passiert war. Es genoss die Gesellschaft der anderen Pferde, rupfte ab und zu an ein paar Grashalmen und trabte unbeschwert und ohne zusätzliches Gewicht neben ihnen her.

Elias hörte, wie Billie dem Pferd einmal ein »Kameradenschwein« zu zischte und grinste in sich hinein.

Tatsächlich fühlte er sich nach der kleinen Rast um einiges besser. Das Kribbeln in seinem Nacken war verschwunden und er verspürte auch nicht mehr den Drang, sich ständig umzusehen.

Dennoch schwebte eine Frage immer wieder durch seinen Kopf: *Warum haben sie uns noch nicht entdeckt?*

Was er aus Tias Erzählungen erfahren hatte, war, dass Königin Nila einen Zauber über das Land gelegt hatte, der Menschen sofort ortete. Sie waren mit drei Menschen unterwegs, die Todesfeen müssten sich überschlagen vor Begeisterung.

Warum also war noch keine von ihnen hier aufgetaucht?

Vielleicht hatte Manu ja Recht gehabt. Nach all der Zeit glaubte niemand mehr, dass sich in diesen Teil des Landes noch Menschen verirrten.

Aber warum hatte die Königin dann keine ihrer Todesfeen ausgesandt, um sich zu vergewissern?

Vielleicht war es tatsächlich so, dass der Zauber im Laufe der Jahre seine Wirkung verloren hatte, ohne dass es Nila aufgefallen war.

Welche Antwort er auch in Betracht zog, sie erschienen ihm alle unwahrscheinlich und an eine unverhoffte Glückssträhne wollte er auch nicht glauben.

Die Wirkung des Zaubers war nicht verflogen, dessen war er sich sicher. Nila hasste Menschen und würde sich eine solche Nachlässigkeit nicht erlauben. Vielleicht schlichen die Todesfeen ihnen nach, beobachteten sie heimlich und warteten nur auf den geeigneten Moment, um zuzuschlagen.

Doch aus was für einem Grund sollten sie das tun? Es war zum Verrücktwerden. Elias wog Möglichkeit um Möglichkeit ab, doch keine seiner Überlegungen führte ihn zu einer plausiblen Erklärung.

Er fragte Billie nach ihrer Meinung.

»Glück« war ihre Antwort, doch sie klang nicht sehr überzeugt, »Vielleicht haben die anderen Todesfeen genau wie Tia eingesehen, dass es falsch ist, zu Töten und haben deswegen ebenfalls das Königreich verlassen.«

»Das wird es sein«, meinte Elias, »Hast du übrigens schon gehört, dass der Kaiser von China sich einen Nachfolger auserkoren hat?«

»Wirklich? Wen?«

Elias grinste.

»Mich.«

»Oh, ha ha, sehr witzig. Das ist jetzt nicht der richtige Zeitpunkt für dumme Witze.«

»Genauso wenig, wie für dumme Überlegungen.«

»Hast du eine bessere Erklärung? «

Die hatte er nicht.

Sie ritten weiter und es dauerte nicht lange, bis Elias wieder das unangenehme Kribbeln in seinem Nacken verspürte. Er lenkte sein Pferd neben Manu.

»Fällt dir gar nichts auf?«, fragte er ihn.

Es konnte doch nicht sein, dass Manu absolut kein bisschen von dem mitbekam, was um sie herum geschah – oder nicht geschah.

»Sollte mir irgendwas aufgefallen sein?«

»Nein«, mischte sich Billie ein, »Und genau da liegt das Problem.«

»Wir sind bisher noch keiner einzigen Todesfee begegnet. Findest du das nicht merkwürdig?«

»Eine Todesfee ist das letzte, was wir jetzt gebrauchen können. Seid froh, dass uns noch keine begegnet ist.«

»Ich will mich ja auch nicht beschweren. Es ist nur seltsam und außerdem ... «

»... haben wir das Gefühl, dass wir verfolgt werden«, führte Billie den Satz zu Ende.

Einen Moment lang herrschte absolute Ruhe und Elias dachte, dass Manus Aufmerksamkeit wieder uneingeschränkt Tia galt, aber dann bemerkte er, dass alle Sinne des Waldreiters bis aufs Äußerste angespannt waren. Er rührte sich nicht und dennoch untersuchte er die nähere Umgebung genauestens.

Elias glaubte deutlich zu spüren, wie Blicke sich durch seinen Rücken bohrten, doch er getraute sich nicht, sich umzudrehen.

Die Minuten verstrichen und weder Billie noch Elias wagten es, mehr als nötig zu atmen. Schließlich fixierten Manus Augen einen Punkt direkt hinter Elias.

254

»Da ist jemand«, sagte er leise.

Elias Selbstbeherrschung war dahin. Er wirbelte herum und seine Augen nahmen jedes noch so kleine Detail aus dem Gebüsch hinter ihm auf.

»Da ist niemand«, sagte er, nachdem er sich mehr als einmal vergewissert hatte, dass er Recht hatte.

»Nicht mehr«, stimmte Manu ihm zu, »Aber irgendjemand hat uns beobachtet. Ihr hattet Recht.«

»Und jetzt?«, fragte Billie, die Augen noch immer auf die Stelle gerichtet, die Manu fixiert hatte.

»Wir können nichts machen. Wir müssen weiter. Haltet die Augen offen. Vielleicht haben wir Glück und unser heimlicher Beobachter will wirklich nur beobachten. Ich glaube aber, es wäre auf jeden Fall besser, wenn wir heute Nacht abwechselnd Wache halten.«

Manus Worte beruhigten Elias nicht. Im Gegenteil. Als er selber das Gefühl hatte, dass sie beobachtet wurden, konnte er sich immer noch damit beruhigen, dass er sich vielleicht irrte. Der siebte Sinn war bei ihm noch nie besonders ausgeprägt gewesen.

Doch jetzt hatte er die Bestätigung. Manu irrte sich nicht, dessen war Elias sich sicher. Seine Sinne waren trainierter, zuverlässiger.

Warum wurden sie beobachtet? Wollte ihr Verfolger einschätzen, ob sie eine Gefahr für ihn darstellten?

Elias hoffte inständig, dass sie dem Verfolger wirklich gefährlich werden konnten und dass dieser es auch wusste. Oder sich zumindest solange unschlüssig bleiben würde, bis sie den Weg durch das Portal geschafft hatten.

Die Stimmung war angespannt, als sie ihren Weg fortsetzten.

Elias betrachtete mit zunehmender Sorge seine Schwester. Sie gab sich betont gleichgültig, doch er kannte sie besser. Wenn sie sich von ihm und Manu unbeobachtet fühlte, ließ sie zu, dass ihre wahren Gefühle die Oberhand über ihren Gesichtsausdruck gewannen. Sie hatte dunkle Ringe unter den Augen, wirkte den Tränen nahe und saß mit zusammen gesunkenem Oberkörper auf ihrem Pferd. Elias musste nicht raten, um zu wissen, was in ihr vorging, denn ihm erging es nicht viel anders. Sie vermisste ihre Eltern und wollte unbedingt das Portal erreichen. Doch sie hatte auch eine unglaubliche Angst, vor dem Unbekannten, was vor ihnen lag.

Noch ein Tag, dachte Elias, *dann hast du es geschafft. Dann haben wir beide es geschafft.*

Er konnte kaum glauben, dass sie erst vor wenigen Tagen den Weg in diese wundersame fremde Welt gefunden hatten. Ihre erste Begegnung mit Manu lag in unendlich weiter Ferne zurück und die Erlebnisse der vergangenen Tage waren ihm ausreichend Abenteuer für ein ganzes Leben.

256

Die Landschaft um sie herum wurde in das rosarote Licht der untergehenden Sonne getaucht, bis sie endlich eine Stelle erreicht hatten, die Manu für sicher genug hielt, um dort die Nacht zu verbringen.

Elias musste zugeben, dass der Platz perfekt war. Mehrere große Felsen, wie wahllos in die Umgebung gewürfelt, ragten vor ihnen empor. Vier davon bildeten eine ideale Formation, die sie von drei Seiten schützen würde.

Sie banden die Pferde einige Meter von den Felsen entfernt versteckt im Gebüsch fest. Es stellte sich als etwas kompliziert heraus, vier Tiere dieser Größe vor anderen Blicken zu verbergen, doch wer nicht allzu genau hinsah, würde sie nicht sofort entdecken.

Die Felsen schienen das wärmende Licht der Sonne in sich aufzunehmen und in ihr Innerstes zu leiten. Elias hatte es immer genossen, wenn mit der untergehenden Sonne die unerträgliche Hitze des Tages verschwand, doch heute fröstelte er.

Manu wollte es jedoch nicht riskieren, ein Feuer zu entfachen.

»Wir sollten so wenig Aufmerksamkeit wie möglich auf uns lenken.«

Elias wusste, was er meinte.

Vor nicht einmal einer Stunde hatten sie am Horizont aufgehende Rauchschwaden entdeckt. Ein größeres Dorf, das die perfekte Filmkulisse für einen Historienfilm hätte bilden können, hatte sie zu einem weiteren Umweg gezwungen.

Ziegen und Schweine liefen durch die verdreckten Straßen, Männer riefen und Kinder lachten. Die Versuchung, in der Menge unterzutauchen, war groß, doch sie alle befürchteten, dass Gethin aus diesem Grund zunächst Dörfer und Städte nach ihnen absuchen würde. Und davon waren ihnen zuletzt nicht mehr all zu viele begegnet.

Zudem waren sie nicht sicher, wie die Bewohner dieses Teils von Ot'rona auf Menschen reagierten. Teilten sie die Meinung ihrer Königin?

Sie aßen schweigend. Elias stellte fest, dass sein Proviantbeutel bis auf einen trockenen Kanten Brot zusammen geschrumpft war. Er hob ihn sich für das Frühstück auf, ebenso wie die halbe Flasche lauwarmen Wassers, die er noch hatte.

Sehnsüchtig dachte er an das zischende Geräusch einer Getränkedose, die er zu Hause frisch aus dem Kühlschrank würde holen können.

Was würde es für ein schönes Gefühl sein, die eiskalte Cola seine Kehle herunter rinnen zu lassen. Er versuchte, sich an den Geschmack von Cola zu erinnern, doch er konnte es nicht.

Waren sie wirklich erst seit ein paar Tagen in Ot'rona?

Er bot sich an, die erste Wache zu halten. Er hätte ohnehin nicht schlafen können, selbst wenn er

258

gewollt hätte. Die Vorfreude auf den morgigen Tag hielt ihn hellwach, ebenso wie die innere Unruhe.

Dort zwischen den Büschen und Bäumen schlich vielleicht in diesem Moment jemand herum und entdeckte ihre Pferde. Er huschte näher, seine Augen durchbohrten die Nacht und nahmen vier Reisende wahr, die sich inmitten der Felsen versteckten. Von drei Seiten abgeschirmt, keine Möglichkeit, zu entkommen. Nur die Chance, nach vorn zu fliehen, und dort würde er dann stehen.

Elias schüttelte seinen Kopf, um die Gedanke zu vertreiben.

»Schluss!«, befahl er sich selber.

Er durfte nicht zulassen, dass die Angst, die er so mühevoll nieder gekämpft hatte, ihn jetzt wieder vollends in Beschlag nahm.

Er starrte in die einsetzende Dunkelheit und versuchte, sich abzulenken, indem er sich ausmalte, was in nicht allzu ferner Zukunft zu Hause auf ihn warten würde: sein eigenes Bett, eiskalte Cola, ein Kleiderschrank voll sauberer Kleidung, Isabell …

Stopp.

Erneut hatten die Gedanken sich seiner Kontrolle entzogen.

Was hatte Isabell schon wieder in seinem Kopf zu suchen? Das Thema war abgehakt, erledigt. Es war ja nicht so, dass sie das einzig hübsche Mädchen seines Jahrgangs war.

»Ist das Blut?«

Elias zuckte zusammen und drehte sich um.

Tia hatte sich die Augenbinde vom Kopf gezogen. Er sprang auf sie zu, um den Stoffstreifen wieder nach oben zu ziehen, doch dann sah er, dass Tias Augen ihre normale Farbe angenommen hatten.

Sie war vollkommen bei Bewusstsein.

Er hockte sich neben ihr auf den Boden und betrachtete sie eingehend.

»Wie geht es dir?«

Tia hob mühsam ihren Kopf und sah ihn an.

»Ist das Blut?«, fragte sie erneut und deutete auf ihren linken Arm und die teilweise noch durchnässten Verbände.

»Ja«, sagte Elias und vermied es, eine Erklärung zu alledem abzugeben. Er war sich nicht sicher, an wie viel Tia sich erinnerte und ob diese Erinnerungen sie wieder in ihren gefährlichen Zustand zurückwerfen würden.

Tia ließ ihren Kopf auf den Boden sinken und schloss die Augen.

»Ich glaube, mir wird schlecht.«

Elias verstand zunächst nicht, was sie meinte. Dann dämmerte es ihm.

»Du kannst kein Blut sehen?«

Tia verzog das Gesicht und presste die Augen weiter fest zusammen.

»Und erst recht nicht mein eigenes.«

Elias hätte um ein Haar gelacht. Eine Todesfee, die kein Blut sehen konnte. Ihm fiel nicht Besseres ein, als Tia mit einer Wolldecke zuzudecken und so die Verbände zu verdecken, doch es schien zu helfen.

»Soll ich Manu wecken?«

Tia schüttelte den Kopf.

»Lass ihn schlafen. Er wird seine Kräfte brauchen.« Ihr Atem klang rasselnd, doch er ging gleichmäßig. »Ich habe ein ungutes Gefühl.«

Elias horchte auf. Also lag es nicht nur an ihm.

»In welcher Hinsicht?«

»Ich weiß es nicht. Irgendwas wird passieren.« Sie hob den Kopf und riss die Augen auf. »Was ist passiert? Wo sind die Harpyien?«

Tia machte ein Gesicht, als wäre ihr eben erst wieder eingefallen, woher ihre Wunden rührten.

Elias erzählte ihr in knappen Sätzen, was ihnen widerfahren war und stellte erstaunt fest, dass Tia lächelte.

»Gethins Oma hat euch mit einem Gewehr bedroht? Das hätte ich zu gerne gesehen.«

»Du glaubst, dass es seine Großmutter war?«

»Nein. Aber es sieht ihm ähnlich. Eine alte Dame auszunutzen, um mir das Leben schwer zu machen. Hätte ich mich doch nur nie auf ihn eingelassen.«

Elias schwieg, doch insgeheim stimmte er ihr zu. Er und Billie wären überhaupt nicht in Ot'rona gelandet, wenn Tia nicht auf der Flucht vor Gethin ausgerechnet in Elias' Kleiderschrank aufgetaucht wäre.

»So viel Mitleid brauchst du mit dieser Alten nicht zu haben«, sagte er, »Wenn sie ein wenig besser gezielt hätte, dann wären wir durchlöchert gewesen, wie ein Schweizer Käse.«

»Was ist das?«

»Was?«

»Ein Schweizer Käse.«

Elias wollte antworten, doch Tias Anblick ließ ihn erschrocken verstummen. Sie hustete einmal kurz und aus ihrem Mundwinkel floss ein dünnes Blutrinnsal. Sie hatte ihre Augen geschlossen und ihre Lippen waren genau so weiß wie der Rest ihres Gesichts.

Elias legte ihr seine Hand auf die Stirn und spürte die Hitze schon, bevor er die trockene Haut berührte. Sie schien seine Berührung überhaupt nicht zu registrieren.

»Die Schweiz ist ein kleines Land in Europa...«, begann er zu erzählen und versuchte, sich seine Besorgnis nicht anmerken zu lassen. Er hatte gehofft, es wäre ein Zeichen der Besserung, dass Tia ihr Bewusstsein wiedererlangt hatte. Doch jetzt schien es ihr schlechter als zuvor zu gehen.

Elias erzählte von der Schweiz und ließ dabei seinem Erfindungsreichtum freien lauf. Er war nie in der Schweiz gewesen, geschweige denn, dass er

262

sich näher mit diesem Land beschäftigt hatte, doch das verschwieg er Tia.

Als er ihr von der berühmten Schweizer Schokolade berichtete, verzogen sich ihre Lippen zu einem Lächeln.

»Da möchte ich auch gerne mal hin.«

»Ich auch«, sagte Elias, nicht weil er ihr zustimmte, sondern einfach, um überhaupt etwas zu sagen.

»Vielleicht gehe ich dahin«, flüsterte Tia, »In die Schweiz. Wenn ich durch das Portal bin. Es scheint schön dort zu sein.«

»Hm«, machte Elias.

Er war sich mittlerweile nicht mehr sicher, ob Tia in diesem Zustand das Portal je erreichen würde.

Er beschloss, Manu zu wecken. Der Waldreiter blinzelte ihn verschlafen an.

»Bin ich schon dran mit Wache halten?«

»Tia ist bei Bewusstsein.«

Manu fuhr augenblicklich hellwach in die Höhe. Er setzte sich neben Tia und beugte sich über sie. Bevor er etwas sagen konnte, hatte sie ihre Augen geöffnet und lächelte ihn an.

»Hi«, sagte sie.

»Hi.«

Manu griff ihre Hand und zuckte gleich darauf zusammen, als hätte er sich verbrannt.

»Du hast Fieber«, stellte er besorgt fest und Tia lachte heiser.

»Das ist im Moment mein geringstes Problem.«

Sie bemerkte Manus Gesichtsausdruck und sagte: »Mach dir keine Sorgen. Ich habe schon Schlimmeres überstanden.«

Sie hustete. »Ich kann mich gerade an nichts Bestimmtes erinnern, aber - «

Elias schaute alarmiert auf, als Tia nicht mehr weiterredete.

»Ist sie … «

»Sie ist ohnmächtig geworden.«

Elias atmete erleichtert aus und fing sich einen vorwurfsvollen Blick von Manu ein.

»Sie wird es schaffen.«

»Wird sie«, sagte Elias und hoffte, dass er dabei überzeugter klang, als er sich fühlte.

»Aber sie braucht einen Arzt.«

Elias schwieg. Einen Arzt hätte sie schon nach dem Angriff der Harpyien brauchen können, jetzt war es vielleicht zu spät.

Er schluckte, doch der große Klumpen in seiner Kehle blieb, wo er war.

»Habt ihr in eurer Welt Ärzte?«

Zuerst verstand Elias die Frage nicht, aber dann fiel ihm ein, dass Manu jegliche Erinnerungen an die Menschenwelt, aus der ja auch kam, verloren hatte.

»Ob wir … natürlich haben wir Ärzte. Zufällig ist mein Vater selber einer.«

»Ach ja?« Manu horchte auf.

»Naja, er ist Zahnarzt«, räumte Elias ein, »aber wir werden einen Notarzt rufen, sobald wir zu Hause sind.«

Falls sie solange durchhält, führte er den Satz im Stillen zu Ende.

Manu nickte.

»Gut. Wir brechen morgen gleich nach Sonnenaufgang auf. Wenn wir ohne Zwischenfälle vorankommen, sind wir kurz nach Mittag am Portal. Das Portal selber wird sich um drei Uhr nachmittags öffnen, also haben wir noch genug Zeit.«

Elias gähnte.

»'Tschuldigung.«

»Leg dich schlafen. Ich werde Wache halten. Ich könnte jetzt ohnehin nicht wieder einschlafen.«

Dasselbe hatte Elias vor ein paar Stunden auch gedacht und dennoch war er inzwischen hundemüde. Er versuchte vergeblich, es sich auf dem harten Boden so bequem wie möglich zu machen, und es dauerte lange, bis er endlich einschlief.

DREIZEHN

Er wurde unsanft von Billie geweckt, die seinen linken Oberarm gepackt hatte und ihn daran hin und her schüttelte.

»Los, steh auf«, rief sie und klang dabei so gut gelaunt, dass Elias tatsächlich die Augen öffnete, um den Grund dafür zu erfahren.

»Tia ist wach.«

Elias hob den Kopf und stützte sich auf seine Ellenbogen.

Einige Meter entfernt saß Tia, mit dem Rücken an einen der Felsen gelehnt und knabberte ein paar getrocknete Früchte, die sie in den Händen hielt. Elias merkte, wie sehr es ihn erleichterte, die Fee endlich einmal etwas essen zu sehen.

Sie war immer noch sehr blass, doch sie erschien gesünder als am Abend zuvor und das Lächeln, das sich hin und wieder auf ihr Gesicht stahl, wirkte nicht mehr gequält.

Manu saß neben ihr und ließ sie keine Sekunden aus den Augen, während er darauf achtete, dass die Decke, die sie immer noch einhüllte, nicht verrutschte.

Elias frühstückte, wenn man das karge Mahl, das ihm geblieben war, überhaupt ein Frühstück nennen konnte und Billie saß mit strahlenden

Augen neben ihm. Sie zwirbelte ihre Haare, wippte mit den Füßen und grinste ihn ununterbrochen an.

»Was ist denn mit dir los?«, fragte Elias nach einer Weile genervt. Fast schon befürchtete er, dass Billie wieder eine Ladung Elfenstaub eingeatmet hatte.

»Wir gehen heute nach Hause«, sang sie mit einer selbst erfundenen Melodie und schwang dabei euphorisch ihre Arme hin und her, »und wir sehen Mama und Papa wieder.«

Dann wurde sie ernst. »Und ich werde Maeve nichts von dieser Welt erzählen.«

»Nicht?« Elias hörte auf zu kauen. Er war ehrlich überrascht.

»Nein.« Billie schüttelte den Kopf, »Sie würde versuchen herzukommen und ich möchte ihr die Grauntlinge und die Harpyien nicht zumuten.«

Elias dachte bei sich, dass man Maeve lieber nicht den Grauntlingen zumuten sollte, aber er hielt den Mund.

Billie hatte wieder ihr breites Grinsen aufgesetzt und er ahnte, dass der Grund für ihre hervorragende Laune noch ein anderer war.

»Was?«

Billie grinste immer breiter und nickte mit dem Kopf in Richtung von Tia und Manu.

Elias folgte ihrem Blick.

»Ist das nicht romantisch?«, seufzte Billie.

267

Elias konnte beim besten Willen nichts Romantisches an einer schwer verletzten Fee finden, aber Billie plapperte bereits weiter:

»Die beiden sind ja schon lange ineinander verliebt, aber sie wollten es sich die ganze Zeit nicht eingestehen. Vor allem Tia nicht. Immerhin ist Manu ein Mensch und sie hätte ihn fast umgebracht und dann war da noch die Trauer über Novan. Sie hatte das Gefühl, sie würde ihn betrügen, wenn sie sich zu ihren Gefühlen für Manu bekennen würde, was natürlich Unsinn ist, aber … hach, ist das schön anzusehen.«

Billie strahlte, als hätte sie persönlich die beiden verkuppelt.

»Und das haben sie dir alles erzählt?«, fragte Elias. Er warf erneut einen Blick auf Manu und Tia. Sicher, der Waldreiter war Tia gegenüber sehr fürsorglich, aber angesichts ihres Zustandes erschien es ihm nicht weiter ungewöhnlich.

»Nein, du Idiot.«

»Und woher weißt du das dann?«

»Es hat doch wirklich jeder die Funken gesehen, die zwischen den beiden hin und her gesprüht sind. Hast du gar nicht bemerkt, wie sie immer miteinander umgegangen sind?«

Elias überlegte kurz.

»Ich glaube nicht.«

Billie stöhnte und verdrehte die Augen. »Kaum zu fassen. Du raffst es ja *wirklich* nicht. Wo hast du

268

nur den Kopf, dass dir selbst die offensichtlichsten Dinge nicht auffallen?«

»Bei - «, fing Elias an, dann biss er sich hastig auf die Zunge.

Bei Isabell, hatte er sagen wollen, doch das ging seine Schwester nun wirklich nichts an. Zumal er ja gar nicht in Isabell verliebt war.

Billie seufzte und sah Manu und Tia mit verträumtem Blick an. Elias versuchte erneut, etwas aus ihrem Verhalten zu erkennen.

Zugegeben, die beiden saßen sehr nahe zusammen und so oft, wie Manu die Decke richtete, rutschte sie gar nicht. Aber was hieß das schon?

Das Funkeln in Tias Augen konnte auch den gleichen Grund haben, wie das Funkeln in Billies Augen: Sie hatten ihr Ziel fast erreicht.

Er betrachtete eingehend Manus Gesicht und hoffte, sollte es sich wirklich um Verliebtsein halten, dass er Isabell nicht mit dem gleichen dümmlichen Gesichtsausdruck angesehen hatte.

»Die beste Medizin«, sagte Billie und stütze ihren Kopf auf die Hände.

Elias hob fragend eine Augenbraue.

»Hast du nicht gemerkt, wie schlecht es Tia ging? Natürlich nicht, du merkst ja nie etwas. Aber solche Extremsituation schweißen zusammen und wieder mal haben wir den Beweis dafür, dass Liebe beste Heilmittel ist.«, sagte Billie.

Elias verdrehte die Augen.

Wieder mal. Was sollte das denn heißen?

»Als ob du Ahnung von Liebe hättest.«

»Mehr als du«, entgegnete Billie schnippisch und Elias beschloss, den Streit nicht weiter zu führen. Sie würde ohnehin nicht aufgeben.

Auch wenn sie noch einige Stunden Zeit hatten, bevor das Portal sich öffnen würde, drängte Billie zu einem baldigen Aufbruch. Ihre bisherige Reise war von Hindernissen gespickt gewesen und dennoch hatten sie nicht allzu viel Zeit verloren. Es wäre undenkbar, wenn ihnen nun, kurz vor dem Ziel, etwas zustoßen würde, was alle Mühen umsonst machte.

Tia war immer noch nicht kräftig genug, um sich von selbst auf dem Pferderücken zu halten, und so saß sie wieder vor Manu. Er legte einen Arm um sie, um sie am Herunterfallen zu hindern, und Tia lehnte sich gegen seine Brust und schloss lächelnd die Augen. Sie machte einen so vollkommen zufriedenen Eindruck, dass Elias fast neidisch wurde.

Billie warf ihm einen triumphierenden »Ich hab's dir doch gesagt«-Blick zu.

Es ging stetig bergauf und sie kamen nur langsam voran.

Das Wetter hatte sich verändert. Die Luft legte sich schwer und drückend über sie und es zogen Wolken auf, die sich zunächst nur vereinzelt am

270

Himmel zeigten, dann jedoch innerhalb kürzester Zeit zu dichten grauen Bergen zusammen ballten. Dunkel und tief hingen sie über dem Land.

Es war, wie schon die Tage zuvor, absolut windstill, doch nun empfand Elias das Wetter wie die Ankündigung einer Bedrohung.

Er spürte, dass ihnen etwas bevorstand, etwas, dass bereits seit Tagen feststand. Sie waren den Todesfeen bisher nicht begegnet, doch Elias ahnte, dass sie diese Reise nicht beenden würden, ohne dass noch etwas geschah, was keiner von ihnen herbeisehnte.

Die absolute Windstille wirkte, wie eine greifbar gewordene Ruhe vor dem Sturm.

Elias fröstelte trotz der drückenden Hitze und das mulmige Gefühl in seiner Magengegend setzte wieder ein.

Sie wurden wieder verfolgt, dessen war er sich sicher. Genauso, wie er sich sicher war, dass ihr Verfolger sich bald zeigen würde.

Sie waren seit etwa einer Stunde unterwegs, als Elias ein Rauschen vernahm. Billie hatte es auch gehört. In ihrem Blick spiegelten sich Besorgnis und Aufregung.

»Das ist der Fluss Mércru«, sagte Manu überflüssigerweise.

Das Rauschen wurde mit jeder Minute, die sie weiter ritten, lauter, doch der Fluss war bisher nicht zu entdecken. Elias konnte ihn schon fast vor sich sehen, wie er sich tosend seinen Weg durch die immer bergiger werdende Landschaft bahnte. Das Geräusch wurde stetig lauter und er rechnete fest damit, dass sie bald einen Wasserfall erreichen würden. Kein Fluss, den er kannte, verursachte einen solchen Lärm.

In der Ferne erkannte er, dass der Horizont von einem schneebedeckten Gebirge gesäumt wurde.

Er fragte sich, ob dies der Nordkamm war, auf dem die Todesfeen einst gezwungen waren zu leben.

Sie setzten ihren Weg fort und überquerten einen steinigen, zerklüfteten Hügel.

Der Anblick, der sich ihnen dahinter bot, ließ Elias an seinem Verstand zweifeln. Ein tosender Fluss zerteilte die Landschaft.

Er war sehr breit, genau, wie er ihn sich vorgestellt hatte, und bahnte sich rauschend seinen Weg durch die felsige Umgebung, schäumte und riss Äste mit sich, die vom Wasser mal verschlungen, mal wieder empor geschleudert wurden.

Doch etwas stimmte an dem Anblick nicht.

Elias musste mehrmals hinschauen, bevor er erkannte, was ihn daran so zweifeln ließ.

Der Fluss floss bergauf.

Elias blinzelte, doch das Bild, das sich ihm bot, hatte sich nach wie vor nicht geändert. Entgegen aller naturwissenschaftlichen Gesetze strömte der

272

Fluss in genau die entgegengesetzte Richtung, die er eigentlich hätte einschlagen müssen.

Elias hatte sich mittlerweile damit abgefunden, dass in Ot'rona einiges anders war, als er es aus der ihm bekannten Welt kannte.

Aber Magie konnte doch nicht einfach die Schwerkraft aufheben.

Er hatte nicht genug Zeit, um den seltsamen Anblick auf sich wirken zu lassen, denn plötzlich hörte er hinter sich ein Geräusch, das ihn herumfahren ließ. Zeitgleich glaubte er, dass ein leichter Windstoß quer über seinen Rücken fuhr, dabei war es nach wie vor absolut windstill. Für den Bruchteil einer Sekunde glaubte er, eine Gestalt gesehen zu haben, die sich rasch hinter einen Felsen duckte, als er sich umgedreht hatte.

Er brachte sein Pferd dazu, einige Schritte in die Richtung zu gehen, in der die Gestalt vermutete, dann blieb er zögernd stehen. Es war niemand zu sehen, doch er traute sich nicht, die Felsen näher in Augenschein zu nehmen.

Wen oder was er zu sehen geglaubt hatte, hatte nicht versucht, ihn anzugreifen. Vielleicht war es nur ein Tier gewesen. Oder etwas anders, aber absolut Harmloses.

»Elias!«

Er drehte sich um.

Billie war mit Manu und Tia schon weit vorausgeritten und jetzt winkte sie ihm ungeduldig, ihnen zu folgen.

Elias warf einen letzten Blick hinter sich und entschied dann, dass er sich geirrt haben musste. Seine Augen hatten ihm einen Streich gespielt, nichts weiter.

Das mulmige Gefühl ignorierend, das sich in ihm meldete, lenkte er sein Pferd herum und beeilte sich, die anderen einzuholen.

VIERZEHN

Der Junge blieb lange mit seinem Pferd auf einer Stelle stehen. Viel zu lange, doch dann drehte er sich endlich um, weil das kleine Mädchen ihn gerufen hatte. Das Geräusch der Hufe auf dem steinigen Boden wurde leiser.

Der Mann hinter den Felsen grinste. Einen imposanten Krieger hatte er da vor sich, einen Helden, der sich von einem Kind herumkommandieren ließ.

Der Junge verschwand und der Mann ließ das Messer, das die Finger seiner rechten Hand wie einen Schraubstock umklammert hatten, wieder sinken. Der aufwändig geschnitzte Griff des Messers hatte tiefe Spuren in seiner Handfläche hinterlassen, doch der Mann merkte es nicht.

Zu sehr war er damit beschäftigt, sich über sich selbst zu ärgern. Das war knapp gewesen. Zu knapp. Er musste vorsichtiger sein.

Die beiden kleinen Menschlein hatten Verdacht geschöpft, doch noch wollte er sich nicht zeigen. Es machte viel mehr Spaß, wenn er mit ihrem Unwissen und ihrer Nervosität spielte.

Außerdem hatte er ihnen versprochen, zu warten. Sie hatten so lange gewartet und wollten nun den passenden Moment auskosten, sich an ihm laben.

Eine vorzeitige Entdeckung würde alles zunichtemachen.

So wie es die Harpyien beinahe getan hätten.

Er ballte die breiten, schwieligen Hände zu Fäusten, als er daran dachte, wie knapp die vier Reisenden diesen fliegenden Ungeheuern entkommen waren.

Um Haaresbreite wäre erledigt gewesen, was er zu erledigen gedacht, seit die Verräterin nicht mehr zurückgekommen war.

Nun, vielleicht hatte er beim letzten Mal nicht darauf geachtet, sich klar genug auszudrücken. Dass Worte alleine nicht genügten, hatte er bereits fest gestellt.

Doch heute bekam er eine neue Chance. Eine neue Chance, die Dinge wieder so hinzubiegen, wie sie ihre Richtigkeit hatten.

Die Verräterin würde bald merken, was sie ihm mit ihrem egoistischen Verhalten angetan hatte.

War dies der Dank für seine Fürsorge?

War dies die Anerkennung der Vergangenheit und für alles, was sie gemeinsam erlebt hatten?

Der Mann malte mit den Zähnen und seine Fingernägel bohrten sich schmerzhaft in seine Handflächen.

»Nach all der Zeit«, zischte er durch seine zusammen gepressten Lippen.

Als er einen Luftzug verspürte und Sekunden später ein leises Rascheln hinter ihm erklang, verzog sich sein Mund zu einem Lächeln.

Er entspannte sich wieder.

»Bald«, versprach er und musste es nicht einmal sehen, um zu wissen, dass sein Mund nicht mehr der einzige war, der lächelte.

FÜNFZEHN

Sie ritten schon eine ganze Weile den Fluss entlang, das zerklüftete Ufer stets an ihrer linken Seite.

Elias fragte sich, woher Manu wissen wollte, wo genau sich das Portal öffnen würde. Außerdem fürchtete er, dass sie schon längst an der fraglichen Stelle vorbei geritten waren.

Manu wandte seine Augen immer nur für wenige Sekunden von Tia ab und machte dabei nicht den Eindruck, als würde er seine Umgebung genau wahrnehmen. Den geheimnisvollen Verfolger schien er komplett vergessen zu haben.

»Ich will dich ja nicht stören«, sagte Billie schließlich und in einem Tonfall, der das Gegenteil besagte, »aber wo genau wollen wir eigentlich hin?«

Manu reagierte nicht, hielt den Kopf gesenkt und sein Pferd trottete im immer gleich bleibenden Tempo am Flussufer entlang.

Billie seufzte und warf einen Blick über ihre Schulter in Elias' Richtung.

Ihre Augenbrauen zogen sich für einen winzigen Moment zusammen und ihr Körper versteifte sich, sodass ihr Pferd für einige Sekunden wie angewurzelt stehen blieb.

278

Elias hielt den Atem an, wagte aber nicht, sich ebenfalls umzudrehen. Vielleicht hatte er sich die Gestalt vorhin nicht eingebildet und sie war ihnen weiter gefolgt. Und wie beim letzten Mal fürchtete er sich vor dem Gedanken, was passieren würde, wenn er zu erkennen gab, dass sie ihren Verfolger entdeckt hatten.

Billies blaue Augen hatten sich zu Schlitzen verengt, doch dann schüttelte sie nur den Kopf, drehte sich wieder um und stemmte ihrem Pferd leicht die Waden in die Seite. Dagmar schüttelte ebenfalls den Kopf, schnaubte kurz und setzte sich dann wieder in Bewegung.

Elias stieß hörbar den Atem aus. Ein Kribbeln zog in seinem Nacken auf und verstärkte sich mit jedem weiteren Augenblick. Seine rechte Hand fuhr nach hinten, doch er wusste, dass er weder ein Insekt noch seinen Sonnenbrand für dieses Gefühl würde verantwortlich machen können.

Er rieb sich über die schweißnasse Haut, dann trieb auch er sein Pferd wieder an und folgte den anderen.

Unter keinen Umständen wollte er alleine zurückbleiben, wenn ihr Verfolger zu dem Entschluss kam, sich zu offenbaren. Und auf keinen Fall würde er den Helden spielen und genauer nachsehen, ob er sich nicht vielleicht doch alles nur einbildete.

Nachdem sie eine weitere Stunde schweigend und ohne besondere Vorkommnisse dem Flusslauf gefolgt waren, platzte Elias der Kragen.

»Manu, wenn wir erst einmal das Portal durchquert haben, kannst du dich den ganzen Tag mit Tia beschäftigen, aber im Moment würde ich es sehr begrüßen, wenn du deine Aufmerksamkeit auf wichtigere Dinge lenken würdest.«

Kaum hatte Elias die letzten Worte ausgesprochen, als Manu auch schon Pferd zügelte. »Wir sind da«, sagte er in einem Tonfall, der verriet, dass er Elias gar nicht zugehört hatte.

Elias und Billie brachten ihre Pferde zum Stehen und sahen sich um. Diese Stelle des Flussufers sah nicht anders aus, als die, die sie bereits hinter sich gelassen hatte. Es war etwas felsiger, vielleicht ein wenig steiler geworden, aber Elias entdeckte keinen Hinweis darauf, dass sich hier in kurzer Zeit ein Portal in eine Parallelwelt, seine Welt, öffnen würde.

Manu zeigte auf ein nahegelegenes Wäldchen auf einer nicht weit entfernten Anhöhe, dessen knorrige Bäume sich dem steinigen Boden widersetzten und ihre Wurzeln in jedem Riss verankerten. Der Fluss rauschte ungehindert die Anhöhe hinauf und bahnte sich seinen Weg unter den Wurzeln und zwischen den Bäumen hindurch, ohne dass seine Strömung dabei an Kraft verlor.

»Dorthin«, sagte Manu.

Elias wollte sein Pferd antreiben, aber Manu schüttelte den Kopf.

»Es wird zu steil für die Pferde.«

»Aber wir können sie doch nicht hier lassen«, protestierte Billie.

»Was sonst?«, fragte Elias spöttisch, »Willst du sie zu Hause ins Wohnzimmer stellen?«

Manu streifte Pferd das Halfter ab.

»Wir schenken ihnen die Freiheit. Sie haben uns treu gedient und jetzt ist es an uns, ihnen unsere Dankbarkeit zu zeigen.«

Elias verdrehte die Augen ob dieser geschwollenen Worte.

Wofür sollte er sich erkenntlich zeigen? Für abwertende Blicke, jedes Mal, wenn er sich dem Tier genähert hatte? Für blaue Flecke an Stellen, über die er lieber nicht nachdenken wollte?

Er streifte seinem Pferd das Halfter ab, ohne eine Spur von Dankbarkeit zu zeigen. Sollte es doch gehen, wohin es wollte.

Doch es wollte nicht gehen. Es blieb stur auf einer Stelle stehen und rührte sich selbst dann nicht, als Elias es anschieben wollte.

»Das machst du nur, um mich zu ärgern«, schimpfte Elias, als es liebevoll an seiner Schulter knabberte.

Billie traf der Abschied um einiges härter. Schluchzend umarmte sie Dagmar. Der Hengst ließ es sich gefallen, doch er sah dabei aus, als würde er sich bereits ausmalen, wie er frei und ohne ein plapperndes Mädchen auf dem Rücken über die Grasebenen galoppieren würde.

Manu legte seine Stirn an die von Pferd und schloss für einen Moment die Augen. Dann strich er dem Hengst über den Kopf und trat von ihm zurück.

Die Pferde nahmen ihre neue Freiheit völlig ungerührt hin. Sie blieben, wo sie waren, und starrten neugierig hinter ihnen her, als sie zu dem kleinen Wäldchen hinaufkletterten.

Der Weg war steiler, als er aussah und es erwies sich zunächst als schwierig, die geschwächte Tia sicher hinaufzubringen.

Manu weigerte sich vehement, sich helfen zu lassen. Er erwies sich als geschickter Kletterer und hatte den Wald letztendlich schneller als Elias und Billie erreicht. Vorsichtig legte er Tia auf den Boden, während Elias sich keuchend an einem Baumstamm nach oben zog.

Neben sich hörte er Billie aufschluchzen und sah, wie sie sich eine Hand vor den Mund schlug.

Elias' Herzschlag beschleunigte sich und er sah sich um. Hatte ihr unsichtbarer Verfolger sich gezeigt?

Doch alles, was er erkennen konnte, waren Felsen, Bäume und das sprudelnde Wasser des Flusses, der bergauf an ihnen vorbeirauschte. Keine mordlustigen Todesfeen. Keine blutrünstigen Ungeheuer. Nichts.

Und dennoch war Manu und Billie jede Farbe aus dem Gesicht gewichen.

»Was habt ihr denn?«, fragte Elias und sah es im gleichen Moment selber.

Tias Gesicht war grau geworden, ihre Augen halb geschlossen und ihr Kopf lag kraftlos auf der Seite.

Elias Knie fühlten sich taub an und er konnte die Übelkeit förmlich schmecken, die seine Kehle hinauf kroch.

Das durfte nicht sein! Nicht jetzt, nachdem sie so kurz vor dem Ziel waren. Fassungslos stand er da, unfähig, einen klaren Gedanken zu fassen.

Neben ihm kullerten Billie stumme Tränen über die Wangen.

Manus hatte den Blick gesenkt, er war zu Boden gesunken und seine Stirn ruhte auf seinem angewinkelten Knie.

Elias konnte seine Augen nicht von Tia abwenden. Er hatte sie heute Morgen noch lachen sehen. Sie hatte sich auf dem Weg der Besserung befunden, dessen war er sich sicher. Und nun, kurz vor dem Ziel, sollte alles vorbei sein?

Doch dann …

Elias' Herz machte einen kleinen Sprung.

Er blinzelte die Tränen, die seinen Blick verschleierten, weg und trat einen Schritt auf die Fee zu. Er hatte sich nicht getäuscht.

Langsam und kaum sichtbar, aber in regelmäßigen Abständen, hob und senkte sich Tias Brustkorb.

Aufgeregt hielt Elias die Luft an und beugte sich über sie. Ihr leiser Atem streifte sein Ohr.

»Manu«, rief er.

Als der Waldreiter nicht sofort reagierte, griff Elias ihm an den Oberarm und kniff kräftig zu.

Manu zuckte zusammen und hob wütend den Kopf, um etwas zu entgegnen, doch dann bemerkte er Tia.

Er ließ sich neben sie auf den Boden fallen, packte sie an beiden Schultern und schüttelte sie.

»Tia, hörst du mich? Wach auf! Wir haben es fast geschafft. Du musst durchhalten.«

Tia antwortete nicht und ihr Kopf kullerte hilflos hin und her.

Elias trat einen vorsichtigen Schritt auf Manu zu und streckte seine Hand aus.

»Ich glaube nicht, dass das eine gute Idee ist.«

Er verstummte, als Tia plötzlich mit einem Ruck die Augen aufriss.

Manu ließ ihre Schultern los und ergriff stattdessen ihre Hand.

»Tia, kannst du mich verstehen?«

Tia wirkte einen Moment abwesend, doch dann blickte sie Manu fest in die Augen.

»Es tut mir leid«, flüsterte sie.

Manu umklammerte ihre Hand und zwang sich zu einem betont fröhlichen Lächeln.

»Schon gut, es braucht dir nicht leidtun.«

Elias' fragte sich, was sie meinte, doch selbst Manu sah nicht so aus, als würde er sie verstehen.

»Es wird alles gut. Du bist ja bei mir.«

»Ich bin bald bei dir«, wisperte sie, »Ich habe es dir gesagt. Wir sehen uns wieder. Bald.«

Manus Mundwinkel zuckten.

»Was redest du da? Ich bin doch bei dir.«

Tia lächelte unbeirrt weiter. Sie hob eine zitternde Hand und strich Manu damit über die Wange.

»Bald, Novan«, flüsterte sie, »Bald.«

Manu schüttelte den Kopf und seine Finger umklammerten immer stärker Tias Handgelenk.

»Ich bin nicht Novan.«

Elias wollte etwas sagen, doch er wusste, dass es das Falsche sein würden, egal, welche Worte er wählte.

Sollte er Manu sagen, dass es Tia nie wirklich besser gegangen war? Dass ihre scheinbare Genesung nur ein letztes Aufbäumen vor dem Unvermeidlichen gewesen war? Dass seine Liebe kein bisschen geholfen hatte?

Tia halluzinierte, das war offensichtlich. Es ging ihr schlechter denn je, auch wenn sie einen fast normalen Eindruck machte.

»Ich musste es tun, Novan«, sagte sie zu Manu, der immer weiter den Kopf schüttelte, obwohl er genau wusste, dass er damit nichts erreichte.

Tias Blick löste sich jetzt von seinem und sie starrte auf einen Punkt hinter Elias. Anklagend hob sie ihren Zeigefinger.

»Sie sind schuld. Sie haben mir alles genommen.«

Sie hustete und lächelte mit triumphierenden Blick.

»Aber dieses Mal werden sie dir nichts anhaben können.«

Elias schluckte. Tia redete wirr.

Wen würde sie als Nächstes sehen?

Er drehte sich um – und stolperte einige Schritte zurück, als er sah, dass Tia nicht halluzinierte.

Vor ihnen hatten sich in einer Reihe fünf Frauen aufgestellt. Sie alle trugen weite schwarze Kleider und aus ihren Rücken wuchsen dunkle schimmernde Flügel, ähnlich denen einer Libelle.

Der Wind spielte mit den langen Haaren der Frauen und gab den Blick frei auf deren spitze Ohren. Das herausstechendste Merkmal waren jedoch die tiefschwarzen Augen, so vollständig von Dunkelheit eingehüllt, dass keine Pupillen mehr erkennbar waren.

Die Frauen zogen ihre Mundwinkel nach oben und entblößten blendend weiße Zähne. Es sollte wohl der Versuch eines Lächelns sein, doch Elias kamen sie vor wie Raubtiere, die ihre Zähne bleckten, kurz bevor sie sie im Kehlkopf der Beute versenkten.

Neben sich hörte er Billie schluchzen. Sie hatte die Todesfeen noch nicht bemerkt, sondern sich neben Manu zu Tia gehockt.

»Sie stirbt. Sie stirbt und wir können nichts dagegen tun.«

»Mach dir nicht draus«, murmelte Elias, fünf paar schwarzer Augen auf sich gerichtet, »Wir werden ihr bald Gesellschaft leisten.«

Ein ihm sehr bekanntes Gefühl setzte ein.

Das Atmen fiel ihm schwerer, sein Hals begann zu schmerzen und seine Kehle verengte sich.

So angestrengt er es versuchte, er konnte seinen Blick nicht senken, sondern stand nur da, mit geöffnetem Mund und seine Finger versuchten hilflos, etwas von seinem Kehlkopf herunterzureißen, was sie nicht greifen konnten.

Eine der Feen trat einen Schritt vor und jetzt war es nur noch sie, die er sah, in deren Blick er versank, und um ihn herum begannen immer mehr Sterne, einen wilden Tanz aufzuführen.

Er keuchte und würgte, aber das bewirke nur, dass der letzte Rest Sauerstoff aus seinen Lungen strömte, während er doch vergebens versuchte, nur mehr davon in sich aufzunehmen. Er taumelte einen Schritt auf die Fee zu, wollte sie von sich wegstoßen, er wollte seine Hand vor die Augen heben und den Blickkontakt unterbrechen, doch seine Hände gehorchten ihm nicht.

Wie durch eine Wand aus Watte hörte er neben sich Billie aufschreien. Er spürte einen stechenden Schmerz in den Rippen, dann in seinen Kniekehlen und schließlich knickten seine Beine ein und er fiel, mit dem Gesicht voran, zu Boden.

Erschrocken sog er die Luft ein – und tat gleich darauf noch einen tiefen Atemzug. Der Bann war gebrochen! Er konnte wieder atmen.

»Mach die Augen zu«, schrie Billie, doch sie hätte sich ihre Worte sparen können.

Elias kniff seine Augen so fest wie noch nie zusammen, wild entschlossen, sie nicht wieder zu öffnen, solange die Todesfeen noch in ihrer unmittelbaren Nähe waren.

Blind tastete er nach seiner Schwester und ergriff ihre schweißnasse Hand. Gemeinsam krochen sie auf allen vieren vorwärts, bis ihre suchenden Finger auf Manu und Tia stießen.

Elias wusste nicht, was ihm mehr widerstrebte: Mit geschlossenen Augen dazustehen und nur anhand weniger Geräusche auszumachen, von welcher Seite die Todesfeen sich anschlichen oder das Risiko, die Augen zu öffnen, dafür jedoch die Position ihrer Gegner ausmachen zu können.

Mit gesenktem Kopf kroch er weiter. Er merkte, wie leise Schritte sich ihm näherten.

»Warum so unhöflich, Menschlein?«, hörte er eine sanfte, viel zu sanfte, Stimme, »Es ist nicht nett, seinem Gegenüber nicht in die Augen zu sehen.«

»Was willst du, Charna?«

Die Frage kam von Tia.

Elias war überrascht, ihre Stimme zu hören. Sie klang kräftig, wütend und stand im völligen Gegensatz zu dem geschwächten Bild Tias, das vor seinem Auge auftauchte.

»Was ich will?« Charna lachte. »Ich will das, was mir zusteht.«

Ihre dünnen Finger strichen langsam durch Elias' Haare und er musste all seine Willenskraft aufbringen, um nicht loszuschreien. Seine Finger umklammerten Billies, doch er war sich nicht sicher, wer bei wem Trost suchte.

»Wir mussten lange genug warten. Jetzt wollen wir auch unseren Spaß haben.«

»Du kannst mich nicht töten, schon vergessen?«

»Wer redet denn von dir? Ich dachte da eher an deine Begleiter.«

Charna seufzte tief. Es klang bedauernd.

»Wie ich sehe, hast du deine Vorliebe für Menschen immer noch nicht aufgegeben. Hast du vergessen, wohin dich das gebracht hat? Sieh dich doch nur an. Du hast deine Flügel verloren, dein Ansehen. Du bist eine Schande für jede von uns.«

Elias kniff seine Augen noch fester zusammen.

Nicht nur, weil er dem Blick der Todesfee entgehen wollte, sondern weil der Drang, die Augen zu öffnen und das Gespräch zwischen Tia und Charna nicht nur zu hören, sondern auch zu sehen, immer stärker wurde.

»Wie lange weiß Nila schon, dass wir in ihrem Land sind?«, fragte Tia.

Charna antwortete nicht sofort. Es war, als müsste sie tatsächlich erst über diese Frage nachdenken.

»Sie wusste es von Anfang an. Es kommt nicht mehr häufig vor, dass sich Menschen in diese Gegend verirren. Kurz glaubte sie sogar, der Zauber hätte seine Wirkung verloren.«

Charna kicherte.

»Eine absurde Vorstellung. Nilas Macht ist viel zu groß, als das ihr ein solcher Fehler unterlaufen könnte.«

»Warum erst jetzt? Wenn sie es doch schon so lange weiß. Ihr hättet die Menschen viel früher töten können.«

»Sie leben noch, weil ich es so wollte.«

Die Stimme, die gesprochen hatte, war männlich und jagte Elias einen eisigen Schauer über den Rücken. Billie neben ihm zuckte zusammen und quetschte schmerzhaft seine Finger.

Er kannte diese Stimme und wenn er nur in Ruhe nachdenken könnte, dann würde er -

»Gethin!«

Tias Ausruf führte dazu, dass er seine Augen aufriss. Er wollte es nicht, doch er musste wissen, mit wem er es zu tun hatte.

Sein Blick flog an den Todesfeen vorbei und heftete sich dann auf den Mann, der leichtfüßig die Felsen hinaufkletterte und sich dann mit verschränkten Armen vor den Todesfeen aufbaute.

SECHZEHN

Trotz der Wärme trug der Mann eine lange, schwarze Lederhose, ein schwarzes Hemd mit langen Ärmeln und darüber einen dunkelroten Ledermantel, der sich im Wind aufbauschte und die imposante Gestalt noch mehr betonte.

Elias schätzte, dass der Mann ihn um mindestens einen Kopf überragte und auch wenn dessen lange Kleidung einiges verdeckte, so war er sich doch sicher, dass er zu der Sorte Mensch gehörte, deren Oberarme den Umfang anderer Leute Oberschenkel hatten.

Elias unterdrückte einen Fluch. Wenn er die Augen geschlossen hielt, konnten die Todesfeen ihm nichts anhaben. Das gleiche würde bei einem wahnsinnigen Bodybuilder leider nicht funktionieren.

Der Mann neigte seinen Kopf in Tias Richtung und grinste schief.

»Hallo Schatz, so trifft man sich wieder. Es freut mich, zu sehen, dass es dir nicht gut geht.«

Elias betrachtet Gethin, seine kräftige Statur und das markante Gesicht.

Kein Wunder, dass er sich mit Erpressungen seinen Lebensunterhalt verdiente. Aber etwas stimmte nicht an dem Bild. Gethin hatte zwar seinen Kopf in Tias Richtung gewandt, doch er starrte mit leeren Augen an ihr vorbei. Die ehemals grünen Pupillen waren von einem weißlichen Schleier getrübt.

Der Mann bewegte seinen Kopf, als würde er den Blick schweifen lassen. Elias fröstelte, als Gehtin sich in seine Richtung drehte. Wie tastende Finger glitt etwas, das an einen Windhauch erinnerte, über seinen Körper. Das Gefühl verschwand erst, als Gethin sein Gesicht wieder Tia zugewandt hatte.

Tia hatte es mit einiger Anstrengung geschafft, sich in eine sitzende Position aufzurichten. Manus Kopf hatte sie an ihre linke Schulter gezogen und ihre Hände bedeckten sein Gesicht. Ihre Augen überzog ein gräulicher Schimmer, der nach einem kurzen Flackern jedoch wieder ihre normale Augenfarbe preisgab.

»Woher?«

»Woher ich weiß, dass du hier bist?«

Gethins Grinsen wurde breiter.

»Achte in Zukunft besser darauf, wie du andere Leute behandelst. Einige könnten Dinge über dich sagen, die du später bereuen wirst.«

»Aindriú.«

Gethin nickte. Er hatte seine Augen mittlerweile direkt auf Tia gerichtet, als könnte er sie tatsächlich sehen.

»Es war unklug, sich mit einem Hüter der Portale anzulegen. Hättest du ihn doch nur umgebracht.«

Das hätte sie, dachte Elias, *wenn ich sie nicht unterbrochen hätte.*

»Und nicht zu vergessen, deine blonde Freundin, der ich zu ewigem Dank verpflichtet bin. Beim zweiten Mal kam sie sogar freiwillig zu mir, nachdem sie selber an der Grenze keinen Erfolg mit euch hatte.«

Billie sog scharf die Luft ein. »Dieses elende Miststück.«

Elias unterließ es, seine Schwester zurechtzuweisen. Er hatte denselben Gedanken gehabt.

»Was hast du mit Charna zu tun?«

Gethin streckte seinen rechten Arm aus und Charna ergriff lächelnd die ihr dargebotene Hand. Elias senkte eilig den Blick, als er sah, wie die Fee in seine Richtung schaute.

»Wir haben Gemeinsamkeiten. Du hast uns beide verlassen und uns damit wütend gemacht. Sehr wütend sogar.«

»Ich bin nicht euer Eigentum.«

»Du stehst unter dem Kommando von Königin Nila. Dich mit diesem … Menschen einzulassen, war Hochverrat«, fauchte Charna.

Gethin hob die Hand und die Todesfee verstummte sofort.

»Ich rede«, sagte er im scharfen Ton.

Elias war überrascht, dass Charna sich diesen Tonfall gefallen ließ. Er hatte sie bisher für die eigentliche Anführerin gehalten.

Doch was hätte sie Gethin androhen können? Er war blind, ihre Kräfte waren bei ihm wirkungslos.

Elias streckte die Finger aus. Billie hatte sich verängstigt an ihm festgekrallt und er spürte ein Kribbeln in seiner Hand, das langsam einem Taubheitsgefühl Platz machte. Er versuchte, sich zu befreien, aber seine Schwester ließ nicht los, sondern krallte sich hingegen noch stärker an ihm fest. Er unterdrückte einen Schmerzlaut.

Gethin sprach weiter.

»Du hast mich verletzt, Tia. Ich hatte geglaubt, das zwischen uns wäre etwas Besonderes. Es war eine schöne Zeit, das musst du zugeben. Wir hatten Geld, wir hatten Macht und das hast du alles aufgegeben. Wofür?«

Er hob seine Hand und richtete seinen Zeigefinger drohend auf Tia.

»Niemand behandelt mich so, wie du es getan hast. Ich dachte, dass hätte ich bereits deutlich genug ausgedrückt.«

Tias Hand zuckte wie von selbst an ihren Rücken, genau an die Stelle, wo früher einmal ihre Flügel gewesen waren.

»Deswegen bist du hier, habe ich Recht? Du willst es zu Ende bringen.«

Gehtin hob mit einer fast entschuldigenden Geste die Schultern.

»Rache. Du enttäuschst mich, Gethin. Ich hätte mehr von dir erwartet. Tagelang verfolgst du uns durch das halbe Land und der Grund ist einzig und allein dein angeschlagenes Ego?«

Gethins Grinsen verschwand aus seinem Gesicht, als hätte ihn jemand geschlagen. Seine Augenbrauen zogen sich zusammen und die Sehnen an seinem Hals traten hervor.

Elias sah sich unauffällig nach einem Fluchtweg um.

Wie gefährlich konnte ein gedemütigter Blinder werden?

»Ich bin euch nicht gefolgt«, sagte Gethin, »Ich habe euch geführt. Und er hat es mir dabei sehr leicht gemacht.«

Er zeigte auf Manu, der vergeblich versuchte, Tias Hand von seinen Augen zu ziehen.

Elias lief ein Schauer über den Rücken.

Er ist blind, dachte Elias, *Manu hat noch kein Wort gesagt. Woher kann Gethin wissen, wo er ist?*

Wieder fiel ihm der merkwürdige Windhauch ein, das tastende Gefühl auf seinem Körper.

»Es war zu offensichtlich, dass er den Grindel befragen würde. Es ist der einfachste und billigste Weg.«

Er sah wieder zu Tias und seine Lippen verzogen sich.

»Leider hat dein Freund nicht bedacht, dass Grindel nicht sehr loyal sind. Die richtigen Argumente können sie überzeugen, Informationen preiszugeben, die der Empfänger gar nicht benötigt.«

Elias versuchte, seine Gedanken zu sortieren. Waren sie die ganze Zeit der wertlosen Wegbeschreibung eines bestochenen Grindels gefolgt?

»Vor zwei Tagen hätte sich ein Portal nicht weit von eurer kleinen Waldlichtung geöffnet. Das hätte mir zwar eine Menge Zeit, aber auch gleichzeitig eine Menge Spaß erspart. Du bist weich geworden, hast deinen Blick für die Gefahren um dich herum verloren.«

»Heißt das, es gibt hier gar kein Portal, das sich öffnen wird?«, entfuhr es Billie. Erschrocken schlug sie sich die Hand vor den Mund.

Gethin beugte sich auf ihre Höhe hinab und lächelte sie an. Fast rechnete Elias damit, dass Gethin ihr den Kopf tätscheln würde.

»Keine Sorge, meine Kleine, das Portal wird sich hier öffnen. Du wirst nur keine Gelegenheit mehr haben, es zu durchqueren.«

Tia öffnet den Mund, um etwas zu sagen, doch Gethin sprach unbeirrt weiter.

»Ich hätte es mir leicht machen können, Liebling. Ich hätte dich schon vor Beginn deiner Reise töten können. Diese lächerliche Haustür war noch nie ein Hindernis für mich.«

Wieder fuhr Tias Hand an ihre Schulter.

»Aber ich habe es nicht getan. Du hast mich wütend gemacht und ich wollte es dir dieses Mal nicht so leicht machen. Denk doch nur an die vergangenen Tage, die ständige Angst, die Unwissenheit, wann und ob deine alten Freundinnen kommen würden, um alles, was du liebst, zu zerstören. War das nicht herrlich?«

Gethins leerer Blick wanderte in Manus Richtung.

»Aber sie haben ihm nichts getan«, stellte Tia fest.

Gethin nickte.

»Noch nicht. Ich habe ihnen befohlen, den Menschen vorerst nichts zu tun. Vorfreude ist doch eine der schönsten Freuden, findest du nicht?«

Charna trat einen Schritt vor.

»Eine Freude, die man nicht überstrapazieren sollte. Wir warten schon so lange, Gethin, und wir versprachen dir, die Menschen, die du uns schicken würdest, so lange nicht anzurühren, bis du es uns gestattest. Aber wir werden langsam ungeduldig.«

Während Charna sich vor Gethin aufbaute, schlichen die restlichen Todesfeen näher.

»Unser Teil der Abmachung ist erfüllt, wir haben sie am Leben gelassen, bis sie ihr Ziel erreichen. Jetzt löse dein Versprechen ein.«

»Meinetwegen«, sagte Gethin und machte eine wegwerfende Handbewegung. Die Feen breiteten ihre schwarzen Flügel aus.

»Denkt daran: Macht mit den beiden Kindern, was ihr wollt. Aber der Waldreiter kommt zuletzt dran. Er soll leiden und sie soll dabei zusehen.«

Die Todesfeen erhoben sich mit einem schrecklichen Lachen in die Lüfte und Elias kniff seine Augen wieder fest zusammen. Selbst durch die Schwärze seiner Augenlider hindurch glaubte er, Gethins Grinsen sehen zu können.

»Da werden Erinnerungen wach, nicht wahr, Liebling? Was wirst du dieses Mal tun? Den Menschen, den du liebst, wieder töten?«

Elias unterdrückte einen Aufschrei, als eine Todesfee ihn mit ihren Flügeln streifte. Jetzt war er es, der Billies Hand zerquetschte.

Eine Fee war neben ihm gelandet, er spürte, wie ihre kalten Finger über seinen Arm strichen, fühlte ihren Atem in seinem Nacken.

»Wehre dich nicht«, wisperte sie in sein Ohr, »Öffne deine Augen. Es wird nicht lange dauern.«

Neben sich hörte er Billie wimmern.

Tia sprach immer noch mit Gethin und Manu rief etwas, doch Elias ignorierte sie alle. Er musste sie ignorieren. Jede Ablenkung würde ihn nur wieder dazu verführen, seine Augen zu öffnen und wenn er es tat, könnte es das letzte Mal gewesen sein.

Die Feen schlichen immer noch um ihn herum, strichen mit ihren Fingern über seinen Körper, flüsterten ihm falsche Versprechungen zu.

Er konnte seine Augen nicht länger zusammen kneifen.

Das Portal. Was, wenn es sich öffnete, ohne dass sie es bemerkten?

Er konnte nicht ewig mit geschlossenen Augen dastehen. Doch er war sich sicher, dass die Todesfeen eine lange Zeit darauf lauern würden, dass er einen Fehler beging. Eine wirklich lange Zeit.

Plötzlich hörte er einen Aufschrei und im gleichen Moment merkte er, wie sich Billies Hand ein letztes Mal fest um seine krallte – und sich dann von ihm löste.

»Elias«, kreischte sie, »Hilf mir, sie - «

Es folgte ein ersticktes Murmeln, danach hörte er gar nichts mehr.

Er drehte sich panisch im Kreis und seine tastenden Hände griffen ins Leere.

Er versuchte, sich auf seinen Hörsinn zu verlassen, doch das Blut in seinen Ohren rauschte unerträglich laut und ließ alle anderen Geräusche zu einem unverständlichen Summen zusammen schmelzen. Oder war es doch das Rauschen des Flusses? Er konnte keinen klaren Gedanken mehr fassen.

Blind lief er vorwärts, stolperte über einen Stein und fiel der Länge nach auf den Boden. Ein stechender Schmerz schoss durch seinen Ellenbogen, doch er hielt seine Augen eisern geschlossen.

»Such sie«, hörte er Charna rufen, »Komm und rette deine Schwester. Es ist ganz einfach. Öffne deine Augen und schau sie dir an.«

»Niemals«, rief Elias, doch das war gelogen. Er hatte seine Augen einen schmalen Spalt weit geöffnet, in der Hoffnung, wenigstens Schemen zu erkennen.

Das einzige, was er sehen konnte, war eine Todesfee, die sich ihm näherte und sofort versank die Welt um ihn herum erneut im Dunkeln.

»Elias!« Wieder kreischte Billie, Todesangst lag in ihrer Stimme.

»Nein, bitte nicht.«

Billies Flehen ließ Elias alle Vorsicht vergessen. Noch bevor er die Augen aufriss, rappelte er sich auf und rannte in die Richtung, aus der er die Stimme seiner Schwester hörte.

Eine der Todesfeen drehte Billie brutal den Arm auf den Rücken, mit den Fingernägeln der anderen Hand fuhren sie dem wimmernden Mädchen über die Kehle.

Im vollen Lauf prallte Elias gegen die Todesfee und riss sie mit sich zu Boden. Einer ihrer Flügel knickte dabei mit einem grässlichen Knirschen um und sie stieß einen lauten Schrei aus.

Sie wehrte sich, doch Elias gelang es, sich aus ihrem Griff zu befreien und sie schließlich mit einem kräftigen Fußtritt in ihre Seite, außer Reichweite zu befördern.

Er war erstaunt, wie weit er den leichten, dünnen Körper der Fee von sich schleudern konnte.

Sie sind schwach, durchfuhr es ihn.

Ihre Augen sind ihre einzige Waffe.

Er sprang auf und stürzte sich nur Sekunden später auf die auf der Erde liegende Todesfee.

Mit beiden Knien presste er ihre wild um sich schlagenden Arme auf den Boden, während seine Hände ihre Augen zudeckten.

Sie schüttelte wutschnaubend ihren Kopf und wehrte sich nach Leibeskräften. Ihre Hände krallten sich in seine und rissen daran, als sie versuchte, den Blickkontakt zu ihm herzustellen.

Elias sah zur Seite. Er würde die Augen nicht wieder schließen. Nicht bevor er wusste, dass Billie in Sicherheit war. Doch diese Vorsichtsmaßnahme erwies sich als überflüssig, die Fee war nicht stark genug, um ihn von sich herunter zu werfen. Sie wehrte sich nach Leibeskräften, doch er behielt die Oberhand.

Dann erregte etwas seine Aufmerksamkeit.

Ein ungewöhnlich geformter Stein lag auf dem Boden, keine anderthalb Meter von ihm entfernt.

Das eine Ende des Steins lief spitz zusammen, während er zur Mitte hin immer breiter wurde und an seinem zweiten Ende in einem perfekt geschliffenen Oval endete.

Elias begann gerade, sich darüber zu wundern, wie er in einem solchen Moment ausgerechnet auf einen banalen Stein aufmerksam werden konnte, als die Todesfee unter ihm begann, sich heftiger zu wehren.

Elias hätte nach wie vor keine Mühe gehabt, sie am Boden gedrückt zu halten, doch ihre aggressiver werdenden Bewegungen und das immer lautere Schreien Billies lösten etwas in ihm aus.

Ohne zu Zögern sprang er von der Fee herunter, griff den Stein an seinem runden Ende, holte aus und hieb ihn mit einem kräftigen Ruck nach unten hinab.

Die Todesfee stieß einen markerschütternden Schrei aus und riss die Hände vor ihr Gesicht.

Elias kniete direkt vor ihr und beobachtete fasziniert und ungläubig zugleich, wie zwischen den geschlossenen Fingern der Fee dunkelrotes Blut hervorquoll.

Dann betrachtete er den Stein in seiner Hand, an dessen spitzen Ende eine dunkle Flüssigkeit glänzte und fragte sich, wie er dorthin gekommen war.

Heißes Blut tropfte auf seine Jeans und angewidert ließ er den Stein fallen.

Aus den Augenwinkeln bemerkte er, wie eine weitere Todesfee Billies Kopf in beide Hände genommen hatte und sie zwingen wollte, die Augen zu öffnen.

Doch seine Schwester hatte ihn beobachtet. Sie wehrte sich aus Leibeskräften, schlug und trat um sich und Elias hörte einen markerschütternden Schrei, als Billie der Fee ihren Zeigefinger in das linke Auge bohrte.

Kreischend fiel die Fee auf die Knie und verbarg das Gesicht in ihren Händen.

Billie versetzte ihr noch einen letzten Fußtritt, dann rannte sie zu Elias, der sie erleichtert an sich presste.

Er sah sich um. Die restlichen drei Todesfeen waren vorsichtiger geworden. Sie blieben auf Distanz, was es ihnen erschwerte, Billie und ihn in ihren Bann zu ziehen.

Der Überraschungseffekt war vorüber, aber er hatte ihnen wertvolle Augenblicke geschenkt.

Die Feen wirkten unsicher und unschlüssig, wie weit sie sich ihren Opfern nähern konnten. Sie wussten um ihre körperliche Unterlegenheit.

Elias und Billie nutzten den Moment und rannten mit auf den Boden gerichteten Augen auf Tia und Manu zu.

Elias hob nur für einen Sekundenbruchteil den Blick und dann schien mit einem Mal alles gleichzeitig und doch unendlich langsam zu passieren.

Gethin näherte sich mit einem gezückten Dolch Tia, deren Atem nur noch stoßweise ging. Dennoch brachte sie noch die Kraft auf, Manu schützend an sich zu drücken und mit beiden Händen seine Augen zu bedecken.

Manu versuchte, sich von ihr zu lösen, hielt seinerseits ebenfalls einen Dolch in der Hand und wollte auf Gethin zuspringen, doch Tia ließ ihn nicht.

Elias und Billie rannten. Sie waren keine fünfzig Meter von Tia und Manu entfernt und dennoch hatte Elias das Gefühl, sie würden sich nicht einen Schritt vorwärts bewegen.

Was dann geschah, nahm er wie in Zeitlupe wahr.

Einige Meter hinter Manu und Tia, direkt am Flussufer, ballte sich aus dem Nichts die Luft zu einem leuchtenden Flimmern zusammen. Das Flimmern wurde größer und aus dessen Mitte begann sich, ein schwarzer Kreis zu bilden. Dunkle Strudel wirbelten darin umher und schienen alles Licht in sich zu verschlingen.

»Das Portal!«

Vielleicht war es Billie, die gerufen hatte, vielleicht auch nicht. Immer noch rannten sie, doch es kam ihm immer noch so vor, als würden sie nicht vorwärtskommen.

Elias sah zu Gethin.

Er hatte das Portal ebenfalls erspürt, denn er lenkte seine Aufmerksamkeit von Tia weg hin zu dem flimmernden Luft. Die Todesfeen hatten sich lautlos in die Höhe erhoben und näherten sich den Reisenden.

Die Zeitlupe war einem Schnelldurchlauf gewichen. Das Portal vergrößerte sich immer schneller und schneller.

Elias und Billie rannten an Gethin vorbei, dann an Manu, an Tia und erst direkt vor dem Portal blieben sie keuchend stehen.

Elias drehte sich um.

»Los, beeilt euch!«, brüllte er, denn Manu und Tia hatten sich immer noch nicht vom Fleck bewegt.

Als sie seine Stimme hörte, drehte Tia sich um, und der Anblick des Portals schien ihr neue Kraft zu geben.

Sie wollte aufstehen, doch in diesem Moment stürzten sich zwei Todesfeen aus der Luft auf Manu hinab, packten seine Schultern und rissen ihn von Tia weg.

Als hätte er auf ein Stichwort gewartet, erwachte Gethin aus seiner lauernden Haltung und rannte auf den Waldreiter zu.

»Er gehört mir«, rief er und sprang nach vorne.

Im Nachhinein konnte Elias sich nicht mehr daran erinnern, wie es passiert war.

Tia hatte mühsam versucht, wieder auf die Beine zu kommen, doch sie hatte sich kaum bewegen können, das hatte er deutlich gesehen.

Das Nächste, was er sah, war der Griff des Dolches, der aus ihrer Brust ragte.

Die Klinge war bis zum Heft in ihren Körper eingedrungen. Sie stand vor Manu, der sich aus Charnas Griff befreit hatte und starrte mit einem Ausdruck maßloser Verblüffung an sich herab. Niemand rührte sich.

Gethins Hand verharrte wie eingefroren nur wenige Millimeter vom Griff des Dolches entfernt, den er gerade erst losgelassen hatte.

Die Todesfeen hatten sich hinter Charna versammelt, das Rauschen ihrer Flügel war verstummt.

Tia stand mit dem Rücken zu Manu und auch wenn er nicht sehen konnte, was passiert war, so zeigte seine völlige Regungslosigkeit, dass er es bereits wusste.

Elias Kopf war wie leergefegt.

Das Portal war direkt hinter ihm, er hätte nur zwei Schritte zurücksetzen müssen und wäre wieder zu Hause. Der ganze Albtraum würde ein Ende haben.

Doch er rührte sich nicht.

Tia war die Erste, die die Starre aller unterbrach. Sie löste ihren Blick von dem Dolch, hob den Kopf und sah Gethin direkt in die Augen.

»Bist du jetzt zufrieden?«, fragte sie.

Dann sank sie wie im Zeitraffer nach hinten in Manus Arme.

Mit Tia und Manu erwachten auch alle anderen aus ihrer Starre.

Gethin packte seinen Dolch mit beiden Händen und zog ihn aus Tias Brust. Dunkles Blut sprudelte aus der Wunde und über ihren Oberkörper.

»Das Portal«, brüllte er und zeigte auf Elias und Billie. Blutstropfen spritzten in ihre Richtung.

Elias dachte nicht lange nach. Bevor die Todesfeen reagieren konnten, stürzte er sich auf Manu.

»Los«, befahl er, »Wir müssen hier weg.«

Manu schüttelte den Kopf und umklammerte Tia. Ihre Augen starrten ausdruckslos in den strahlend blauen Himmel.

»Nein, ich lasse sie nicht alleine.«

Elias verdrehte die Augen. Das war nicht der Zeitpunkt, um den tragischen Helden zu spielen.

»Sie ist tot«, rief er, »Und du wirst es auch sein, wenn du jetzt nicht aufstehst.«

Manu machte den Eindruck, als wäre ihm das vollkommen egal.

Elias packte ihn grob am Kragen seines Hemdes und riss ihn mit sich nach hinten, gerade rechtzeitig, bevor Gethins Dolch ein weiteres Mal die Luft durchschnitt.

Er hörte Billie schreien. Die Todesfeen hatten sie umzingelt und versuchten, sie von dem Portal wegzudrängen.

Elias zwang Manu auf die Beine und vermied es dabei, einen letzten Blick auf Tia zu werfen.

Den Waldreiter hinter sich her zerrend rammte er Gethin, der erneut mit seinem Dolch ausholte, seinen Ellbogen in die Magengrube.

Gethin gab keinen Laut von sich, aber die Wucht des Aufpralls reichte aus, um den Dolch nicht in Manus Hals, sondern Elias' Oberarm zu lenken.

Die Klinge drang tief in seine Muskeln, doch er versuchte, den Schmerz zu ignorieren.

Das Portal schloss sich bereits wieder. Sie hatten nicht mehr viel Zeit.

Wie ein Footballspieler senkte er seinen Oberkörper nach vorne, trug Manu mehr, als das er ihn hinter sich her zerrte und stieß zwei der Todesfeen im vollen Lauf zur Seite.

Dann versetzte er Billie einen Stoß. Seine Schwester taumelte, ruderte wild mit den Armen und stolperte einige Schritte rückwärts. Wenige Zentimeter vor dem Portal verlor sie das Gleichgewicht und stürzte zu Boden.

Elias wollte ihr nach, doch dann merkte er, dass Manu sich aus seinem Griff gelöst hatte. Er lief auf Tia zu.

»Wir können sie nicht hier lassen«, rief er.

»Wir müssen!«

Elias hielt ihn fest und zerrte ihn zurück. Sein verletzter Arm pochte schmerzhaft und doch brachte er eine Kraft auf, die ihn selber erstaunte, als er Manu mit eisernem Griff packte und mit sich zog.

Die Todesfeen wollten sich nach Billie kein weiteres ihrer Opfer entgehen lassen.

Ihre schwarzen Augen waren fest auf Elias und Manu geheftet. Mit laut rauschenden Flügeln kamen sie immer näher.

Nur kurz streifte Elias' Blick Charnas Augen und sofort merkte er, warum sie die Anführerin der Gruppe war.

Ihre Macht war groß, sie war stärker als die Anderen und er konnte es nicht vermeiden, er musste sie ansehen. Seine Kehle schien von einer kalten Faust umklammert zu sein und die Gewissheit traf ihn, dass Charna sich keine Zeit lassen würde.

Er musste sterben, und zwar schnell.

Ein weiteres Mal würde sie sich nicht die Chance zu töten entgehen lassen.

Elias spürte plötzlich einen Ruck an seinem Hals und einen unangenehmen Druck auf seiner Kehle, der aber eindeutig nicht von den Kräften der Fee herrührte.

»Wo bleibt ihr denn so lange?«

Das war Billie. Sie hatte sich wieder aufgerappelt und ließ sich rückwärts in das Portal fallen. Ihre Hände umklammerten Elias und Manu, so fest sie konnten.

Elias merkte, wie er nach hinten gezogen wurde.

Er fiel für einen Moment durch absolute Schwärze – und Sekunden später schlugen Wellen kalten Wassers über seinem Kopf zusammen. Er strampelte wild mit Armen und Beinen, um wieder zurück an die Oberfläche zu gelangen.

Wir sind in den Fluss gefallen, schoss es ihm durch den Kopf, *es hat nicht funktioniert.*

Sein Gesicht durchbrach die Wasseroberfläche und er würgte. Panisch sah er sich nach Billie und Manu um, konnte sie aber nicht entdecken. Eine Strömung zog an ihm und trieb ihn am Flussufer entlang.

Das Flussufer! Er vergaß für einen Moment, dass er schwimmen musste, und ging erneut unter. Prustend kämpfte er sich wieder zurück an die Oberfläche.

Eine eiserne Brücke reichte von einem Flussufer zum anderen, ein Zug fuhr in eben diesem Moment über die Brücke hinweg und verschwand nach einer leichten Rechtskurve in einem großen Gebäude.

Einige Anlegestellen für Boote und kleinere Schiffe säumten das befestigte Flussufer und er konnte die Silhouette einer Großstadt erkennen.

Die Strömung trieb ihn unaufhaltsam auf die Brücke zu und plötzlich hörte er seinen Namen.

Wenige Meter von ihm entfernt sah er Manu, der eine tropfnasse Billie auf einen Anlegesteg gezogen hatte. Sie spuckte einen großen Schwall Wasser aus, schien aber ansonsten unverletzt.

Elias nahm seine letzten Kräfte zusammen und schwamm mit kräftigen Kraulbewegungen auf den Steg zu. Manu packte ihn an den Unterarmen und zog ihn aus dem Wasser.

Für ein paar Sekunden lang blieb Elias keuchend auf dem Rücken liegen und starrte in den Sternenhimmel. Das Portal hatte funktioniert. Sie waren an einem anderen Ort und zu einer anderen Zeit gelandet. Doch wohin hatte es sie verschlagen? Dies war nicht sein Zimmer, dies war nicht einmal seine Heimatstadt.

»¿Dónde estamos?«

Er hob verwirrt den Kopf und sah Manu an.

»Was hast du gesagt?«

Manu wischte sich die nassen Haare aus der Stirn und sah mit gerunzelter Stirn zwischen Billie und Elias hin und her.

»¿No me entienden?«

»Du sprichst Spanisch?« Elias stemmte sich auf die Beine. Seine Gedanken rasten. Er erinnerte sich an seinen ersten Tag in Ot'rona, daran, wie er Tia und Manu trotz ihrer fremden Sprache problemlos verstanden hatte, wie sich die Worte in seinem Kopf sofort zu Bedeutungen formten, die für ihn

Sinn ergaben. Dass dieser Zauber jetzt nicht mehr funktionierte, konnte nur eines bedeuten.

»Hat es geklappt?« Billie ließ ihren Blick über den Fluss und die Brücke schweifen. Es lag kein Erkennen in ihren Augen.

»Sieht so aus«, murmelte Elias. Diese Umgebung kam ihm bekannt vor, ihm war, als hätte er diese Stadt schon einmal gesehen, aber er konnte sich nicht erinnern, wo das gewesen war.

Immer noch tropfnass kletterten sie auf die breite Uferpromenade und liefen über einen rot gepflasterten Platz, auf dem einige Menschen in verschiedene Richtungen schlenderten.

Menschen! Nichts anderes. Keine spitzen Ohren, keine Flügel, keine Klauen.

Elias bemühte sich, Manu trotz der Sprachbarriere zu beruhigen. Oder zu trösten. Er wusste es selber nicht genau, aber das war für den Moment auch unnötig. Der Waldreiter sagte gar nichts mehr, er sah sich nur staunend die vielen Häuser, Menschen und Autos an. Autos, die nicht flogen, sondern auf vier Rädern über die geteerten Straßen fuhren. Er musste sich fühlen, wie Elias und Billie an ihrem ersten Tag in Mediva.

Billie war plötzlich stehen geblieben und ihre Augen weiteten sich.

»So eine verdammte Sch …«

Elias öffnete den Mund, um sie am Weiterreden zu hindern, doch der Rest ihres Satzes ging in seinem eigenen Fluch unter.

Vor ihnen erhoben sich die unverkennbaren Umrisse des Kölner Doms.

Passanten liefen vorbei, aber niemand kam näher oder sprach sie gar an. Elias konnte es ihnen nicht verübeln. Sie waren nass, verdreckt, mit größeren und kleineren Verletzungen übersät und sie alle hatten ihre Schuhe in dem Fluss verloren.

Billie fluchte erneut und handelte sich damit einige missbilligende Blick der vorbeigehenden Menschen ein.

»Und was jetzt?«

»Jetzt«, seufzte Elias und sein Blick wanderte zu dem großen Bahnhofsgebäude, »sehen wir nach, wann der nächste Zug nach Bremen fährt.«

ENDE

Die Autorin meldet sich zu Wort

Vielen Dank an Stefan fürs Testlesen, deine ehrliche Meinung und deine hilfreichen Hinweise.

Vielen Dank an Judith für deine mentale Unterstützung über mehr als 900km hinweg.

Und natürlich vielen Dank an alle, die Elias und Billie auf ihrer Reise bis hierhin begleitet haben. Ich freue mich über jeden Einzelnen, der sich die Zeit genommen hat, meine Geschichte zu lesen. Wenn dir das Abenteuer gefallen hat, hinterlasse mir doch gerne eine Rezension oder schreibe mir eine Nachricht per Mail an grimpogina@gmail.com oder auf Instagram unter @seitenweisegina.

Wer es bisher geschafft hat und das Buch dennoch noch nicht aus den Händen legen will, dem rate ich: Blättere doch mal um.

Denn wie ihr vielleicht in meiner Autorenbeschreibung gelesen habt, habe ich bisher hauptsächlich Kurzgeschichten geschrieben.

Und eine davon findet ihr auf den nächsten Seiten.

Ich wünsche euch viel Freude damit.

Caden

»Caden, du wirst hier nicht fürs Rumstehen bezahlt.«

Ein nasser, stinkender Lappen traf den Jungen mitten ins Gesicht, und landete dann in seinen, vom Spülen geröteten, Händen.

»Ich werde überhaupt nicht bezahlt«, murmelte er leise und warf einen kurzen Blick auf die brodelnden Töpfe, die auf dem Herd standen und den riesigen Berg dreckigen Geschirrs. Vor dem Morgengrauen würde er hier nicht fertig werden. Und das war noch weit entfernt.

»Was hast du gesagt?« Die tiefe Stimme des Wirts, der sich vor ihm aufbaute, wirkte fast noch bedrohlicher als dessen massige Gestalt.

»Nichts Vater«, beeilte Caden sich, zu sagen, verließ hastig die Küche und begann, die Tische im Schankraum abzuwischen, der mittlerweile aus allen Nähten platzte.

Die klirrende Kälte trieb immer wieder neue Gäste in die Taverne und der ausgeschenkte Glühwein landete stets nur zur Hälfte in den Mündern der betrunkenen Leute. Die andere Hälfte verwandelte zusammen mit dem geschmolzenen Schnee, der stetig hereingetragen wurde, den Fußboden in eine rutschige Fläche.

Caden wischte mit dem Lappen eilig über die verklebten Tische und zuckte dabei einige Male zusammen, als heißer Glühwein auf seine nackten Unterarme schwappte, wenn sich ein paar Männer mal wieder zu überschwänglich zuprosteten.

Trotz der eisigen Temperaturen, die draußen herrschten, lief ihm hier drinnen der Schweiß über das Gesicht. Der Kamin, der Wein und die unzähligen Gäste, die sich mit jedem weiteren Schluck aus ihren Krügen immer barbarischer benahmen, hatten den Schankraum in einen Hexenkessel verwandelt.

»He, Junge«, rief ein verschwitzter, bärtiger Mann und hielt seinen Krug in die Höhe, »Füll mir nach.«

»Ruft nach der Schankmaid«, rief Caden zurück und sah sich wütend nach Keelin um. Das blonde Gift lehnte an einem Tisch am anderen Ende des Raumes und ließ mal wieder ihre eigene Interpretation von dem erkennen, was sie unter der Bewirtung von Gästen verstand. Caden fragte sich, ob sie den heutigen Abend überhaupt schon einen Finger gerührt hatte.

»Caden.«

Ein heißer Schreck durchfuhr den Jungen. Er erstarrte mitten in seiner Bewegung, ließ den Lappen sinken und drehte sich langsam um.

Der Wirt hatte beide Hände in die Hüften gestemmt und seine kleinen Schweinsaugen glühten vor Zorn.

»Du hast gehört, was der Mann gesagt hat. Füll ihm nach.«

Caden wusste, dass er nicht widersprechen durfte, schon gar nicht, wenn sein Vater ihn mit einem solchen Blick ansah. Andererseits sagte ihm genau dieser Blick auch, dass er seine Grenzen bereits jetzt überschritten hatte und so ließ er es drauf ankommen.

»Wenn Keelin den Wein ausschenken würde, anstatt ihn mit den Männern zu trinken, gäbe es hier keine trockenen Kehlen.«

Caden hatte den Satz kaum zu Ende gesprochen, da bereute er seinen Leichtsinn.

Der Handrücken seines Vaters traf ihn mitten im Gesicht und er taumelte rückwärts gegen einen beleibten Mann, der ihn lachend wieder in Richtung des Wirts stieß.

Jeder hier im Dorf hielt Caden für einen faulen Taugenichts und dass sein Vater ihn deswegen hin und wieder zurechtstutzen musste, war nichts Besonderes.

Caden glitt auf den rutschigen Holzdielen aus, wurde aber von seinem Vater grob an den Armen gepackt, bevor er zu Boden stürzte.

Mit einem zornigen Grunzen stieß der Wirt die Tür zur Küche auf und schleuderte seinen Sohn quer durch den Raum, bis dieser mit dem Rücken gegen den Kupferkessel voller Glühwein prallte, der über dem Feuer hing.

Heißes Metall fraß sich durch dünnen Stoff und in seine Haut. Der Schmerz ließ ihn erschrocken nach Luft schnappen, aber außer einem leisen Stöhnen brachte er nichts heraus.

Er fiel zu Boden und nur Sekunden später war sein Vater über ihm.

»Du willst, dass jemand anderes den Wein für dich ausschenkt?«, brüllte der Wirt und verpasste Caden einen Tritt in die Seite.

Der Junge stöhnte erneut auf, rollte sich zusammen und hob schützend seine Arme über den Kopf.

»Das kannst du haben.«

Der Wirt lachte höhnisch.

Erneut hob er seinen Fuß und Cadens Eingeweide krampften sich zusammen, doch dieses Mal war es nicht er, der den Tritt abbekam. Der Fuß seines Vaters landete an der Außenwand des Kessels, es gab ein dröhnendes Geräusch, das in

Cadens Ohren unnatürlich laut klang und der Kessel geriet ins Schwanken.

»Ich werde sämtlichen Wein für dich ausschenken.« Erneut krachte der Fuß gegen den Kessel und der Glühwein begann gefährlich zu schwappen.

»Nein!« Als Caden erkannte, was sein Vater vorhatte, löste er sich aus seiner Starre und kroch über den Boden, um sich in Sicherheit zu bringen. Er kam keine zwei Meter weit, dann packten ihn kräftige Hände an seinen schmalen Fußknöcheln und zogen ihn zurück.

Der Kessel pendelte immer stärker hin und her und ein erster Schwall glühend heißen Weins übergoss Cadens Beine und die Hände seines Vaters.

Caden schrie auf und begann wie wild zu strampeln, doch der Wirt schien den Schmerz nicht zu bemerken. Seine Hände schlossen sich immer fester um die Knöchel des Jungen.

Hektisch sah er sich nach etwas um, mit dem er sich würde befreien können. Sein Vater war drauf und dran, den gesamten Kessel über ihm auszuleeren, das war ihm klar.

Als der Wirt ihn ein weiteres Stück näher an den schwankenden Kessel zog, griff Caden nach dem Schürhaken, der die ganze Zeit zwischen den heißen Kohlen gesteckt hatte und hieb dessen glühendes Ende in Richtung seines Vaters.

Er sah nicht, wo er ihn getroffen hatte, doch der Wirt brüllte vor Schmerzen auf und gab Cadens Beine frei. Das genügte dem Jungen. Hastig rutschte er von dem Kessel weg und zog sich an der Wand empor. Sein Vater war in die Knie gegangen und hielt sich beide Hände vor sein rechtes Auge, der rotglühende Schürhaken lag vor ihm.

Der Wirt fluchte und versuchte taumelnd wieder auf die Füße zu kommen.

Caden stand mit zitternden Knien neben dem Herd, unschlüssig, was er als Nächstes tun sollte und starrte wie gelähmt auf seinen Vater, der vor ihm kniete und sich vor Schmerzen krümmte.

Noch nie hatte er es gewagt, sich zu wehren. Immer hatte er alles stumm über sich ergehen lassen, wissend, dass der größte Zorn seines Vaters dadurch umso schneller abkühlte.

Doch jetzt hatte er es gewagt, sich gegen ihn zu stellen. Er wusste nicht, was ihn dazu getrieben hatte. Er hatte die Möglichkeit genutzt, dem Wirt all die Schmerzen zurückzuzahlen, die er ihm in der vergangenen fünfzehn Jahren zugefügt hatte. Ein Triumphgefühl hätte sich einstellen müssen. Oder Stolz, dass er endlich den Mut gefunden hatte, sich zu behaupten. Sein Vater kauerte vollkommen wehrlos und halb blind vor ihm, doch Caden stand nur zitternd da, völlig unfähig, sich zu rühren.

Plötzlich ließ der Wirt seine Hände sinken und sein Blick schnellte hoch zu Caden.

»Du.«

Der Junge zuckte zusammen, als er sah, dass im rechten Auge seines Vaters nur noch verbranntes Fleisch zurückgeblieben war.

»Es tut mir leid, Vater«, stammelte er und stolperte zwei Schritte nach vorne, obwohl alles in ihm danach schrie, die gegenteilige Richtung einzuschlagen.

»Du verdammter Bengel. Dafür wirst du bezahlen.«

Die Stimme des Wirts klang völlig ruhig, als er sich langsam auf die Beine stellte und Caden mit einem Auge anstierte.

»Es wird dir leid tun, dafür werde ich sorgen.«

»Vater, ich...«, stotterte Caden und versuchte dabei, das Zittern in seiner Stimme zu unterdrücken. Dann sah er den Schürhaken in der Hand seines Vaters und verharrte mitten in seiner Bewegung.

»Komm her, Sohn, und büße.«

Noch immer klang die Stimme ruhig, fast schon liebevoll.

Caden erinnerte sich an die diversen Male, die er den Zorn seines Vaters auf sich gezogen hatte. Immer hatte der Wirt gebrüllt, getobt und war in seiner Wut rot angelaufen. Alle im Dorf hatte mitbekommen, dass er seinen Sohn bestrafte und jeder sollte es hören. Caden hatte schon unzählige Bestrafungen über sich ergehen lassen, häufig wegen Nichtigkeiten, doch jedes Mal hatte sein Vater gewusst, wann es genug war. Die Strafen waren hart gewesen, aber nie so hart, dass Caden danach nicht mehr hatte arbeiten können.

Doch dieses Mal war es anders. Der Zorn hatte Besitz von dem Wirt ergriffen und machte ihn blind für alles um ihn herum.

Als das heiße Eisen knapp an seinem Gesicht vorbei rauschte, erkannte Caden, dass sein Vater ihn nicht einfach nur bestrafen wollte. Er würde dafür sorgen, dass es die letzte Strafe war, die Caden je bekommen würde.

Endlich gehorchten seine Füße seinem Gehirn und setzten sich in Bewegung, weg von dem Vater, dessen verbliebenes Auge gefährlich glitzerte.

»Keelin, halte den Jungen auf!«

Keelin stand mit offenem Mund in der Tür und starrte auf das Schauspiel, das sich ihr bot. Sie hatte die Situation noch nicht ganz erfasst, da nutzte Caden seine Chance.

Er rannte los, schlug der verdutzen Schankmaid dabei ein Tablett voller Tonkrüge aus der Hand und drängte sich an ihr vorbei in den Schankraum.

Die Stimmung hatte mittlerweile einen Siedepunkt erreicht. Der Wein floss in Strömen, es wurde gesungen und gelacht und niemand interessierte sich für den mageren Jungen, der sich unauffällig an den Tischen vorbei zur Tür schlängelte. Seine Hände berührten schon das Holz der Türklinke, als ein Krug neben ihm an der Wand zerschellte und ein weiterer ihn an der Schulter traf.

Abrupt kehrte Stille ein und Caden wusste, was das bedeutete.

Der Wirt stand keuchend neben der Theke, einen weiteren Krug wurfbereit in der Hand haltend.

»Haltet ihn auf«, brüllte er aus Leibeskräften, »Er hat versucht, mich umzubringen.«

Alle Köpfe ruckten in Cadens Richtung, der verzweifelt die Hände hob.

»Nein, ich ... «

Als der erste Mann aufstand und einen langen Dolch aus seinem Gürtel zog, wusste Caden, dass es sinnlos wäre, seine Unschuld zu beteuern. Der Wirt war ein beliebter Mann im Dorf und sein Nichtsnutz von einem Sohn nur eine unbedeutende Küchenhilfe.

Geschickt wich Caden den rauen Händen aus, die nach ihm griffen, öffnete die Tür und floh hinaus in die Nacht.

Die Temperaturen waren erneut um einige Grad gefallen und die plötzliche Eiseskälte, die Caden vor der Taverne entgegenschlug, trieb ihm die Luft aus den Lungen.

Doch ihm blieb keine Zeit, sich darüber zu sorgen, denn schon schwollen hinter ihm Stimmen an, Stühle wurden beiseite gerückt, Krüge umgeworfen und über allem erhob sich das wütende Gebrüll des Wirts.

Caden ignorierte die Kälte, die durch seine dünne Kleidung und die abgenutzten Schuhe drang und rannte los. Einige Male wäre er auf dem matschigen Boden fast ausgerutscht, doch jedes Mal schaffte er es, sich wieder zu fangen und nach einer Weile fiel er in einen gleichmäßigen Tritt, mit dem er sicher voran lief, fort von der Taverne.

Sie waren hinter ihm her, das konnte er hören. Sein Glück war, dass die meisten seiner Verfolger zu betrunken waren, um ihn schnell genug einzuholen.

Caden rannte weiter, quer durch das Dorf, vorbei an Häusern, Geschäften und Ställen, während eisiger Wind ihm die Tränen in die Augen trieb.

Nach wie vor konnte er Stimmen hinter sich hören. Die Männer mochten betrunken sein, doch sie waren begeistert von dieser nächtlichen Hetzjagd, als amüsanten Ausgleich zum alltäglichen Dorfleben. Andernfalls hätten sie schon längst aufgegeben und wären zu Kaminfeuer und Glühwein in die Taverne zurückgekehrt.

Cadens Kräfte ließen schnell nach, er war kein geübter Läufer und seine Verfolger holten auf. Zu allem Überfluss fing es an, zu schneien und die großen Flocken verschleierten ihm die Sicht.

Als die Seitenstiche einsetzten, erreichte er die Dorfgrenzen und somit den Wald, der sich dahinter erstreckte.

Der Schnee fiel immer dichter und Cadens Kleidung war vollständig durchnässt. Doch das Schneetreiben konnte ihm nun vielleicht dabei helfen, seinen Verfolgern zu entkommen.

Keuchend rannte er weiter, direkt in den Wald hinein, in der Hoffnung, dass der fallende Schnee all seine Spuren verwischte und keiner auf die Idee kam, ihn hier zu suchen. Er blieb nicht stehen, um zu sehen, ob er Erfolg hatte. Mit gesenktem Kopf hetzte er weiter in den Wald hinein, bis er erschöpft auf die Knie fiel.

Jeder seiner Atemzüge trieb ihm mehr eisige Luft in seine schmerzenden Lungen und der Schnee, der seine Kleidung durchnässt hatte, gefror zu Eis.

Caden blieb eine Weile auf dem Boden sitzen, um wieder zu Atem zu kommen und ignorierte dabei den Schmerz in seinem Gesicht und an seinen Händen.

Er hatte das Dorf hinter sich gelassen, doch noch immer erkannte er in einiger Entfernung die Umrisse von ein paar Häusern. Das war gut. Von hier konnte er schnell erkennen, ob er noch verfolgt wurde und war dennoch nicht zu weit vom Dorf entfernt, als dass er sich hätte verlaufen können.

Mit seinen geröteten Händen schaufelte er eine kleine Stelle unter einer Tanne frei, lehnte sich dann gegen den Baumstamm und zog zitternd seine Beine an den Oberkörper. Ihm war kalt, allerdings nicht mehr so kalt, wie in dem Moment, in dem er die Taverne verlassen hatte.

Er musste eine Stunde hier ausharren, vielleicht zwei. Dann würden sich die erhitzten Gemüter beruhigt haben und er konnte sich wieder ins Dorf zurückschleichen, zurück in seine Kammer oberhalb der Taverne. Dort würde er sich warme, trockene Kleidung anziehen und dann würde er weitersehen.

Jetzt galt es als Allererstes, nicht entdeckt zu werden.

Caden war erstaunt, wie wenig ihm die Kälte ausmachte. Der Schmerz in Gesicht und Händen war verflogen. Er wusste nicht mehr genau, wann das geschehen war, doch die Taubheit, die sich in ihm ausbreitete, fühlte sich angenehm und sogar ein bisschen warm an. Er zitterte zwar, aber das war sicher die Angst.

Nie zuvor hatte er seinen Vater so erlebt und er wusste nicht, was er tun würde, wenn er in die Taverne zurückkehrte. In den vergangenen Jahren war der Zorn des Wirts stets nach einer Weile verflogen. Zwar flammte er immer genauso schnell wieder auf, doch er erkannte, wann er aufzuhören hatte, wenn er seinen Küchenjungen behalten wollte. Heute war es anders gewesen. Mit einem Schaudern dachte Caden an den Ausdruck in den Augen seines Vaters. Nie wieder würde er ihn so reizen.

Viel größeres Entsetzen bereitete es ihm allerdings, dass ihm keiner der anderen zu Hilfe geeilt wäre, wenn der Wirt sein Vorhaben wirklich in die Tat umgesetzt hätte. Am allerwenigsten Keelin.

Caden schlang die Arme fester um seine Beine und überlegte. Wollte er überhaupt zurück in die

Taverne, um dort den Launen seines Vaters weiterhin ausgesetzt zu sein?

Ein Gedanke reifte in ihm, der ihm zuvor noch nie gekommen war. Er konnte das Dorf verlassen. Er hatte es bereits getan, sonst würde er nicht hier in diesem Wald sitzen. Er konnte es verlassen und somit seinen Vater und all die Dorfbewohner, die in ihm nicht mehr sahen, als eine zurückgebliebene Hilfskraft.

Dann würde er an einem anderen Ort ein neues Leben beginnen, ohne Schmerzen und Erniedrigungen.

Noch eine Stunde, vielleicht zwei ...

Cadens Kopf sackte auf seine Schulter und er schloss lächelnd die Augen. Sein Leben schien auf einmal umso vieles besser zu sein, jetzt, wo er sich zum ersten Mal Gedanken über seine Zukunft gemacht hatte.

»Caden.«

Eine Stimme ließ ihn hochschrecken. Verwirrt blinzelte er in die Nacht, doch er konnte keine Menschenseele erkennen.

»Caden.«

Wieder diese Stimme. Sie gehörte niemandem, den er kannte, dazu war sie zu weich und sanft.

Mühsam hob er den Kopf und sah sich um. Er wollte eine Antwort rufen, doch bekam keinen Ton heraus.

Er bemerkte aus dem Augenwinkel einen Schimmer an seiner Seite, wandte den Kopf nach links - und traute seinen Augen kaum. Eine Frau stand dort, nur wenige Schritte von ihm entfernt.

»Aufwachen, Schlafmütze«, sagte sie und lächelte dabei unentwegt. Caden konnte nichts erwidern. Diese Frau war das schönste Wesen, das er je gesehen hatte und ihr Anblick raubte ihm buchstäblich die Sprache.

Lange Haare fielen ihr über den Rücken, ein eisblaues Kleid umhüllte ihren Körper und ihre nackten Füße versanken ihm Schnee. Der Schimmer kam von einer Kerze, die sie in der Hand hielt und neben sich auf den Boden setzte.

»Möchtest du fort von hier, Caden?«

»Neues Leben ohne Schmerzen«, murmelte Caden wie in Trance und schaffte es dabei, zu nicken.

Das Lächeln der Frau wurde breiter und sie streckte ihre Hände nach Caden aus.

»Dann komm.«

Wieder nickte Caden und wollte aufstehen, um zu diesem wundervollen Wesen zu gelangen, doch er konnte sich nicht rühren. Seine Arme waren immer noch um seine Beine geschlungen und sein Rücken lehnte an dem Baumstamm. So sehr er sich bemühte, er schaffte es nicht, sich aus dieser Position zu lösen.

Sein Gehirn strengte sich an, seinen Fingern zu befehlen, sich zu rühren und langsam bekam er es mit der Angst zu tun. Was, wenn er es nicht schaffte, sich zu bewegen? Würde die Frau ihn dann hier zurücklassen?

Doch nichts dergleichen geschah und die Frau blieb weiterhin an ihrem Platz stehen, die Hände ausgestreckt und mit einem wunderschönen Lächeln auf den Lippen.

Und endlich, nach einer gefühlten Ewigkeit, lösten sich Cadens Beine aus der Umklammerung und er zog sich mühsam am Stamm der Tanne in die Höhe.

Seine Beine waren taub und schienen nicht zu ihm zu gehören. Er blieb eine Weile stehen, um sich an das neue Gefühl zu gewöhnen, dann verzichtete er auf den Baumstamm als Stütze und wagte einige vorsichtige Schritte. Es ging einfacher, als er gedacht hatte.

»Komm, Caden.«

Die Stimme ließ sein Herz höher schlagen und ein Lächeln stahl sich in sein Gesicht. Er musste diese Frau erreichen, das war alles, was zählte, und dann würde sein Leben vollkommen sein, dessen war er sich sicher.

Er näherte sich ihr mit schwankenden Schritten und sie öffnete sie einladend ihre Arme. Caden konnte sein Glück kaum fassen.

Er schmiegte sich an sie und die Kälte kam wieder und als sie ihre Arme um ihn schlang, wurde das Frieren schier unerträglich. Er riss die Augen auf, versuchte, nach Luft zu schnappen und sich der Umarmung zu entziehen. Doch alles, was er noch zustande brachte, war dazustehen und zu spüren, wie sich die Kälte durch seinen Körper fraß, ihn vollständig lähmte und jede Faser seines Selbst in Eis zu verwandeln zu schien.

Die Frau strich im beruhigend über das Haar und es fühlte sich an, als hätte sie seinen Kopf in Eiswasser getaucht.

Erneut versuchte er, sich aus der Umarmung zu lösen, doch die Arme der Frau schlangen sich immer fester um ihn.

Irgendwann war seine einzige Bewegung nur noch die seines sich hebenden und senkenden Brustkorbes.

Die Arme der Frau lösten sich von ihm und schlanke Hände umfassten sein Gesicht. Ihr Lächeln war verschwunden und ihre großen Augen blickten traurig drein. Dann drückte sie ihre eisigen Lippen auf die Cadens.

Die letzte Bewegung des Jungen erstarb und vorsichtig legte die Frau seinen leblosen Körper auf den verschneiten Waldboden. Seine Augen waren geschlossen und weiße Eiskristalle bedeckten sein Gesicht.

Die Frau hob die Kerze wieder auf, blies die Flamme aus, beugte sich über Caden und flüsterte: »Ein Leben ohne Schmerzen.«

Dann wandte sie sich ab und verschwand im Wald. Bis zum Morgen würde der fallende Schnee ihre Spuren verwischt haben.